FOLIO POLICIER

José Giovanni

Le deuxième souffle

Gallimard

José Giovanni, né à Paris en 1923 d'une vieille famille corse, a puisé dans sa connaissance intime de la pègre pour nourrir son travail de romancier, de scénariste et de metteur en scène. Condamné à mort en 1948 pour un délit de grand banditisme après des études secondaires interrompues par la guerre, gracié par le président Vincent Auriol et libéré en 1956 non sans avoir passé onze années derrière les barreaux, réhabilité en 1986 après un nouveau procès, il était également passionné d'escalade et guide de haute montagne. On lui doit notamment *Le deuxième souffle*, dont Cocteau dira : « L'intrigue, la langue, la noblesse, tout est remarquable », ainsi que *Classe tous risques*, *Le trou* ou *La Scoumoune*. Près de quinze de ses romans ont été portés à l'écran. Il est mort à Lausanne le 24 avril 2004.

CHAPITRE PREMIER

En prenant appui sur leurs mains, ils décollèrent du sol leur corps allongé. Leur tête émergeant au-dessus du petit rebord de la terrasse, ils plongèrent leurs yeux dans le vide. La nuit était calme. Quatre mètres plus bas, la crête du mur d'enceinte traçait une ligne épaisse.

Un bruit de pas progressa vers eux. Les trois têtes disparurent derrière le rebord et les joues s'appliquèrent de nouveau contre le sol en ciment de la terrasse.

Dix mètres en dessous, dans le mur de ronde, les surveillants manœuvraient un mouchard[1] fixé contre la bâtisse. Ils s'éloignèrent et le bruit de leurs pas fut absorbé par un angle droit.

Bernard bondit sur ses pieds, une corde, confectionnée avec des bandes de couvertures tressées, enroulée autour du torse et de la taille.

— Vite, souffla-t-il. On a juste le temps.

Il s'agissait de sauter en calculant son élan de manière à s'agripper au passage sur le sommet du

1. Appareil de contrôle qui relève l'heure de passage de la ronde.

mur d'enceinte. Il n'était pas question de tomber à califourchon sur le faîte, sous peine de s'évanouir de douleur.

Il y avait quatre mètres de la terrasse au sommet du mur et six mètres du mur au sol. Donc, celui qui manquerait l'objectif irait s'écraser à dix mètres de son point de départ.

Le mur d'enceinte était à environ trois mètres du bâtiment sur lequel se trouvaient les évadés. Mais cette largeur serait facilement comblée par la dénivellation.

Bernard aspira un peu d'air et sauta, les bras raidis jusqu'à l'horizontale. Une calotte de ciment coiffait le mur, épousant son étroitesse, ce qui permit à la main gauche de Bernard de passer de l'autre côté du mur, sur la face qui regardait la liberté. Ses doigts se crispèrent sur l'aspérité formée par la jointure de la calotte terminale et du mur proprement dit.

Cette prise arrêta sa chute. Sa main droite avait glissé ; il la relança contre le mur, comme un harpon, et fit un rétablissement pour s'installer à califourchon. Après quoi, il déroula la corde, la laissant filer dans le vide au fur et à mesure.

Un crochet apparut, sorte de gros point d'interrogation fabriqué dans la tige de fer ronde qui servait à ouvrir et à fermer le vasistas dans chaque cellule. Il fixa le crochet et leva la tête. Il voyait le vieux Gu, debout sur le bord de la terrasse, s'accroupissant, se relevant, hésitant.

La nuit était froide, mais Gu avait chaud. Il sentait ses boyaux se nouer. Il s'assit, diminué par un trac fou.

De la main, il toucha l'épaule de François le Belge, allongé sur le dos, les yeux aux étoiles.

— Vas-y, dit Gu.

François se mit à genoux, le visage contre Gu.

— Faut pas que tu hésites, tu comprends, dit-il.

Il se dressa et sauta à la seconde même. Bernard le vit passer au-dessus du mur. Il entendit le choc mou du corps. Dix mètres de chute, du moins était-il en liberté. Il se pencha et ne vit qu'une forme inerte. François n'avait pas proféré le moindre son. Bernard se disait qu'à présent le vieux Gu était cuit ; il lui était pénible de l'abandonner, mais il ne pouvait demeurer plus longtemps à cheval sur ce mur. Et, en bas, François, qui n'était peut-être pas mort, avait besoin d'aide.

Bernard s'allongea pour se laisser glisser le long de la corde, vers la liberté.

Gu le vit. Resté seul sur cette terrasse au bout de la nuit, il avait l'impression d'être le dernier habitant de la terre. Avec le départ de Bernard, il sentait son ultime chance foutre le camp.

— Sssssssstt ! fit-il, très légèrement.

Bernard regarda. Gu était de nouveau debout sur la terrasse. Le vieux jeta un coup d'œil sur sa droite, vers le quartier disciplinaire. Les auvents des cachots ressemblaient à des cercueils. Il devait sauter ou envisager de crever dans ces ratières.

Il se lança dans le vide sous une impulsion de l'autre monde et heurta le mur à côté de Bernard. Il glissa rapidement, entraîné par le poids de son corps. Bernard ne put le saisir au passage, mais il tendit la jambe et Gu s'empara du pied.

Bernard remonta sa jambe et Gu avec, jusqu'à ce qu'il puisse l'agripper sous une aisselle. Gu était vidé et se tenait difficilement sur le mur. Bernard patienta quelques secondes pour lui permettre de récupérer et se coula le long de la corde.

Il se porta vers François, le retourna. Il était mort. Le visage intact, mais le corps désarticulé. Bientôt, il sentit la présence de Gu.

— Le Belge est mort, dit Bernard.

Gu se pencha. Il savait que François le Belge portait un petit sac de toile attaché autour du cou à l'aide d'un cordon. Le sac contenait quelques lettres et des adresses. Gu cassa le cordon et fourra le sac dans une de ses poches.

— Je m'en occuperai, dit-il. Il était chouette.

Et ils abandonnèrent celui que, dans le milieu, on surnommait François le Belge parce qu'il avait longtemps piraté en Belgique.

L'aube ne tarderait plus à poindre. De l'intérieur de la prison, l'alerte ne sonnerait pas avant deux heures.

Mais la corde, qui pendait à l'extérieur le long du mur, risquait d'attirer l'attention du premier pékin qui passerait, sans parler du corps de François. Gu et Bernard longèrent les clôtures de jardins situés à l'entrée de la ville, à la recherche d'une cabane de jardinier.

— Là, dit Bernard.

Ils enjambèrent la clôture et firent sauter la porte légèrement protégée. Ils échangèrent les droguets de prisonniers contre des vêtements dépareillés et usagés. Gu passa une musette en bandoulière, la bourra de chiffons qui traînaient sur le sol. Il y avait une vieille bouteille, vide. Bernard la ramassa et la glissa dans la musette de Gu, goulot dépassant.

— Je sais que tu marches au champ', d'habitude, dit-il. Mais, dans le bled, ça détonnerait.

Gu sourit. Il se sentait plus jeune. Ils allaient se séparer suivant un projet débattu d'avance et il avait des choses sur le cœur. Surtout qu'ils risquaient de ne plus se revoir.

— Tu sais, j'ai fouetté sec, sur cette bon Dieu de terrasse, dit-il. Et puis le Belge écrabouillé en bas…

Bernard montra de la gêne devant l'humilité du vieux Gu.

— Y a plus rien à dire là-dessus, fit-il. On s'est arrachés. Y a que ça qui compte.

Ils avaient roulé en boule les uniformes de la prison.

— C'est inusable comme camelote, dit Gu. On va la leur laisser pour jardiner.

— Ils ne garderont pas ces fringues-là. Trop heureux de les porter aux flics après le tam-tam de l'évasion.

Gu avait bloqué le paquet dans un cageot vide. Il le repoussa du pied.

— Ça les regarde, dit-il, et il ouvrit doucement la porte pour inspecter le paysage.

Tout semblait calme. Ils franchirent la clôture et Bernard, qui connaissait la région, servit de guide. Ils coupèrent un petit bois pour rejoindre le virage d'une voie ferrée.

— Il ne tardera plus, dit Bernard. C'est son heure et on l'a pas encore entendu.

Ils s'allongèrent, toujours à l'abri des arbres. Les nuits de novembre ne sont pas spécialement chaudes, mais les deux hommes ne semblaient pas s'en soucier.

— Ensuite, dit Gu, je te recommande les autocars. Tu changes souvent ; par petites étapes.

Cela le soulageait de parler de leur prochaine séparation comme d'un fait accompli. Il ne pensait pas, une semaine avant, que Bernard lui sauverait la vie et il ne pouvait pas non plus le conduire à sa planque. Il ne savait pas ce qu'il aurait fait si Bernard n'avait pas su où se rendre. Mais Bernard le savait, alors la question ne se posait plus.

Ils entendirent des grincements et un grand tintamarre monter de la voie ferrée.

— Le voilà, dit Bernard, et il doit être bougrement long !

Gu se leva avec une certaine difficulté, les membres endoloris. Il regarda Bernard.

— Dans ce virage, il marchera presque au pas, dit Bernard, qui percevait l'inquiétude du vieux.

Ils laissèrent passer la locomotive et le premier tiers du train qui, complètement engagé dans la courbe accentuée, ralentissait de plus en plus. À la vue d'une porte entrebâillée, Bernard s'élança. Il l'ouvrit davantage et, appuyant la paume de la main gauche sur le plateau du wagon, il s'assit d'un coup de reins, les jambes pendantes.

Gu trottait toujours sur le remblai. Bernard poussa encore la porte à glissière, s'agenouilla et tendit la main pour hisser Gu. Le wagon était vide ; il n'y avait que des vieux sacs et un peu de paille dans le fond, vers la locomotive.

— Je suis crevé, dit Gu en s'affalant sur les sacs.

Il n'aurait pu continuer à courir dix mètres de plus.

Bernard pensa que si Gu était repris, il ne pourrait plus jamais s'évader.

Le train les éloignait de Castres et de sa charmante prison.

— Nous allons dans l'Hérault, dit Bernard.

Les wagons se traînaient dans la campagne à une allure décourageante. Gu se demanda s'ils ne feraient pas mieux de voler une voiture.

— S'ils arrêtent ce rapide et qu'ils le fouillent, nous sommes ratatinés, dit-il.

— On pourrait attendre une ou deux gares et j'irai frimer [1], dit Bernard. On a pas intérêt à se balader sur les routes.

Il considéra ses espadrilles. Elles supporteront bien une randonnée à travers la Montagne Noire, pensa-t-il. Le train s'y engageait, déjà. Bernard avait habité la région en qualité de soldat de l'armée française. Le prestige de l'uniforme troublant peu les filles du coin, il s'était trouvé dans l'obligation de multiplier ses chances en sillonnant ferme.

Gu se dressa sur un coude et reposa son oreille sur la paume de sa main.

1. Inspecter.

— Tu as toujours l'intention de descendre à Marseille ? demanda-t-il.

— Oui, dit Bernard. C'est le meilleur pour s'embarquer. J'en ai marre de ce pays pourri. Les dix piges qui restent, j'veux pas les faire.

— Si c'est pour t'embarquer, c'est une bonne ville, dit Gu. Mais si c'est pour y rester…

— J'suis pas connu comme toi, dit Bernard.

— Connu ou pas, c'est pareil. Tu mets les pieds dans le quartier de l'Opéra et, deux jours après, ils savent que tu es là.

Bernard haussa les épaules :

— Tu me crois pas assez con pour raconter mes affaires, des fois ?

Il était âgé de vingt-cinq ans et Gu sembla hésiter avant de poursuivre la discussion.

— Tu arriveras bien à trouver un type sympathique, finit-il par dire. On trouve toujours au moins un type sympathique.

— Et puis après ? Ça veut pas dire pour ça qu'il me balancera aux poulets.

— On ne se comprend pas, dit Gu. Ce type aura sans doute un ami ou même des amis. Tous des gars sympathiques. Jusqu'à ce que toute la flicaille du coin sache qu'un nouveau vient d'arriver. Tu saisis ?

— Je ne fais que ça, dit Bernard.

Le ton était sec. Il s'approcha de la porte et fit jouer la glissière. Un petit jour d'automne blêmissait. Le train ralentissait sur une rampe au flanc de la montagne.

L'endroit était boisé. Bernard contemplait cette nature profonde et une envie de s'y engloutir s'empara de ses fibres.

Le vieux lui cassait les pieds avec sa morale. Gu était célèbre dans les rubriques du gangstérisme, mais les années s'ajoutant aux années, de quoi était-il capable à présent ? Néanmoins, Bernard ne pouvait faire complètement abstraction du fabuleux passé de Gu. Il aurait pu soulever par le col ce petit bonhomme à la gueule de rentier déshydraté et lui administrer une raclée mémorable, mais une crainte secrète lui dictait le respect.

— Je suis passé par là, ajouta Gu. Quand on est jeune, on ne se raidit pas assez.

« Il a tout connu, se dit Bernard. Il est même venu en centrale avec une peine de travaux à perpète sur la soie. Et s'il ne m'avait pas rencontré, il y serait encore. »

— On approche du coin que j'connais le mieux, dit Bernard. J'vais me casser.

Gu se leva, marcha vers la porte, prit Bernard par un bras et, le faisant pivoter, le regarda bien en face.

— Bonne chance, petit, lui dit-il, et merci pour tout.

— Y a pas de quoi, murmura Bernard.

— Si, il y a de quoi, répondit Gu. Ça aurait pu te coûter cher d'attendre sur le mur. Si j'avais pas eu le courage de sauter tout de suite, tu n'y pouvais rien. Tu aurais pu partir avant. J'en connais beaucoup qui seraient partis avant…

— Tu serais parti, toi ? demanda Bernard, et il regretta aussitôt de mettre le vieux directement en cause.

Gu avait lâché le bras de Bernard. Il passa une main dans ses cheveux gris en s'attardant un peu sur la nuque.

— Oui, fit-il, d'une voix qui lui semblait étrangère. Oui, à ta place, je n'aurais pas attendu. Tu vois, maintenant que je t'en parle, j'en suis certain. Je serais parti…

Bernard était nordique, les épanchements n'étaient pas son fort. L'émotion crevait en lui, bien en dedans. Il avait un bouchon dans la gorge. Il posa sur Gu un regard bleu clair, et il sauta du wagon. Gu se pencha, le vit rouler en bas du remblai, se redresser et disparaître entre les arbres. Il se sentit très seul, dans une contrée hostile dont il ignorait tout. Il n'était pas armé et, avec le départ de Bernard, la jeunesse et la force physique l'abandonnaient.

Il recula au fond du wagon, dans l'ombre. Il pensa aux hommes nouveaux, aux ressources d'un type comme Bernard, bien dirigé. Gu avait fourni les lames de scie et l'argent liquide indispensable à l'évasion. Toutefois, il comprenait mieux à présent qu'un homme de la trempe de Bernard pouvait réussir seul, prendre d'énormes risques, sans doute, mais réussir. Tandis que lui, dans une cellule, avec toutes les lames de scie et tout l'argent possible, il eût hésité sur trop d'itinéraires d'évasion, à commencer par le saut depuis la terrasse.

Le ralentissement du train annonçait une gare proche. Il faisait jour. Gu émergea de l'ombre et regarda par la porte. Une petite route blanche longeait la voix ferrée ; un cycliste vêtu de bleu y pédalait, sans conviction apparente. Il portait une musette en bandoulière et Gu nota, avec quelque plaisir, que le goulot d'une bouteille en dépassait.

Il regarda sa propre musette et son aspect le réconforta. Le train s'immobilisait par à-coups. Il profita d'une secousse pour sauter. À une centaine de mètres sur la gauche, on distinguait une petite gare. Gu ne vit personne et enjamba la barrière. Il décida de marcher franchement sur la route jusqu'au cœur du patelin, d'entrer dans une boulangerie et ensuite d'aller au café prendre une boisson chaude.

Si toute la gendarmerie le guettait, ils le cerneraient aussi bien dans un fossé que sur la place de l'église.

Les portes des maisons ouvraient directement sur la route. Le sol des ruelles perpendiculaires était de terre battue. La volaille faisait un boucan matinal apprécié seulement du Parisien en vacances.

Les hommes portaient des casquettes et l'allure des femmes que Gu eut le privilège d'entrevoir légitimait le commerce des filles de joie. Il pénétra dans une boulangerie ; l'odeur chaude de pâte cuite le fit saliver. Il acheta des petits pains aux raisins. La boulangère n'avait pas d'âge.

— Et avec ça, monsieur ?

— Ce sera tout, madame.

Il retrouvait les mots d'avant, les mots de tout le monde.

Il fallait traverser la route et descendre deux marches creusées par l'usure pour pénétrer dans l'estaminet.

— Salut, la compagnie, dit Gu.

Il toucha machinalement sa tête de la main en regrettant de n'avoir pas de casquette.

Le cafetier ressemblait à Vercingétorix.

— Qu'est-ce que ça sera ? demanda-t-il.

Il y avait deux types attablés devant un verre de blanc et un troisième, qui, ingurgitant d'énormes bouchées de pain, avait un litre de blanc entamé à portée de la main.

— Un petit blanc, dit Gu, qui mourait d'envie de boire un café arrosé.

On ne le dévisageait pas outre mesure. Il était à l'aise, les bras appuyés au zinc. Vercingétorix remplit un verre dont l'épaisseur devait lui laisser de coquets bénéfices.

— Ça marche un peu ? demanda Gu, histoire de dire quelque chose.

— Rien de plus, grogna l'homme.

Et il regarda les deux gendarmes qui descendaient de bicyclette. Gu éprouva une contraction au creux de l'estomac. Il mordit dans un pain aux raisins pour se donner une contenance et se tourna vers la porte.

Deux gars énormes ; Gu évita le plus possible de poser les yeux sur les étuis bombés. Le patron disposa deux verres sur le comptoir.

— Pas aujourd'hui, dit le premier.

Le second, celui qui avait la plus sale gueule, n'avait pas ouvert la bouche. Il détaillait Gu.

— On cherche quelqu'un, dit le premier au patron. Alors on a pensé que tu l'avais p't-êt'vu.

Le patron essuya sa moustache d'un revers de main.

— À vot' service, vous savez bien, dit-il. Mais en dehors de monsieur — et il désigna Gu — j'ai vu personne.

En partant en courant, Gu pouvait sortir du café. Et ensuite ? Il avança vers le gendarme qui n'en bâillait pas une.

— Des fois que vous auriez quelque chose à me r'procher… dit-il d'une voix ferme.

— Je crois qu'on va te conduire près du chef, susurra le deuxième gendarme.

« Toutes les carnes susurrent », pensa Gu, subitement raidi. Mais l'émotion l'abandonna d'un seul coup car ce flic s'adressait au patron.

— Mais j'vous dis que j'ai vu personne ! beugla-t-il.

Et il s'adressa aux trois clients qui n'avaient pas bougé :

— C'est pas vrai ? Pouvez pas leur dire, qu'on n'a vu personne ?

Les bonshommes marmonnèrent et Gu enregistra leurs regards fuyants.

— Moi, j'viens d'arriver, dit Gu, et même que j'vais pas tarder à partir. Mais depuis que j'suis là, j'peux bien jurer qu'on n'a vu personne d'autre.

— Ta bourgeoise est là ? demanda le deuxième gendarme.

— Elle va me rejoindre, répondit le patron. Mais j'suis sûr qu'elle l'a point vu.

— Alors tu vas boucler la baraque et on la verra plus tard.

Il lui annonçait la ruine d'un ton placide, comme pour lui demander l'heure.

Le patron s'appuya des deux mains au comptoir. Il ressemblait à tous les hommes traqués. Il regarda Gu.

— Écoutez un peu... commença-t-il.

Gu savait que le type allait parler. Il le ressentait instinctivement.

— On pensait que tu serais raisonnable, dit le gendarme. Si ton beau-frère fait des conneries, c'est pas de ta faute.

Il s'adressa à Gu et aux autres :

— C'est payé ?

Ils firent non de la tête.

— Alors réglez et évacuez les lieux.

Ils sortirent, et comme ils le faisaient tous pour la même raison, ils éprouvèrent le sentiment de se connaître. Gu se renseigna sur la ligne d'autocar. Ces hommes étaient bûcherons. Ils proposèrent de l'embauche à Gu qui hésita un peu avant de répondre. Il ignorait tout des dispositions d'alerte prises à la suite de l'évasion. L'autocar dans lequel il voyagerait tomberait peut-être dans un barrage de police ; tandis qu'un stage d'une quinzaine dans les bois déblayerait la situation.

— J'ai jamais fait ce travail, dit-il enfin.

Ce qui sembla les étonner, la forêt recouvrant toute la région.

— Y a pas d'entraves, dit le plus grand.

Les mots s'allongeaient en sortant de sa bouche.

Gu pensait aux deux cognes. L'alerte toucherait leur brigade et ils se souviendraient de lui. Ils se souviendraient aussi des trois consommateurs, et le cafetier, qui n'avait de viril que la moustache, les renseignerait d'abondance.

— Merci, dit Gu. Mais on m'attend plus bas.

— Bonne route, dit le grand.

Et ils levèrent la main tous les trois dans un salut qui évoquait leur vie libre, dépouillée d'artifices.

Le car s'arrêtait devant le bar-tabac-épicerie-hôtel-cordonnerie-quincaillerie. On y vendait quelques journaux.

La voiture en direction de Saint-Pons passerait dans une petite demi-heure. Gu remercia et traversa la place de l'église. Devant la porte d'une maison plus avenante, une vieille traction avant stationnait. Celle du toubib, sans doute. Il y avait deux gosses, qui se disputaient une bande de cuir.

Gu remonta une ruelle, contre l'église. Une petite porte brune s'incrustait dans la muraille. Il manœuvra le loquet, la porte s'ouvrit. L'intérieur de l'église était sombre. Une étrange odeur de cire froide et de vieux papier flottait dans l'air. Les yeux de Gu s'habituèrent à l'obscurité ; il était près de l'autel. Il n'entendait rien et ne voyait personne. Il se rapprocha de la grande porte d'entrée, choisit l'angle le plus obscur et s'assit à même le sol. Une immense fatigue s'appuya sur ses épaules. Il considéra le chemin à parcourir pour gagner sa planque et se demanda s'il y parviendrait. Il tira de sa poche un petit pain aux raisins et se mit à mastiquer lentement, pour faire quelque chose.

*

Elle leva les yeux et croisa le regard de Jacques. Il aimait cette femme de quarante ans chaque jour davantage. Il longea les tabourets du bar américain pour se rapprocher de la caisse. Manouche ne désirait pas que cet amour prenne de l'ampleur. Depuis la mort de Paul, elle était inquiète. Elle aurait dû rester seule, mais elle ne supportait pas la solitude. Le premier homme qui avait remplacé Paul avait vu la mort de si près qu'un goût très vif pour les voyages ne le quittait plus.

Jacques était venu. On commença à dire qu'il fallait du courage pour fréquenter Manouche et que la meilleure chance d'un homme consistait à ne pas être agréé. On l'appelait Jacques le Notaire en souvenir de réelles études de droit. Il était bien élevé et plus intelligent que les hommes de la pègre dont il s'entourait. Il posa la main sur le bras de Manouche.

— Tu resteras tard, ce soir ? demanda-t-il.

Il était venu très jeune sur le continent et n'avait pas l'accent corse.

— Tu vois bien, répondit-elle en regardant la salle.

Le bar était rempli de monde. Une porte en fer forgé s'ouvrait sur une salle à manger agencée en club privé. L'établissement travaillait avec une clientèle interlope. Une clientèle riche qui vivait de brigandages. La majorité avait connu le pauvre Paul et respectait Manouche.

— Et puis tu sais que Gigi est malade, ajoutait Manouche.

Gigi, c'était la caissière.

— Prends une remplaçante, dit Jacques. Tu commandes, après tout…

Manouche soupira. Ils étaient tous pareils, incapables de gérer une affaire.

— On dirait que tu ne connais pas les gens d'ici, reprocha-t-elle. On ne met pas quelqu'un au courant en deux jours. Et d'ici une semaine, Gigi sera là.

Jacques souriait. Ses yeux étaient moins noirs dès qu'il souriait.

— Manouche, dit-il, tu es trop raisonnable…

On lui fit un signe près du bar. Il pressa légèrement l'épaule de sa maîtresse et s'éloigna. Elle l'aperçut en conciliabule avec deux Méridionaux. L'un d'eux portait un costume d'une étoffe très claire. Ils burent quelque chose ensemble. Et Jacques revint vers elle.

— Il me semble avoir reconnu Fred, dit Manouche.

— Oui. Il m'a dit que ça se remarquerait moins que de venir te parler.

— À moi ? fit Manouche.

— C'est ça, dit Jacques, et il lui annonça : Gu s'est arraché.

Manouche porta une main à sa poitrine et Jacques eut l'impression qu'elle pâlissait.

— Si on rentrait, proposa-t-il.

Elle fit non de la tête. Le premier barman s'approchait et ce n'était certainement pas pour les besoins du service.

— Alban, dit Jacques, envoie deux cognacs.

Alban apporta deux verres et laissa la bouteille de Henco. Il maniait les liquides avec une dextérité relative, mais cassait un manche à balai à trente mètres au parabellum. À l'époque de Paul, il conduisait la voiture. Maintenant il veillait sur Manouche.

Jacques tendit un verre à sa maîtresse. Elle le vida posément. Ses yeux vert et or ne fixaient plus rien.

— C'est incroyable, prononça-t-elle.

— Tu crois qu'il va remettre ça ? demanda Jacques.

Gu était d'une autre génération et, dans l'esprit de Jacques, il rejoignait les sucreurs de fraises.

— Il y a dix ans, on a essayé de l'aider, dit Manouche comme pour elle-même, et il nous a répondu de le laisser crever tranquillement. On a même cru qu'il se buterait un de ces soirs.

— Ça fait le compte, dit Jacques. On me l'a montré au Maxim à Marseille, il y a douze ans. Le plein boum [1]. J'ai été déçu ; on aurait dit un employé de banque qui pêche à la ligne le dimanche.

Il n'avait jamais vu Manouche si émue.

— Le pauvre Paul en aurait claqué de joie, dit Manouche.

1. La belle époque, pour Gu.

— Un ami de la famille, alors, dit Jacques sur un drôle de ton.

— Des associés, coupa Manouche. Gu c'était quelqu'un.

Elle sembla faire un bref calcul.

— Il a dépassé la cinquantaine, dit-elle. Et puis c'est pas tout ça, où est-il ?

— Qu'est-ce que j'en sais ?

— Comment qu'est-ce que tu en sais ? C'est à toi ou au pape que Fred a parlé ?

Jacques se versa une rasade de cognac et ajouta un peu d'eau.

— Ne t'agite pas, conseilla-t-il, on t'observe. Ce que Fred m'a dit, je te l'ai dit. Gu s'est arraché, et c'est tout.

La belle Manouche avait le sang à la tête ; son teint de rousse se colorait.

— Alban, dit-elle.

Il pencha sa haute taille vers Manouche :

— Gu est libre.

En annonçant la nouvelle à ce vieux témoin, elle avait l'impression d'être moins seule, de renouer le fil. Alban n'avait pas bronché.

— Il faut tâcher moyen d'y aller, dit-il.

Son accent sentait la farine de châtaigne.

— J'irai, coupa Jacques, dès qu'on en saura davantage.

Les possibilités de Jacques étaient grandes. Il connaissait un monde fou. Il obtiendrait les faux papiers, l'embarquement et tout le truc. Alban caressait son crâne en signe d'émotion ; il était chauve ou peu s'en fallait et, d'ordinaire, il évitait soigneusement de toucher sa calvitie.

— On ira ensemble, décida-t-il.

On racontait qu'Alban conduisait la tire dans la dernière histoire de Gu.

— Si le patron voyait ça, fit-il encore.

Les amants de Manouche n'avaient pas remplacé Paul aux yeux d'Alban. Ni à ceux de Manouche non plus, à voir comme elle les traitait. L'heure passait. Le bar se vidait au profit du restaurant. Jacques était parti, puis revenu.

— Il y a Charles qui veut acheter la Buick, dit-il. Je vais la lui vendre. J'ai envie d'une Aston. Tu sais, une voiture sport, très basse.

— Une caisse à savon, fit Manouche.

— Et on pourrait s'offrir un voyage, dit Jacques. Pour Noël, ça te dirait ? L'affaire de Gu sera réglée, insista-t-il. Tu n'en as pas marre du décor ?

Elle regarda ce beau garçon qui faisait des frais et songea qu'elle ne pourrait plus supporter le genre caïd. Elle avait pris l'habitude de commander et appréciait beaucoup les nuances de Jacques. Elle posa sa main sur la sienne.

— C'est une idée, dit-elle. Ça nous changera.

Un type pénétra dans le bar en parlant très fort. Il était bien habillé, mais il braillait et le barman ne le comprenait pas. Jacques approcha.

— Qu'est-ce que vous avez ? demanda-t-il.

L'homme, de taille moyenne, n'avait pas l'air d'un truand, bien que l'époque fût aux apparences trompeuses. Il saisit Jacques par les revers du veston. On vit seulement la tête de Jacques prendre quelques centimètres de recul et le type tomba comme un fruit mûr au pied du comptoir.

Une plaie rougissait au-dessus de l'arcade sourcilière à la naissance du nez. Alban avait contourné le comptoir. À deux, ils soulevèrent le corps, le sortirent, traversèrent le trottoir de l'avenue Montaigne et l'installèrent au pied d'un arbre. Le portier n'avait pas bougé.

— Un ivrogne égaré, dit Jacques. Jette un coup d'œil. En principe, il devrait s'en aller. Si ça ne va pas, tu m'appelles.

Alban regagna son comptoir. Il avait besoin de parler de Gu avec Manouche. Jacques resta près de la porte, à l'extrémité du bar. Dans une sorte de niche, à droite et au fond de la salle, deux hommes parlaient à voix basse. La lumière, tamisée au possible, les éclairait mal.

Ceux qui firent irruption dans le bar étaient au nombre de quatre. Chapeaux rabattus sur les yeux, col du pardessus relevé. Ils ouvrirent le feu sur Jacques dont le corps s'immobilisa une seconde avant d'amorcer un quart de tour en glissant sur le sol.

D'une main, Alban avait jeté Manouche en bas de son siège et de l'autre, il assaisonna rapidement le groupe, avant de disparaître à l'abri du comptoir. Les quatre tueurs s'enfuirent en aidant l'un des leurs qui se tenait le ventre et il sembla à l'un des consommateurs du fond que le plus petit des quatre était touché à l'épaule.

La salle à manger se vida comme par enchantement. Les gens passèrent, sans s'arrêter, auprès de

Manouche, penchée sur le corps de Jacques. Elle se releva et s'appuya au bras d'Alban.

— Pourquoi ? murmura-t-elle. Mais pourquoi ?

Alban regarda Jacques : il n'était pas beau à voir. Il avait reçu plusieurs balles en pleine figure. Alban déplia un immense mouchoir qui tenait plutôt de la serviette et en recouvrit le visage du mort. Ensuite, il soutint Manouche jusqu'au plus proche fauteuil club.

Il ne restait plus un seul client. Le personnel de la salle se tenait sur le seuil de la porte en fer forgé. Le maître d'hôtel était un extra qui assurait un remplacement.

— Qu'est-ce que c'est ? Qu'est-ce que c'est ? répétait-il sans arrêt.

— Tu as vu quelque chose ? demanda Alban.

— Non, balbutia-t-il. Non, rien du tout…

— Alors ferme ta gueule ! On est tous comme toi, ici.

Il se dirigea vers le monte-charge électrique.

— Hé ! en dessous, appela-t-il.

Il sentit qu'ils étaient tous massés près de l'orifice.

— On est là, répondit-on.

— À demain, dit Alban.

— Madame a du mal ? s'enquit une voix.

Alban reconnut le chef. Un vieux qui avait payé dans sa jeunesse.

— C'est Jacques, dit Alban. Arrange-toi pour qu'ils caltent tous avant cinq minutes.

— Allez, tchao…

Et il rabattit la porte qui se fermait comme une guillotine.

Le portier était rentré à l'intérieur. Manouche avait la tête entre ses mains ; elle ne bougeait pas. Un silence total engluait les gens et les choses. Alban passa derrière le comptoir et se baissa. On entendit des claquements de portière, à l'extérieur, et un bruit de pas pressés sur le trottoir.

Ils débouchèrent dans le bar et se mirent à tourner dans tous les sens. Alban ne connaissait personne dans cette brigade. Le plus âgé parla aussitôt d'embarquer tout le monde.

— Touchez pas à celui-là ! glapit-il en désignant le corps de Jacques. Qui a tiré ? C'est elle ? continua-t-il en avisant Manouche toujours prostrée dans son fauteuil.

— C'est pas elle. Elle, c'est la patronne, lâcha Alban sans remuer.

— On vous demande rien, vous parlerez après, trancha le flic.

Alban eut un petit sourire.

— Je ne crois pas qu'il te raconte grand-chose, dit une voix derrière eux.

Les visages s'orientèrent vers un type d'une quarantaine d'années, vêtu avec recherche. Il s'appuyait dans l'embrasure de la porte.

— Ah ! bonsoir, dit le flic qui jactait depuis le début. Justement on…

— Bonsoir, Manouche, dit le « patron » en s'avançant.

— Bonsoir, commissaire, murmura Manouche. Vous avez vu ?

Elle désigna Jacques de la main.

Le commissaire Blot s'était occupé du gang de Pierrot le Fou et suivait avec intérêt la recrudescence des règlements de comptes. Il souleva le mouchoir qui recouvrait le visage.

— C'est Jacques Ribaldi, dit Jacques le Notaire, annonça-t-il aux hommes qui l'entouraient. (Il palpa le corps.) Ils l'ont criblé, dit-il en se relevant.

Il tenait le Colt de Jacques et le manœuvra. Le chargeur était plein, avec une balle dans le canon. Il tendit le flingue à son adjoint.

— Il n'a pas eu le temps, dit-il. Ils étaient au moins quatre.

Blot leva les yeux sur Alban.

— Peut-être que tu étais mieux placé ? lui dit-il.

— Toujours à plaisanter, commissaire, reprocha Alban. Vous savez bien qu'on est sage.

— ... et que ceux qui t'en voulaient, ils sont morts, enchaîna Blot sur le même ton.

— Comment pouvez-vous dire, commissaire, soupira Alban.

— Surtout ne tombe pas dans les pommes, dit Blot. Et puis du moment que Manouche n'a rien, tu te fous du reste. C'est ça, hein ? La conférence va commencer, enchaîna-t-il. Vous pouvez approcher, vous autres. (Et il invita le personnel de la salle à manger.) Fermez le cercle. Je n'appelle pas les clients, je suppose que ce soir il n'y en avait pas. (Il sourit à Manouche.)

Messieurs, dit-il à ses hommes, les reliefs de repas par petites tables que nous apercevons d'ici ne sont pas des signes de précipitation. Certains quittèrent le lieu aux hors-d'œuvre, d'autres, un poil avant les entremets. Rien en cela que de normal. Disons que la Reine d'Angleterre faisait du stop avenue Montaigne, ce qui valait le dérangement. Pour le reste, messieurs, voici Alban, qui n'a absolument rien vu. Quand l'accident est arrivé, il était accroupi derrière le bar, il y chassait les mouches. Lorsqu'il releva la tête, les agresseurs, les vilains, ceux qui sont entrés là on se demande pourquoi, avaient disparu. Alban ne pourrait même pas dire s'il s'agissait d'un homme seul ou d'une tribu de Touareg. N'est-ce pas, Alban ?

— C'est à peu près ça, commissaire.

— Je vous le disais, poursuivit Blot. Voilà Manouche. De mauvaises langues diront que Jacques le Notaire avait un sentiment pour elle, mais où serait le rapport, je vous le demande ? Efforçons-nous de croire que Jacques est mort de rire. Manouche n'a rien vu, elle était assise à la caisse, le nez sur une addition. Et voilà le deuxième barman, si ma mémoire est bonne, Marcel le Stéphanois. (Il le regarda et Marcel acquiesça.) Il a eu si peur en voyant entrer un homme à la mine patibulaire qu'il lui serait impossible de le reconnaître ; il est craintif, Marcel, et il a disparu derrière le comptoir. Il en émerge à peine et il n'a absolument rien vu. N'est-ce pas, Marcel ?

— Ça alors, ça alors…

— Fais-moi grâce, mon vieux, dit Blot et prends ton temps.

Marcel avala sa salive.

— Vous êtes formidable, voilà ce que je veux dire. Et on dirait que vous y étiez.

— Je vous fais juges, messieurs, de la docilité des témoins, poursuivit Blot, et de leur bonne foi. Je vous présente le portier. Un homme honorable, dont le nom m'échappe. Il a vu pénétrer des clients, sans plus, et il n'a rien entendu à cause du bruit intense de la circulation dans ce quartier grouillant de hideux poids lourds et de sifflements de train. Ensuite il a vu sortir des clients, ce dont il a une grande habitude, et on est venu lui annoncer la mort d'un homme. Il est encore sous le coup de la stupeur. Auriez-vous la force de parler, mon enfant ? invita Blot.

— Vraiment, quel choc ! Si j'avais pu supposer… débuta le portier.

— Abrégeons, voulez-vous, dit Blot. Je ne suis pas un tortionnaire. Allez vous asseoir. (D'un geste circulaire, il désigna le personnel du restaurant.) Un idiot de village comprendrait que ces gens n'ont rien vu. Quant à la disparition des clients qu'ils servaient, ils ne sont pas payés pour en découvrir le motif. Tout le monde n'est pas doué d'une imagination au-dessus de la moyenne. Messieurs, j'en ai terminé.

Un flic se pencha pour parler à son patron de bouche à oreille.

— Ce n'est pas la peine, répondit Blot à haute voix. Ils sont certainement partis. Je me trompe, Alban ? Les mercenaires des cuisines ont dû réintégrer leur foyer ?

— C'était beaucoup de monde pour rien, fit Alban.

— Merci, dit Blot en inclinant le buste. Pourriez-vous me rendre le même service qu'il y a deux ans ? demanda-t-il à Manouche.

Elle se dirigea vers la caisse, ouvrit un tiroir et s'empara d'un répertoire de cuir vert.

— Voilà, commissaire, dit-elle. Il est à jour.

Blot confia le bouquin à son adjoint.

— C'est le relevé du personnel avec les adresses, expliqua-t-il. Le juge en fera des choux maigres. Téléphonez au service qu'on embarque le corps.

Manouche indiqua le téléphone. Les policiers se tenaient à proximité de la porte. Blot les écarta et examina les boiseries.

— C'est curieux, dit-il au bout d'un moment. On dirait qu'ils sont sortis en tiraillant vers la rue. À moins qu'on ne leur ait tiré dessus depuis l'intérieur. J'espère que tu en auras au moins tué un, et il se tourna vers Alban. Enfin, nous le saurons dans quelques jours.

L'adjoint avait téléphoné.

— Nous n'emportons que le corps, dit Blot. Pour les autres, nous pourrions prononcer la phrase rituelle.

— Tenez-vous à la disposition du commissaire ! clama l'adjoint. Défense de quitter Paris sans nous informer du changement d'adresse.

— Parfait, dit Blot.

Il vint s'asseoir sur le bras du fauteuil de Manouche.

— Il a de la famille sur Paris ? demanda-t-il.

— Non, répondit Manouche. Du moins, pas que je sache. Ils sont à Bastia. Il a encore sa mère et deux frères plus jeunes.

— Tant mieux, fit Blot.

— Vous êtes atroce, fit Manouche.

Il imaginait la réaction des deux frangins.

Il ne sembla pas entendre.

— Vous voilà seule, dit-il. C'est dommage que les places soient si chères.

Manouche vivait dans le milieu depuis vingt-cinq ans et jamais il ne lui était venu à l'idée de réclamer le conseil d'un flic. Mais ce soir, elle luttait pour ne pas lui demander.

Pourquoi ?… qui fait le vide, et pourquoi ?

Deux brancardiers chargèrent le corps. Manouche se dressa. Blot pesa doucement sur son épaule.

— C'est fini, mon petit, dit-il.

Le regard de Manouche s'embua et Blot tourna la tête. Il ordonna à ses hommes de sortir et rendit la liberté aux membres du personnel.

Dans le local luxueux, il n'y avait plus que Manouche retombée dans son fauteuil, Alban et Blot. L'air puait la tristesse.

— On amorce un sacré tournant, murmura Blot.

Il traquait ces gens avec des méthodes nouvelles et quand il travaillait il ne laissait pas son cœur au vestiaire.

— Il suffit de quelqu'un de nouveau pour que tout change, acheva-t-il en se levant. Au revoir, Alban. Tiens, tu lui feras la lecture, ce soir.

Il sortit un journal de la poche intérieure de son pardessus et quitta la pièce. En troisième page, Alban s'arrêta sur quelques lignes encadrées de rouge. Ils lurent qu'un dangereux chef de bande nommé Gustave Minda venait de s'évader de Castres. On y rappelait que le vieux Gu avait attaqué le « train d'or » un peu avant la guerre.

Manouche passa une main sur son visage fatigué.

— Rentrons, dit-elle simplement.

Alban récupéra son flingue et ils sortirent. L'air frais les piqua au visage. Les nickels de la Buick de Jacques scintillaient sous l'éclairage de la ville de Paris. Il voulait la vendre pour acheter une Aston. Il voulait partir en voyage avec Manouche. Il aimait Manouche. Il était jeune. Maintenant, son corps était découpé en lanières sur une table de marbre.

Manouche tendit les clés de sa 4 CV à Alban. Elle n'était pas en mesure de conduire. La voiture démarra lentement. Ils n'avaient pas besoin de parler. Ils se connaissaient depuis trop longtemps. Elle habitait un petit hôtel particulier du boulevard Suchet, juste six pièces sur un garage, avec quelques mètres de terrain devant et autant derrière. Une gouvernante entretenait la maison avec l'aide d'une femme de chambre qui ne couchait pas là.

Depuis la mort de Paul, Manouche ne recevait que des intimes, de loin en loin. La maison faisait l'angle. Alban laissa tourner le moteur et descendit ouvrir la grille et la porte du garage. Il était deux heures du matin. Manouche n'avait pas bougé, car un escalier montait du garage à l'intérieur de la maison. Alban rentra la voiture et ressortit pour fermer la grille.

Le faisceau d'une lampe torche l'aveugla et, dans la seconde qui suivit, le canon long d'un automatique s'incrustait entre ses côtes. Il y avait un type tout contre lui et la lampe l'aveuglait toujours.

— Si tu bouges, tu es bon, souffla une voix.

Il sentait la chaleur de la respiration sur sa joue. Une pression de l'arme l'obligea à pivoter et un deuxième canon pointa sur les os. La lampe était éteinte. Une main le fouilla et son parabellum quitta son étui. Désarmé, il se sentit comme nu, il songea à Manouche, seule et sans défense dans la maison.

Ils le poussèrent dans le garage. La voiture était vide. Manouche était montée. L'un des hommes emprunta l'escalier. Alban suivit avec le second type derrière lui. Ils ne le tueraient pas immédiatement pour ne pas alerter Manouche. « Ils veulent la flinguer ou l'enlever », pensa-t-il. Et il décida de faire quelque chose au dernier moment.

Ils débouchèrent dans une petite entrée et prêtèrent l'oreille. Pas un bruit. Manouche était peut-être dans sa chambre, allongée sur son lit.

— Appelle-la, dit le même homme, la bouche contre l'oreille d'Alban.

Il serra la mâchoire. Il savait qu'il ne se déciderait jamais à faire ça.

Le deuxième appuya son arme sur sa nuque.

— T'as deux secondes, fit la voix.

Alban plongea son regard dans celui de l'homme qui parlait et ce dernier comprit qu'Alban n'appellerait pas. Celui-ci sentit qu'il se passait quelque chose derrière son dos et il reçut un coup formidable derrière l'oreille.

Une poignée de points lumineux éclata dans sa tête. Ses agresseurs accompagnèrent la descente du corps et s'avancèrent chacun d'un côté le long du couloir.

Manouche se voyait dans le miroir de sa coiffeuse. Elle était assise, les coudes sur la tablette, la tête dans les mains. La vie lui semblait injuste et impossible. Elle reconnaissait à peine son visage ; c'était une autre qui avait mené cette existence. Elle tenta de retrouver la jeune fille, la petite sauvageonne aux cheveux flamboyants, qui dansait pieds nus sur la plage. Mais on la regardait déjà beaucoup trop et les êtres qui attirent les regards ont souvent de curieuses destinées.

Les deux énergumènes se reflétèrent dans la glace de la coiffeuse. Ils tenaient chacun un objet noir. Manouche pensa à Alban et une bouffée de haine l'emporta. Elle se retourna violemment.

— On est venu terminer le boulot ? dit-elle.

Cela ressemblait à un glas.

— Ça dépendra, dit le type de droite.

Ils étaient jeunes, vingt-cinq ans environ, avec des petites gueules avenantes. Celui qui parlait arborait une fine moustache taillée avec soin. Autant que Manouche pouvait en juger, ils n'étaient pas méridionaux. En tous les cas, pas des Corses.

— Je suis dans le bain depuis trente piges, dit Manouche. Je connais toute la romance.

— On connaît jamais tout, dit le second.

Elle se demanda ce qu'ils avaient pu faire d'Alban. Ils n'avaient pas tiré. « Ou alors, il y en a d'autres et ils l'ont embarqué, pensa-t-elle. Ou saigné. » Elle n'en pouvait plus de dégoût.

— Ça ne vous fatigue pas, ces arbalètes ?

Elle montra les flingues en souriant.

Ils se regardèrent et les automatiques disparurent dans la poche intérieure des pardessus.

« Un peu jeunes dans le métier », se dit Manouche.

Gu était passé par Bordeaux ; un vieux truand de sa connaissance y tenait un hôtel meublé. Gu y parvint, mort de fatigue. C'est de là que lui était venue l'aide matérielle pour l'évasion : des scies et le premier argent. On l'attendait donc un peu, mais il y avait trop de professionnelles dans l'hôtel et Bordeaux grouillait de mouchards.

On lui procura un Colt 45 et deux chargeurs. Les faux papiers se révélèrent superflus ; il n'avait pas l'intention de bluffer si on le cernait dans un coin. Il comptait s'en tirer avec le Colt ou rester sur place.

Il quitta Bordeaux quarante-huit heures après, vêtu d'un pantalon kaki et d'une canadienne, chaussé de pataugas. En bandoulière, il portait une longue boîte de zinc comme celle des plombiers. Il se coiffa d'un béret basque.

Il gagna Paris en utilisant les voies ferrées auxiliaires, d'omnibus en omnibus. Il dormait dans le train ou terminait sa nuit dans les salles d'attente. Il se nourrissait de pain et de saucisson et buvait le gros rouge de sa condition sociale.

Il traversa la Normandie et, trois jours après son départ de Bordeaux, il échouait à Chatou, à quelques kilomètres de Paris. Il rejoignit à pied la ligne d'autobus, descendit au Pont de Neuilly et prit le métro.

Il lui semblait n'avoir jamais quitté la vie libre. De temps en temps, il touchait la crosse dure du Colt et se sentait moins vulnérable. Le métro le déposa au Rond-Point des Champs-Élysées. Il n'était pas loin de minuit. Il remonta lentement l'avenue Montaigne. Plus il approchait de l'établissement de Manouche, plus l'émotion le gagnait. Il marchait sur le trottoir d'en face. Il s'épaula contre un arbre, à l'abri d'une grosse voiture américaine rangée le long du trottoir.

— Bon Dieu, déjà dix ans ! murmura-t-il.

Il se donna quelques secondes avant de traverser l'avenue. À ce moment, Jacques et Alban sortirent en soutenant un type. Ils le déposèrent contre un arbre. Gu dévora son vieux Al du regard. Il ne connaissait pas Jacques ; il le vit parler au portier et le grand corps d'Alban s'engouffra dans le bar.

— Sans doute un ivrogne, se dit Gu.

Il était sale et décida de faire un long détour avant de pénétrer par les cuisines. Lorsqu'il se présenta à la porte de service, des gens sortaient précipitamment. Il n'osa questionner personne et s'éloigna. Pris d'un vague malaise, il quitta le secteur en direction des quais de la Seine.

Il savait que Paul était mort. Mais la présence d'Alban indiquait celle de Manouche. Il prit machinalement le chemin de l'avenue Bosquet. Il l'attendrait à la porte de chez elle. Elle avait certainement un amant qui ne pouvait être qu'un homme sûr.

Il assista donc à l'arrivée de la 4 CV et à la descente d'Alban. Il voyait mal. Il ne pensa pas qu'Alban couchait avec Manouche, ce n'était pas le genre.

Alban rentra la voiture et Gu s'apprêtait à sortir de l'angle quand il vit deux hommes raser la grille du côte opposé. La lampe torche troua la nuit et Alban fut poussé à l'intérieur.

Gu sortit son Colt.

— Ça alors ! fit-il à mi-voix.

Il se contraignit à compter jusqu'à soixante et pénétra par la grille ouverte. Il connaissait les lieux. Dans le garage, il attendit encore. Il ouvrit doucement la porte de la 4 CV et la fouilla, à la recherche d'un flingue. Il n'y en avait pas. Il grimpa les marches raides du petit escalier et passa la tête à peine, comme un nageur qui remonte en surface. Le corps d'Alban gisait sur le sol ; de la chambre de Manouche, un bruit de conversation lui parvenait et il sentit que quelqu'un approchait. Il s'enfonça dans l'escalier, à plat ventre sur les marches. Il entendit un cliquetis, comme un bruit de menottes, et des pas s'éloignèrent.

Il remonta et sortit complètement. Al avait les chevilles attachées et les mains fixées derrière le dos par deux paires de menottes. Une large bande de sparadrap scellait sa bouche. Il était toujours évanoui.

Gu se déchaussa et se dirigea vers les voix.

— Tu dois en avoir marre de toutes ces salades, disait un homme. Ça s'arrêtera quand tu voudras.

— Moyennant combien ? fit la voix de Manouche.

Gu frissonna de la tête aux pieds. Il était là avec son Colt, à deux mètres de Manouche seule contre une bande de pourris.

— On n'est pas gourmands, fit l'homme d'une voix conciliante.

Gu rampa jusqu'à la porte et passa le front et les yeux dans l'entrebâillement, au ras du sol. Ils étaient deux et n'avaient pas de flingues à la main. Manouche, assise, lui faisait face. Il se releva.

— Quatre briques, deux briques chacun, reprit l'homme.

— Où voulez-vous que je les prenne ? dit Manouche.

— Dans ce cas… fit l'homme.

— Les mains en l'air et plus haut que ça ! fit Gu en surgissant dans la pièce. Celui qui remue un poil est mort.

Elle était debout, blême.

— Ne prononce pas mon nom, ordonna Gu.

Elle traversa la pièce et s'accrocha à son bras.

— Est-ce possible ? Est-ce possible ? fit-elle.

Et elle se mit à sangloter sans verser de larmes. Des sanglots nerveux la secouaient entièrement.

De sa main libre, Gu lui caressa les cheveux.

— Ça ira maintenant, dit-il. On va liquider ces oiseaux et tu me raconteras. À genoux, vous autres, commanda-t-il, et sa voix n'annonçait pas un programme de réjouissances.

— Tu ne vas pas faire ça… dit le type à moustache.

— Allongez-vous sur le ventre, continua Gu, les bras tendus le long des oreilles. Voilà, c'est parfait ; on tient à sa peau, à ce qu'il paraît.

Manouche se calmait. Elle dévorait Gu des yeux. Il lui souriait. Il n'avait pas tellement changé ; il était sale et avait plein de cheveux blancs. Mais c'était Gu.

— Fouille-les, dit-il.

Elle récupéra d'abord les flingues. Gu en prit un et fourra l'autre dans sa poche.

— Que celui qui a les clés des menottes lève la main, dit Gu.

L'homme de droite leva la main. Gu lui allongea un coup de pied dans les côtes.

— Bougre d'enfoiré, dit-il, alors on joue aux poulets ?

Manouche disparut dans le couloir.

— Il est évanoui, dit Gu, et tu lui diras qu'il ne prononce pas mon nom.

Cinq minutes plus tard, Alban, un peu chancelant, pénétrait dans la pièce en se massant la nuque.

— Alors, vieux cheval, dit Gu, on se fait assommer par des blancs-becs ?

Alban traîna ses yeux lourds sur les corps allongés.

— On va tâcher moyen de se payer, grimaça-t-il.

Manouche lui avait dit de ne pas appeler Gu par son nom et il n'osait pas lui parler de peur que son nom ne lui échappe. Il le regarda simplement, debout, immense, et se caressa le crâne.

— Tu les perdais déjà, il me semble, dit Gu.

Il se tourna vers Manouche :

— Il se couchait avec une bouteille de Silvikrine sous l'oreiller.

Sauf les deux truands, à plat ventre sur le sol, cela ressemblait à une réunion familiale. Alban se pencha et rentra en possession de son parabellum. Il le glissa sous son aisselle. Gu lui adressa un clin d'œil.

— On se renippe, dit-il. Toujours aussi adroit ?

— C'est calme, fit Alban, et il ajouta en montrant les prisonniers : ces estrasses m'ont cogné par-derrière.

Gu savait ce que cela voulait dire.

— Debout, ordonna-t-il.

Ils se levèrent.

— Toi, va-t'en au fond, dit Gu en indiquant un mur avec le canon du Colt. Tu peux baisser les bras, ajouta-t-il en s'adressant au second, et on t'autorise à te défendre.

Alban s'avança sur le type.

— Par-derrière, c'est facile, dit-il.

Manouche était revenue auprès de Gu.

Alban amorça une feinte du gauche, et sa droite écrasa la bouche du visiteur. Il sentit que son poing modifiait l'anatomie du beau gosse.

— Laissons-lui cracher ses dents, dit Gu. Au suivant de ces messieurs…

Il était pâlichon, le suivant :

— Encore heureux que tu ne montes pas sur la veuve [1], dit Gu. Deux gifles suffiront, mon vieux Al. C'est sa contenance.

Il encaissa les gifles avec un air penché, le cou dans les épaules.

— Donne-lui un siège, Manouche, on va discuter un peu. Quant à l'autre, tu l'emmènes à côté, dit Gu à Alban.

Gu avait rengainé son Colt.

— Tu t'appelles comment ? demanda-t-il.

— Henri Letourneur, répondit le garçon.

Il n'était pas encore très à l'aise.

— Qui est-ce qui t'envoie ?

Letourneur baissa la tête.

— Si tu m'obliges à répéter deux fois le même truc, j'arrête et on t'offre une promenade au bois, dit Gu.

— C'est Jo, répondit-il enfin.

— Un Corse, dit Gu.

1. Guillotine.

Letourneur fit oui de la tête. « Celui qui a un rade[1] à Paris », songea Gu. Il regarda Manouche. Ses lèvres entrouvertes dessinaient un petit cercle.

— Tu veux parler de Ricci ? lâcha Gu en se penchant davantage.

— Oui, articula Letourneur.

Il avait la gorge sèche comme un cactus.

— Et alors ? fit Gu d'un ton encourageant.

— C'est surtout mon pote qui l'connaît. On s'défend à deux et Jo a un bon fourgue. Mais, sur le dernier boulot, on n'a pas vu la fraîche. Jo a eu la camelote, il l'a filée au fourgue et le fourgue est au gniouf. Alors Jo, il a été chouette. Il a dit comme ça à mon pote qu'il nous mettrait sur un coup unique. Qu'on n'avait qu'à attendre.

Letourneur s'arrêta pour avaler sa salive.

— Et alors ? pressa Gu.

— Et alors, on y allait tous les jours et ce soir il a dit à mon pote que c'était bon, que le client était mûr, voilà ce qu'il a dit.

— Pourquoi ce soir ?

— Ce soir, ils ont tué Jacques, avenue Montaigne, dit Manouche.

Elle n'avait plus de chagrin, ni peur. Elle avait envie de vomir.

— Ça va, j'ai compris. Alban, appela-t-il, on s'en va.

Alban poussait le type devant lui.

— Quand vous êtes venus, demanda Gu, vous saviez quoi sur cette femme ?

1. Bar.

Personne ne répondit. Gu sortit son Colt. Letourneur regarda et comprit que cet homme âgé, vêtu comme un clochard, était le plus dangereux qu'il n'eût jamais rencontré.

— On savait juste qu'elle craignait et qu'elle pouvait pas porter l'deuil[1].

« Je n'ai plus rien à faire dans ce pays, se disait Gu. Si on ne veut pas que les gens se plaignent on va user un étau chez Citroën. Pour les truands, il y a les banques, les convois, les bijouteries. Seulement, il faut en avoir deux entre les jambes. »

— Videz toutes vos poches sur ce lit, dit-il, et retournez-les.

Ils s'exécutèrent. Il était quatre heures du matin ; dans une heure, il ferait jour. Il y avait les clés de contact d'une voiture parmi les objets déposés sur le lit.

— Prenez-les, dit Gu. Elle a quatre places, cette bagnole ?

— C'est une Aronde, dit Letourneur.

Celui qui avait craché ses dents ne parlait pas. « Il est un peu plus dur », pensa Gu. C'est ce qui avait dû motiver la confiance de Jo Ricci.

Il murmura quelque chose à l'oreille de Manouche. Elle ouvrit le tiroir d'une commode ancienne, profonde comme le temps, et tendit une paire de gants à Gu. Ils sortirent par la grande porte. Alban se ganta en descendant les marches du perron. La voiture stationnait à deux cents

1. Porter plainte.

mètres. Devant les portières, Gu réclama les clés et les confia à Alban.

— Montez derrière, dit-il aux deux hommes. (Ils avaient relevé le col de leur pardessus.)

— Où va-t-on ? s'inquiéta Letourneur.

— On va chez Jo, répondit Gu. Il a une villa sur la route de Vaucresson.

Alban prit le volant. Gu s'assit à ses côtés, le flingue à la main, à demi tourné vers l'arrière. Alban se sentait rajeuni d'une quinzaine d'années. L'Aronde fut bientôt au sommet de la côte de Saint-Cloud. Elle franchit le carrefour de Marnes-la-Coquette et Alban ralentit légèrement à un passage à niveau. Ensuite, la route montait, devenait meilleure en coupant les bois. Une ligne droite se présenta.

— Tu peux appuyer, on arrive, dit Gu.

Alban lança la voiture. Gu logea deux balles dans la tête d'Henri Letourneur et vida le reste du chargeur sur l'autre. Letourneur prit une mine stupide et s'affaissa en avant. L'autre tendit ses mains ouvertes, comme pour stopper les balles, et demeura cloué contre la banquette. Alban n'avait pas bronché.

— Ils auraient parlé de moi à Ricci, dit simplement Gu. Tu prendras la première à droite dans les bois.

Alban vira un peu plus loin et stoppa sous un couvert.

Ils descendirent et rejoignirent la nationale.

— J'ai dit à Manouche de suivre, expliqua Gu.

La 4 CV s'amena peu après et ils rentrèrent à Paris.

Manouche ne posa aucune question durant le trajet et Gu garda le silence. Il regroupait ses idées. La fatigue tendait la peau de son visage ; en retrouvant Manouche, il imaginait une détente, un calme, pour se remettre des péripéties de l'évasion. Mais, dans un coin de forêt, une Aronde servait de cercueil.

Une fois les portes closes, Manouche et Alban étreignirent Gu. Il se débarrassa de sa canadienne et le luxe du petit salon lui renvoya l'image de sa crasse.

— C'est affreux, dit Manouche, mais tu ne peux pas rester là. Jacques est mort cette nuit ; la Criminelle sort du bar et je préfère te dire qu'il y a un zigoto sensationnel qui mène la barque. Il s'appelle Blot, le commissaire Blot.

— J'ai entendu parler de lui, dit Gu.

Un Stéphanois lui avait dit, en centrale : « Dès que Blot plonge son nez dans une affaire, le mieux c'est de se tailler au diable. »

— Avant de partir, il nous a fait cadeau d'un journal.

Alban le sortit de sa poche et Gu prit connaissance de l'entrefilet encadré de rouge. Puis il leur raconta qu'il avait rôdé avenue Montaigne.

— Tu es sorti avec un type, vous en portiez un autre, dit-il à Alban.

— C'était Jacques, précisa Alban.

— Vous étiez ensemble ? demanda Gu à Manouche.

Elle eut un haussement d'épaules :

— Lui ou un autre, tu sais…

Les yeux de Gu s'attachèrent aux siens. Il avait des yeux gris. Il aimait Manouche depuis fort longtemps. Quand il y réfléchissait, il se disait que les choses dataient du jour où Paul la lui avait présentée. Gu était beaucoup moins décoratif que les spécimens qui tournaient autour de Manouche, mais, en sa présence, elle éprouvait un incomparable sentiment de sécurité. Seulement, il y avait Paul, et la question ne se posait pas.

À présent, Paul n'était plus là, et Manouche avait un besoin vital de sécurité. Voilà ce que Gu sentait dans cet échange muet. Mais il était bien tard dans sa vie et une évasion des durs à perpète, ça vous place un homme légèrement en dehors du rail. Le silence traînait.

— Il faut tâcher moyen de partir tout de suite, conseilla Alban. Je vais te planquer chez un cousin. On te portera des fringues et des nouvelles.

— Dans mon idée, je veux passer les frontières, dit Gu. D'abord en Italie, où je connais un homme. Un ancien. Sinon je vais crever en centrale. Et puis la mentalité a trop changé parmi nous, ça n'irait pas. Une ombre passa sur les traits de Manouche.

— Nous t'aiderons, dit-elle. Tu peux embarquer de Marseille. Patiente, nous sommes avec toi, non !…

Elle le considéra de la tête aux pieds.

— Dire que tu es là, je n'en reviens pas. Et comme tu as dû souffrir !

Une étrange mollesse envahissait Gu ; il aurait voulu vivre là, n'en plus bouger, s'allonger contre la chaleur de Manouche, s'engloutir dans le luxe de cette maison.

Il sentit qu'Alban le soutenait. Une aube sale et humide s'interposait entre le perron et la voiture. Il aspira un peu d'air et salua par la pensée cette journée libre qui commençait.

CHAPITRE II

Blot allongea la main vers l'appareil.

— C'est lui-même, dit-il. Oui... je note... (Il changea l'appareil de main et écrivit sous la dictée.) N'en raconte pas tant, dit-il au bout d'un instant, juste les noms et le casier ; c'est pour me faire une idée...

On lui répondit.

— Oui, c'est ça, fit-il, les fêtes approchent, mais que ça ne te gêne pas pour envoyer un topo complet au juge — après les journalistes, bien entendu —, les petits amis d'abord, glissa-t-il, et il raccrocha aussitôt.

Il considéra les tuyaux du service anthropométrique :

Henri Letourneur. Deux ans de prison pour vol de voiture et cambriolage. Français, vingt-cinq ans.

« Pour ce prix, ça devait être un petit truc », pensa-t-il.

Louis Bartel. Trois ans pour vol et cinq ans pour tentative de meurtre avec confusion des peines.

« Plus une petite grâce là-dessus. Il a dû tirer quatre ans », pensa Blot. Ce Bartel était français. Il était mort à trente ans.

Blot brancha son dictaphone.

— Envoyez-moi les disponibles, dit-il.

Un rire étouffé de femme lui parvint et, peu après, un homme jeune, d'allure sautillante, pénétra dans la pièce.

— Tu n'étais pas loin, dit Blot.

— Un disponible, ça reste près de son chef, répondit l'interpellé, et il s'inclina.

— J'ai entendu ça, dit Blot. Écoute, Poupon, tu as dix minutes pour me dire quel coin ces deux types fréquentaient. Autrement, ta démission pour raison de santé sera envisagée avec bienveillance.

— Si j'ai du temps de rab, je pourrais passer les tours de Notre-Dame au papier de verre, dit Poupon, elles moisissent.

Il considéra en hochant la tête le papier que Blot lui avait donné et regagna la porte.

— Pas par là, dit Blot.

Et il lui désigna une autre porte derrière le bureau, à côté d'un classeur métallique tout en hauteur.

Poupon revint sur ses pas.

— Tu comprends, expliqua Blot avant qu'il ne disparaisse, ta mission est périlleuse. Il y a peut-être des méchants qui te guettent de l'autre côté, pour t'arracher ton précieux papier. Pas de risques inutiles, mon vieux.

Une fois seul, il sonna la secrétaire. C'était la fille d'un vieux de la vieille, mort en service.

Blonde avec une frimousse d'enfant sage, des yeux bleus et un corps de vamp ; son patron l'utilisait parfois pour embrouiller l'adversaire. Il l'avait connue haute comme ça…

Elle entra et jeta un regard étonné autour de la pièce.

— Ma petite Mireille, dit Blot, j'ai voulu t'éviter de lacérer ton mouchoir d'inquiétude ; Poupon est sorti par là. (Il fit un signe du pouce par-dessus son épaule.) J'ai pensé aussi que tu avais du travail en retard et qu'un peu de tranquillité te serait nécessaire. Allez, mon enfant, ton chef a besoin de se recueillir.

Mireille sortit, un peu rose. Le commissaire songea qu'il avait dix ans de trop et que, d'ailleurs, il était marié. Il traça des cercles sur un papier ; des grands, des petits, des moyens. Les uns dans les autres ou s'entrecroisant. Bientôt, les feuilles couvertes de cercles s'étalèrent sur le bureau. Il prit une boîte en carton dans un tiroir. Il en renversa le contenu dans le creux de sa main, plaça l'autre main en guise de couvercle, secoua comme s'il jouait aux dés et ouvrit les mains. Une douzaine de douilles, calibre 11.45, s'éparpillèrent sur les feuillets. Une Aronde poisseuse de sang, deux truands de troisième catégorie et ces douilles. Ça compliquait vachement les choses. Des minables flingués avec maîtrise par des tueurs de classe. Où ont-ils pu fourrer leur nez ? se demanda Blot.

Avec Jacques le Notaire, il savait à quoi s'en tenir ; les deux derniers amants de Manouche s'occupaient des cargaisons de cigarettes, un genre de grippe espagnole, les morts en chaîne. Et Blot suivait les opérations avec un intérêt soutenu. D'abord une incorrection : ils se fauchaient entre eux et ensuite des coups de flingue, comme une nappe d'huile, histoire de savoir qui avait tort. Les vivants ont toujours raison. Manouche s'imaginait que des amis du célèbre Paul liquidaient ses amants pour honorer la mémoire de leur ami, mais Blot savait que, tout ça, c'était du bla-bla-bla. Personne ne se mouillerait à ce point pour un mort, et pour une histoire de fesses, par-dessus le marché. Il avait recherché ailleurs jusqu'à re-renouer le fil avec le trafic des cigarettes blondes.

Il attendait que les fusillades cessent pour emballer les survivants, et s'il ne pouvait pas les emballer faute de preuves, il y aurait, par exemple, les frères de Jacques le Notaire pour rendre visite aux assassins de leur frangin si une âme charitable éclairait leur lanterne.

Il pensait souvent à un moyen de liquider Alban ou de l'envoyer au bagne, mais il ne trouvait rien.

Maintenant, il avait Gu sur le dos à cause de ces abrutis de la pénitentiaire. On leur amène des gangsters pieds et poings liés, et ils ne sont pas foutus de les garder, avec des murailles, des miradors, des projecteurs et tout le cirque. Il pensa que Gu ferait un massacre le jour de l'arrestation et que l'on devrait révoquer la moitié des gardes-chiourmes, ce qui éviterait aux autres de ronfler à leur poste.

Poupon passa la tête dans l'entrebâillement de la porte.

— Toujours vivant ? dit Blot.

— Un point au cœur, patron. Une rousse sensationnelle. Elle demandait son chemin dans la cour. Je me suis avancé, comme il se doit, et qu'est-ce que j'entends ?... Votre nom. Alors, vous comprenez, je n'ai pas voulu avoir l'air...

Il baissa les yeux.

— Tu touches une paie à la fin du mois, dit Blot. Elle est motivée.

— À la rue Washington, un nommé Jo Ricci tient un bar de luxe, récita Poupon. Henri Letourneur et Louis Bartel y venaient chaque jour avant de chercher des trèfles à quatre feuilles dans les bois de Vaucresson. Seulement, j'ai été obligé de faire le grand seigneur.

— C'est-à-dire ?...

— Six mois renouvelables pour la trique [1] du gros Dédé.

— Tu baisses, dit Blot. C'est cher. Pas trop fatigué ?

L'interphone appela.

— Mme Simone Dubreuil, annonça Mireille.

— Fais-la entrer, dit Blot. Je garde Poupon, il est très décoratif.

Il entendit un bruit sec, Manouche entra en remerciant la personne qui se trouvait derrière elle.

— Bonjour commissaire, dit-elle, je suis heureuse de vous trouver.

1. Interdiction de séjour.

Sa voix aux inflexions graves s'alliait à l'épanouissement de son physique. Elle portait un tailleur gris du dernier chic. (Certainement un modèle et elle a dû le sentir passer, se dit Blot.) On avait envie d'être aimé de cette femme. Blot lui serra la main et lui présenta Poupon.

— On le supporte dans le service, ajouta-t-il.

Manouche adoucit son regard lorsque sa main toucha celle de Poupon. Sous ce regard, il crut qu'il allait monter au ciel, les bras collés le long du corps.

— Il inspire confiance, dit-elle, et Poupon pensa que Blot ne l'emporterait pas au paradis.

Manouche s'assit en face de Blot, ses longues jambes serrées l'une contre l'autre.

— Je suis venue vous demander la permission de quitter Paris, dit-elle. Cette histoire m'a déprimée. Ma caissière me remplacera quelque temps : j'ai besoin d'oublier tout cela.

— On ne le dirait jamais à vous voir, dit Blot.

— Une femme est toujours une femme, répliqua-t-elle gentiment.

— Nous ne vous connaissons pas d'hier, dit Blot, et vous savez ce que je pense de ce genre d'histoires. Il y a un tas de femmes du monde qui ne demanderaient pas mieux que des hommes s'entretuent pour elles. La mort, c'est l'hommage limite. Le suprême.

— Je n'en réclame pas tant, dit Manouche.

Il sembla à Blot que le timbre se fêlait un peu.

« Elle va courir après la paix », songea-t-il, « tout au moins passagèrement. »

— Il y a des engrenages dans la vie, fit-il. Je vous l'ai dit l'autre soir ; on arrive à un tournant. Ça me donne comme l'impression d'un choc. Je dois m'expliquer assez mal.

Manouche ferma un peu les yeux. Elle était sensible à la séduction de cet homme et à la force qui émanait de lui. Elle avait un véritable flair pour toucher à la trame même de l'homme sous l'apparence la plus différente. Blot, c'était un flic et Manouche vivait dans la pègre, elle y était née, en fait. Il lui sembla que Blot la devinait. Il poussa vers elle les douilles de 11.45.

— Tenez, confia-t-il, ça signifie la mort de deux hommes. Des passoires, dans une voiture à peine dissimulée sur le bord d'une route. Comme si ça ne changeait rien qu'on les trouve ou non, la marque des maîtres, puisque les apprentis s'affolent et se font coffrer avec la perpétuelle histoire de la malle sanglante. La paix n'est nulle part, et vous croyez que certains jours je n'en suis pas usé, de voir des jeunes types les tempes trouées alors qu'ils auraient pu faire une autre chose et vivre au calme comme des millions d'autres ? (Il eut un sourire un peu amer.) Vous savez, reprit-il, un flic peut avoir un cœur, de temps à autre. Il lui arrive de réfléchir à des trucs simples. Enfin je vous ennuie avec tout ça. Allez où vous voudrez. Vendez tout si vous voulez et trouvez d'autres gens pour une autre vie. Ce ne serait pas si mal.

Un soupir souleva la poitrine de Manouche.

— Vous êtes un diable d'homme, commissaire, fit-elle (elle le pensait vraiment) mais il est bien tard pour changer comme ça.

— Bien tard ! sourit Blot. Regardez ce jeune espoir de la police criminelle, et dites-vous que ce n'est pas à lui que je confierais le soin de vous filer si j'avais à le faire.

Ils bénéficièrent du rire de Manouche, et d'un léger renversement de la tête à vous mettre le sang aux cheveux. Elle se leva, car elle se trouvait dans les locaux de la police. Elle avait obtenu satisfaction et jugeait que sa place n'était pas là, même pour discuter de Françoise Sagan.

— Je ne sais comment vous remercier, dit-elle.

— Bonne chance, dit-il simplement.

Quant à Poupon, il avait la langue coincée entre les molaires. Après le départ de Manouche, Blot demanda :

— Qu'est-ce que tu en dis ?

— Vachement dangereuse, fit Poupon.

Blot rassembla les douilles et les feuillets épars :

— Et plus que ça encore. Ces gens-là, ils ont besoin de liberté, de beaucoup de liberté. Ce soir, je vais aller chez Ricci. Son frère Venture cafouille dans les cigarettes, à Marseille.

Il se tut. Le reste, il l'avait trouvé pendant la visite de Manouche. Par-delà cette fille plantureuse, il avait imaginé : « Jacques le Notaire était mort de cigarettes et Jo Ricci le savait. Et les deux cadavres de Vaucresson fréquentaient le bar de Ricci. Et Manouche était détendue, calme, comme si Paul lui-même était ressuscité. Elle avait reçu de l'aide et de la meilleure. » Voilà ce que pensait Blot. Il tira une pochette d'un tiroir ; elle était pleine de photos. Il les disposa en demi-cercle sur la table.

— Regarde ce type, dit-il à Poupon. (Et Poupon se pencha sur l'image du vieux Gu, reproduite dans tous les sens.) Il a été très riche, maintenant il est raide et dis-toi bien qu'il ne quittera pas le pays comme ça s'il peut faire autrement. Et on peut toujours faire autrement. (Il y eut un silence.) Il est plus dangereux que jamais, conclut-il.

Il considéra la jeunesse de Poupon penchée sur les photos de gangster et maudit une fois de plus tous les gardiens de prison.

Mireille appelait à l'interphone.

— Il y en a d'autres qui arrivent, dit-elle.

— Qu'ils viennent, dit Blot. La séance est ouverte. Il y a même une petite place pour toi.

*

Alban suivit les boulevards extérieurs pour rejoindre la porte d'Orléans. Son cousin habitait Montrouge, une rue calme, au quatrième étage d'un vieil immeuble. Gu s'était endormi dans la voiture. Alban le secoua. Gu demeura quelques secondes debout, immobile, appuyé contre la voiture. Il regarda les poubelles qui jonchaient le trottoir. La rue était déserte, mais il y était libre. Alban actionna l'ouverture électrique et ils pénétrèrent dans le couloir. Il s'arrangea pour dissimuler entièrement Gu, de son grand corps, en passant devant la loge de la concierge.

Xavier Paoli travaillait en qualité de gardien dans l'asile de fous de Sainte-Anne. Il était célibataire, un peu rustre. Il attendait la retraite pour retourner en Corse ; il dépendait du ministère de la Santé publique au sein duquel il roupillait depuis vingt ans. Il n'avait aucune culture mais, vingt ans plus tôt, Simon Sabiani faisait la pluie et le beau temps et Alban, par l'intermédiaire de Paul, avait casé son cousin. Dans de semblables conditions, toutes les administrations françaises s'enrichirent de purs joyaux corses.

Alban sonna, en priant la Madone que Xavier n'ait pas assuré la garde de nuit. Gu s'adossa au mur, les mains enfouies dans les poches de la canadienne. Alban sonna encore. Enfin, un glissement de savates se fit entendre.

— Qui est-ce ? demanda une voix rauque.

— C'est moi… Alban…

Un verrou coulissa et la porte s'ouvrit sur un homme de haute taille, les yeux à demi collés par un reste de sommeil, le front si étendu qu'il n'y avait plus de place pour un seul cheveu.

— Saluto a te, fit Xavier, et ils s'embrassèrent.

Gu se glissa derrière eux et referma la porte. Alban le présenta en français car Gu, bien que d'origine italienne, ne parlait ni le patois corse ni l'italien.

— Je t'amène un ami, fit-il, la main affectueusement posée sur l'épaule de Gu.

À ce geste, Xavier sentit qu'Alban tenait à cet homme plus qu'à sa propre vie.

— Il est dans sa maison, dit Xavier et, ce faisant, son bras montrait les pièces au fond de la petite entrée.

Ils entrèrent dans la salle à manger.

— Ce n'est pas pour longtemps, mais il craint beaucoup, se crut obligé de préciser Alban.

— J'ai dit que c'était sa maison, dit Xavier.

Gu avait déjà pesé cet ancien berger corse et sa rudesse de solitaire.

— Merci, dit-il seulement.

— Il ne sortira pas, dit Alban. C'est moi qui viendrai.

Xavier ouvrit le tiroir d'un vieux buffet Henri IV et tendit deux clefs suspendues après un anneau.

— C'est les ceusses que j'ai en plus, fit-il.

Du buffet, il sortit trois tasses dépareillées et les disposa sur la toile cirée de la table. Gu et Alban se regardèrent. Ce n'était pas la peine d'essayer de refuser.

Le logement comprenait deux chambres, une salle à manger et une cuisine. Xavier installa Gu dans une des chambres ; la fenêtre donnait sur la rue. Le lit bas était surmonté d'une sorte de cosy. Il y avait une armoire à glace à une porte, deux chaises et une petite table.

— La fontaine, elle est dans la cuisine, dit Xavier.

Là-dessus, Gu enleva sa canadienne, posa son Colt sur une chaise qu'il tira contre le lit et se laissa tomber sur le matelas.

Les premiers jours, il dormit dix-huit heures sur vingt-quatre. Le reste du temps, il dévorait le ravitaillement qu'Alban lui portait et dans la préparation duquel il reconnaissait des attentions féminines. Et d'une femme qui se souvenait des soupers d'antan avec le pauvre Paul. Elle lui avait envoyé une vaisselle et des couverts de luxe, qu'Alban lui conseilla de dissimuler soigneusement à la vue de son cousin Xavier, sous peine de se faire expulser des lieux. Xavier avait offert toute sa maison et exigeait l'utilisation de son matériel. Il n'acceptait jamais de partager un repas avec Gu lorsque ses horaires de travail le lui permettaient. Il invitait Gu à partager le sien et ce dernier se gardait bien de refuser. Gu imposait simplement la condition de fournir les boissons. Xavier ne parlait pas. Il était même un peu braque et Gu mit cela sur sa trop longue fréquentation des fous.

— Moi, ils m'aiment bien, disait Xavier dans ses jours fastes d'éloquence. Je leur fais pas des misères. Pas des misères de moi. Si on commande, ça change…

Et Gu imagina ce paysan placide, aidant à ligoter un fou parce qu'on le lui ordonnait et qu'il était payé pour ça. Il n'éprouva pas le besoin de le questionner sur les fous ; il sortait d'une cage aux lions. Lui-même avait cru devenir enragé, à certains moments.

À mesure que les heures s'écoulaient, les bruits prenaient moins d'importance. Au début, un pas dans les escaliers dirigeait la main de Gu vers son Colt. Il le prenait même parfois et bloquait son souffle dans un réflexe d'animal traqué. Si les flics cernaient la maison, il ne pourrait rejoindre ni les toits ni la cave, puisqu'il n'habitait ni le dernier étage ni le rez-de-chaussée. Et toute tentative par l'extérieur, sur la façade aussi bien que par une fenêtre donnant sur la cour, déclencherait un tir au pigeon des archers du roi, massés dans la cour et dans la rue, le nez en l'air.

Alban avait dû se tenir ce raisonnement et il donna à Gu un Mauser canon long à grande distance avec quatre chargeurs. C'était un 9 mm long ; les balles s'utilisaient dans une mitraillette. Et aussi un Beretta 9 mm court dont les balles ressemblaient à de petits obus, une arme italienne de toute beauté. Elle s'enfermait dans un étui qui se portait sur l'aine. Le Mauser se portait sous l'aisselle. Alban avait le culte des armes. Il possédait une maison un peu à l'écart de Vizzavona, son village natal. Il avait une collection de fusils de chasse, et il les affectionnait tous. Il lui arrivait de chasser le mouflon, tantôt avec un fusil à pierre, tantôt avec une Winchester télescopique à répétition. Avant la guerre, Gu avait visité la Corse sur les instances d'Alban.

— Tu devrais tout lâcher et partir là-bas, lui lança Gu, un après-midi.

Alban considéra la valise qu'il venait de poser sur le lit et son regard remonta le long du corps de Gu allongé sur ce lit, jusqu'à son visage.

— Où ça ? finit-il par demander.

Gu jouait avec le cran de sûreté du Beretta. Il posait le cran sur le petit disque bleu et un petit disque rouge se découvrait derrière le cran : clic, de bleu à rouge, clac de rouge à bleu. Quand le rouge se voyait, on pouvait presser la détente.

— Dans ton village, dit Gu. Tu as toujours la maison avec tous les fusils ?

— Oui. Sauf quand les Ritals occupaient le pays, et là j'étais emmerdé, j'ai tâché moyen de trouver une grande valise, en fer, de soldat ; tu sais les trucs hauts comme ça, et longs comme ça, avec plein de graisse et les fusils dedans. (Il disait les fusil-l-es.)

Malgré la prononciation, Gu pensa qu'il s'agissait des fusils et non d'Italiens fusillés. Il imaginait Alban couchant ses fusils avec soin dans un lit de graisse.

— Et une nuit, j'ai fourré la valise dans le caveau à côté de l'oncle, tu sais, le vieux qui chassait le sanglier à quatre-vingts ans. Au moinsse, ils seront bien, je me suis pensé.

C'est Alban qui avait fait construire ce caveau de famille.

— Tu as toujours eu assez de chance, dit Gu. Mais l'époque est dure. Tu ne dois plus tirer sur la ficelle.

— J'attendais toujours quelque chose, dit Alban. Depuis que tu es là, je me suis pensé que le quelque chose, il était là.

Dans la dernière histoire de Gu, Alban aurait dû se faire guillotiner, mais Gu avait gardé un silence religieux.

— Tu vis toujours seul ? demanda Gu.

— J'ai cru me marier à un moment. Mauricette, elle me disait toujours que la vie, c'était meilleur à deux que de courir à droite, à gauche. Et elle avait une amie. Elle était bien brave et gentillette.

Il lui sembla que Gu s'assombrissait et il pensa subitement que Mauricette, c'était la femme de Gu. Le cran de sûreté du Beretta ne bougeait plus. Gu caressait la crosse bombée de la paume de la main.

— Tu sais comment elle est morte ? demanda-t-il d'une voix neutre.

Alban fit oui de la tête.

Mauricette était venue voir Gu au parloir à la centrale de Clairvaux. La voiture avait percuté un arbre. Elle était morte sur le coup. Son frère conduisait ; il était mort aussi.

— Il y a cinq ans, reprit Gu. J'ai traîné pendant deux ans sans savoir comment. Même pas eu le courage de me buter.

Aux yeux d'Alban, Gu était l'emblème du courage.

— Dis pas ça… fit-il.

— Dis pas ça, dis pas ça, tu en as de bonnes. J'ai réfléchi, là-bas, et tous ces jours, j'ai réfléchi encore. Je n'ai plus que Manouche et toi, et je ne veux pas vous entraîner dans un sale truc. Tu entends, je n-e v-eu-x p-a-s.

— On est assez grands, dit Alban.

— On croit toujours ça, dit Gu. Mais au fond d'un bagne, habillé de bure, on le croit déjà moins. Et ceux qui éternuent dans le panier à son, au petit jour, ils le croient encore moins. Assieds-toi, mon vieux Al. Tu as toujours confiance en moi ?

— Avec Manouche, dit Alban, on n'a que toi.

— D'abord, fit Gu, je ne te parle pas de Manouche. Elle se débrouillera toujours, et mieux que toi, tu peux en être sûr. Cette copine de Mauricette, ça marche toujours ?

Alban secoua la tête.

— Donc, tu es seul, et tu cherches à te dévouer pour quelqu'un. Toute ta vie n'est que ça... Tu n'es pas Alban, tu n'as jamais été Alban. Tu as été avec Paul, avec Gu, avec Manouche. Tu es un bon tireur qui est avec quelqu'un. Et tu as cinquante ans... Ça te dérange qu'on épluche le cas ? reprit Gu. Et après on n'en parlera jamais plus.

— Fais courir, dit l'autre.

— Tu n'as qu'un peu de bigne sur le dos dans ta jeunesse ; un petit minimum. Tu as une chance comme on n'en fabrique plus. L'autre soir, tu prends un coup de crosse derrière les écoutilles et je suis là sur tes talons. Et je ne sortais pas du cinéma, je venais du bagne. C'est une chance, ça ? (Alban souriait jusqu'à découvrir l'or des dents du fond.) J'ai flingué les deux types et c'était pas à moi de le faire.

— Même que j'étais pas content, dit Alban.

— Je suis déjà condamné à perpétuité, dit Gu, et je ne veux plus que tu te salisses les mains. C'est pour ça que je te dis de tout laisser et de partir en Corse.

Alban ne répondit pas.

— Tu es raide ? demanda Gu.

— Non. Mais pas bourré non plus. Et puis, j'ai jamais pensé à mettre à gauche pour partir. J'avais pas le goût pour m'en aller. Tu comprends, je suis habitué au bar. Manouche, elle a de la réflexion. Elle m'a dit comme ça d'acheter une Lancia. Tu sais, une carrossée espéciale…

Gu se leva pour regarder par la fenêtre.

— Elle est pas là, dit Alban. Quand je viens là, je prends le métro.

Ce n'était pas la peine de conseiller à Alban de tout vendre pour décamper. D'abord parce qu'il ne voyait pas la nécessité de décamper, et ensuite parce qu'il appartenait à une souche qui achetait volontiers, mais ne revendait pas.

— Tu es à l'aise, dans le milieu ? demanda Gu en regardant Alban bien en face.

— C'est-à-dire… commença Alban (et il évita le regard de Gu), tu sais, je leur parle pas beaucoup… Il ajouta, très vite : mais toi, faut pas t'occuper de ça, faut pas t'occuper…

— Ce n'est pas mon intention non plus, dit Gu. On est de trop, mon vieux Al ; Manouche est de trop et quelques autres aussi s'ils ne sont pas déjà morts. Ils vivent entre eux et tapent sur le ventre des poulets. Et Ricci qui envoie ces deux pourris pour dépouiller une fille propre comme Manouche, tu crois que c'est bien ? Et tu crois qu'il ne le sait pas, Ricci, que Manouche est propre ! Seulement voilà, les gens qui ont une bonne mentalité, ça les dérange. Ça les gêne, que ces gens-là les regardent sans faire comme eux. Alors, ou ils les flingueront, ou ils les enverront au bagne. Il n'y a plus de place pour un type comme toi, dit Gu, et tu le sais bien.

Alban se caressa le crâne sans mot dire.

— Tu réfléchiras, dit Gu. Pour la question fric, on verra ça. À propos, Manouche a dû brûler tout ce que les deux types avaient laissé chez elle ?

— J'ai tout brûlé, dit Alban. y avait une centaine de sacs. Elle les a gardés pour toi.

— Je vais te donner une adresse, tu lui diras de les envoyer là-bas. Je les dois au garçon de Bordeaux, et il n'est pas riche.

— Tu lui diras, toi, dit Alban. Elle va venir dans pas longtemps. Même que t'es pas habillé.

— Habillé ? fit Gu.

Alban ouvrit la valise. Elle contenait des vêtements d'intérieur de grand luxe comme Gu en avait longtemps portés. Ils détonnaient dans le cadre, mais la lourde soie lui rappela sa demeure sur la Côte, avec son petit port privé. Il y avait des vivres au fond de la valise.

— Elle dîne avec toi, annonça Alban. Elle dit qu'elle aura des nouvelles.

— Je vais me raser en vitesse, fit Gu.

Alban le guigna du coin de l'œil. Il désigna les boîtes de fruits, de langouste, le champagne et tout le saint-frusquin.

— Elle a dit que tu touches à rien, ajouta Alban, qu'elle arrangerait tout.

— T'en fais pas.

— Enfin, moi je te l'ai dit, insista Alban pour dégager sa responsabilité. Tu sais comme elle est.

Il prit son chapeau.

— Où vas-tu ? interrogea Gu.

— Je rentre. Le soir, elle n'aime pas que le bar soit seul.

Gu sortit de la chambre et pénétra dans la cuisine pour se raser. Alban le suivit et resta planté sur le seuil. La pièce était mal éclairée de jour, par la fenêtre donnant sur une cour étroite et, de nuit, par une mauvaise ampoule. Gu s'approcha, recula, tourna la tête un peu à droite, un peu à gauche, devant une sorte de glace suspendue au-dessus du robinet. Manouche était venue un jour en coup de vent visiter la planque de Gu ; depuis, elle accablait Alban de reproches, lui brossant un surprenant tableau des souffrances de Gu, dans un décor où Alban ne relevait plus aucune trace de l'appartement de son cousin. Une nuit, il rêva que Gu couchait sur un sol glacé, à poil, et qu'à son réveil Xavier le chatouillait au fer rouge.

Gu avait une barbe très dure ; il la détrempa avec soin.

— Je rentre, répéta Alban, sans bouger d'un millimètre.

— Ça n'a pas l'air de t'amuser, dit Gu.

— C'est pas ça…

— Si c'est pas ça, qu'est-ce que c'est ? Tu ne vas pas te gêner avec moi, non ?

— Tu es bien ou mal ici ? questionna Alban.

— Tu n'es pas un peu cinglé de demander des trucs pareils ! J'ai toute la flicaille à mes trousses et je suis pépère chez un brave type qui se mouille au maximum en me planquant ! Le mois dernier, je crevais de misère sur une paillasse et aujourd'hui je ronfle dans un bon lit et je me tape la cloche au champagne et tu me demandes si je suis bien ou mal ? Mais enfin, mon vieux, qu'est-ce qui t'arrive ?

— Tu parles bien, dit Alban en soupirant d'aise. Quand Manouche elle viendra, tu lui raconteras pareil. À moi, elle m'écoute pas.

— Sapristi, fit Gu en posant son rasoir, qu'est-ce que c'est que cette salade ?

— C'est pas une salade. C'est Manouche qui me fait une tête comme ça (il fit le geste) tous les jours rapport à ce que tu es mal, tu es seul et paticoufin…

Alban s'arrêta, n'ayant plus rien à dire.

— Allez, tchao, ajouta-t-il, et cette fois il s'en alla.

Gu considéra les traînées de mousse qui subsistaient sur son visage marqué par une existence houleuse. « Si elle m'aime, se dit-il, elle ne fait pas une bonne affaire. » Il pensa à son avenir d'homme traqué, d'homme à abattre, car ils n'allaient pas courir le risque de se faire arroser par lui. Ils le flingueraient à vue. Il devait rester seul. Il ne devait rien commencer avec Manouche. Surtout pas avec elle qui méritait mieux et à laquelle il souhaitait autre chose. Il termina sa toilette, s'habilla et s'allongea sur le lit pour mieux réfléchir. Il allait lui parler et lui enlever ses illusions, si elle s'en était forgé.

On sonna deux coups longs et trois coups brefs : c'était Manouche. Il prit son Colt, adapta la chaîne et entrebâilla la porte, le dos contre un des battants.

— C'est moi, murmura Manouche.

La chaîne sauta et elle pénétra dans le petit couloir sombre. Elle venait de rendre visite au commissaire Blot, et l'attitude de ce jeune inspecteur qui l'avait mangée des yeux pendant l'entretien lui avait dit combien elle était séduisante. Avec son expérience d'aventurière, elle avait brouillé la piste et, à mesure qu'elle approchait du repère de Gu, un sang riche circulait dans ses veines. Elle se sentait jeune.

Dans la pénombre, Gu comprit qu'il avait réfléchi en pure perte. Il repoussa la porte.

— Gu ! que je t'embrasse ! dit-elle, et déjà il la sentit contre lui.

Ils s'embrassèrent sur les joues et leurs lèvres se rencontrèrent. Les tempes de Gu se mirent à battre et il écrasa Manouche contre lui. Elle était lourde et abandonnée. Il eut le sentiment que la terre lui appartenait et sa main serra davantage la crosse du Colt.

Ils ne se dirent pas « je t'aime », n'employèrent aucune expression de ce genre. Manouche se dégagea et Gu la suivit dans sa chambre au fond et à gauche du couloir. Il y avait plus de dix ans qu'il ne s'était penché sur le corps d'une femme et il se posait quelques questions. Par ailleurs, il connaissait Manouche depuis trop longtemps pour que cela lui facilite les choses. Elle poursuivait sa jeunesse à travers lui et il craignait de la décevoir. Il décida de lui laisser toutes les initiatives.

Depuis le soir où Jacques avait dit à Manouche que Gu s'était évadé, son instinct la portait vers lui. Et aussi le fait que jadis elle s'était déjà analysée au sujet de Gu. Souvent, lorsqu'ils s'étaient trouvés dans la même pièce tous les trois, elle avait songé à ce que cet homme deviendrait pour elle si Paul disparaissait.

Et maintenant, elle était assise sur un lit, avec Gu si près d'elle qu'il lui suffisait de tendre à demi le bras pour le toucher.

— Dieu ! que ce logement est infect, soupira-t-elle.

Il sourit en pensant aux recommandations d'Alban.

— Tu sais d'où je viens, dit-il, et ce qui m'attend.

— Qu'est-ce qui t'attend ?

— Tous les flics du pays doivent se trimbaler avec ma photo dans leur poche.

— Et puis après ? La photo, ce n'est pas le bonhomme. Tu sais, ils n'ont pas inventé l'eau chaude, les flics. Je viens du Quai.

— Ah ! fit-il.

— Oui, et reçue, il fallait voir comment. Aux petits soins. Avec un brin de cour par-dessus le marché. Il m'a dit que je pourrai me déplacer à ma guise, etc., etc. Tu vois le genre. Liberté complète.

— Je vois le genre, répéta Gu.

— Il faut jouer avec ses cartes, dit-elle. On truande depuis qu'on est gosse ; si on n'arrive pas à te faire prendre le large, c'est la fin du monde.

— N'importe comment, je ne retourne pas là-bas, dit Gu, et ses yeux se posèrent sur ses armes.

Manouche suivit son regard ; le Mauser canon long s'allongeait sur le cosy. À côté, le Beretta. Le Colt était sur la chaise. Elle eut un battement de paupières.

— Et moi, qu'est-ce que je deviens dans tout ça ? dit-elle.

Le ton eut une résonance étrange à Gu. Il vint s'asseoir près d'elle.

— C'est de la faute à personne, dit-il doucement. J'ai joué, j'ai perdu, tu sais bien ce qui s'est passé. Maintenant ils me cherchent. Ils me chercheront toujours...

Il entourait l'épaule de Manouche d'un bras protecteur et lui parlait comme à une enfant. Elle posa la main sur la bouche de cet homme qui s'acharnait à refuser le bonheur qu'elle lui apportait et se laissa glisser en arrière. Au centre des cheveux flamboyants, il y avait ce beau visage de femme amoureuse ; la respiration un peu courte soulevait les seins, comme une offre. Gu se pencha.

— Manouche, souffla-t-il.

Elle reconnut le ton de la possession et ferma les yeux. Il lui appartenait, et elle reçut son corps comme un dû.

*

Ce soir-là, Blot fut assez content d'apercevoir Ricci entre deux jeunes femmes juchées sur des tabourets.

— Hum ! fit le barman en voyant le commissaire pousser le portillon.

L'entrée du bar ressemblait à un saloon de cow-boys.

Joseph Ricci leva la tête et suivit la direction du regard de son barman.

— Une pastille ? proposa Blot au barman.

Les deux filles semblaient apprécier la prestance naturelle de l'arrivant. Blot eut l'impression qu'il aurait une petite chance de ce côté.

— Bonsoir, Jo, continua-t-il en tendant la main. Toujours autant de goût.

Les deux mignonnes frétillèrent. Elles n'avaient pas le genre d'en écraser. « Elles doivent travailler en Cadillac », pensa-t-il. Sur Paris, ça marchait bien. Il fallait un commanditaire, mais le capital s'amortissait vite, car un étranger qui a l'honneur d'être remarqué par une fille qui pilote une bagnole de luxe, il sait ce que ça lui coûte. Ces deux filles travaillaient peut-être pour Jo, car le Jo, songeait Blot, il avait le capital à avancer. À ses débuts, à cause de son visage marqué par la petite vérole, on l'appelait Jo le Grêlé. Et puis le fric était venu. Alors il avait prié son entourage de l'appeler Jo tout court.

— Salut, commissaire, et ses lèvres s'ouvrirent largement. (Il avait de la joncaille plein la bouche.)

Les filles écarquillèrent des yeux déjà immenses. « L'outillage est bon », jugea Blot. Jo était content d'appuyer sur le « commissaire ». Les truands les plus cotés faisaient la course à la façade honorable. On se frottait un peu à la basse politique ; il y avait eu de petits scandales et une vieille histoire de bons d'Arras. On se faisait les ailes. Et, dans ces eaux-là, un type comme Blot trouvait sa pitance.

Il avait rendu un ou deux petits services à Jo, dévoré par l'ambition de vivre sous un parapluie. Jo avait quarante-cinq ans et craignait l'humidité.

— Vous passez la soirée ? invita-t-il.

— Ça ne serait pas si désagréable, estima Blot en regardant la brune qui les séparait.

— Mademoiselle Colette, présenta Jo, et il se retourna vers la fille assise à sa droite.

Elle avait des cheveux châtains, très longs, qui lui donnaient un air angélique. Tout ça était parfait, avec des cuisses longues et des seins à remplir la main d'un honnête homme.

— Mademoiselle Marceline, dit encore Jo.

Le règne des Léa, Irma, Carmen, Mado pâlissait. On touchait à l'innocence, avec des Claudine and Co.

— Envoûté, dit Blot. Il est des choix d'une cruauté…

Sur un signe imperceptible de Jo, Marceline quitta son siège et vint s'asseoir à la gauche du commissaire.

— Qu'est-ce que vous buvez ? offrit Jo.

— Un explosif, répondit Blot.

— Dans quel genre ? demanda le barman.

— Le genre « jeune fille de la maison », dit Blot.

— Alors un jus de tomate, minauda Marceline.

— Je vois que vous avez des principes, dit Blot, et il lui posa la main sur une jambe, au-dessus du genou. D'accord pour le jus de tomate.

La salle n'était pas grande. Seule, une petite table était occupée, par un couple, derrière eux. Mais il y avait une porte au fond qui masquait un escalier accédant à une salle, sorte d'entresol et, là, c'était une autre histoire.

Jo appuya sa main sur l'épaule du commissaire. Il était de taille moyenne, assez trapu. Ses cheveux noirs étaient frisés, presque crépus, grisonnants sur les tempes.

— Vous avez la belle vie, dit-il, les voyages, l'aventure…

— Pas en ce moment, fit Blot.

Il sentit la jambe de Marceline bouger légèrement sous sa main.

— Tout à l'heure vous parliez de choisir, vous n'êtes pas obligé, dit Colette. On sort toujours ensemble, toutes les deux, et on habite ensemble.

— Vous présumez de mes forces, murmura Blot, qui regrettait de ne pas avoir emmené Poupon.

Il lisait clairement dans les yeux de Jo l'espoir de voir le commissaire embarqué par les deux filles, car ce serait toujours un petit point de contact supplémentaire. Il se pencha à l'oreille de Colette, et respira la chair de son cou. Sa jeunesse était désarmante.

— J'ai un ami sensationnel, confia-t-il. On lui téléphone ?

Elle lui coula un regard de miel chauffé à blanc. Blot s'écarta du comptoir.

— Je peux téléphoner ? demanda-t-il à Jo.

Et ils disparurent par la porte du fond.

— Si nous pouvions bavarder dans le coin habituel, dit Blot, ce serait une bonne chose.

Ils se trouvaient dans un vestibule où s'amorçait l'escalier intérieur. En face d'eux, une porte donnait sur la cour de l'immeuble de la rue parallèle ; elle rendait de fameux services. Jo sortit des clés et fit jouer la serrure d'une porte à leur droite. Ils pénétrèrent dans une sorte de bureau. Jo ne devait pas tenir une comptabilité bien épuisante. Il y avait un grand meuble que Blot, au cours de sa première visite, eut la naïveté de prendre pour l'intermédiaire entre le classeur et le coffre-fort. Ce n'était qu'un bar assez complet pour engendrer et soutenir une ambiance propice aux affaires de Jo.

— Ça m'ennuie pour les deux poupées, dit Blot en s'asseyant, mais j'ai un travail du diable.

— Méfiez-vous, commissaire, dit Jo, les femmes délaissées sont féroces.

— Je suis marié, soupira Blot. Je sais de quoi il retourne.

Ricci décrocha le téléphone et pressa sur une touche noire.

— Allô, fit-il, c'est Jo. Tu diras aux petites que mon ami est parti, et il raccrocha.

Il ouvrit un coffret de bois travaillé et le poussa vers Blot qui choisit une cigarette et l'alluma. Il fumait peu.

— C'est pas tout ça, dit-il, mais j'ai deux cadavres sur les bras qui me tracassent ferme.

— Quand on vous connaît, ça étonne, sourit Jo.

— Alors, j'ai pensé à toi, dit Blot.

En général, ils se tutoyaient. Chez Ricci, cela dépendait du tour de la conversation. Souvent, il vouvoyait Blot. Ce flic lui imposait un certain respect et on ne contrôle pas ce genre de choses.

— Vous n'êtes pas marrant avec vos amis, dit Jo.

— Tu as de bonnes nouvelles de Venture ? demanda Blot.

Il pensait bien qu'il serait obligé d'appuyer davantage le doigt sur la plaie. Venture, c'était le frère de Jo.

— Il est peinard, répondit Jo. Vous savez, il est rangé des voitures.

— J'espère que ça n'ira pas jusqu'au couvent. Je ne sais pas pourquoi, mais quand ils ont rectifié Jacques le Notaire, j'ai pensé à Venture.

— Tout le monde connaissait Jacques. On connaît Manouche aussi.

— Je suppose que vous me connaissez aussi, dit Blot, et que vous ne me croyez pas assez cave pour m'imaginer que Jacques est mort à cause de Manouche.

— Chacun a sa petite idée, répondit l'autre.

Il parlait d'un ton détaché, léger. Les craintes de Blot se confirmaient. L'Aronde avec les deux mecs truffés au Colt, ça mènerait loin et ça ne serait pas du facile. Il considéra un instant le bout incandescent de sa cigarette.

— Je ne suis pas venu te voir pour jouer au plus malin, dit-il en posant un regard calme sur la face de rat du grêlé. Je ne suis pas venu non plus en ennemi. Tu dis que chacun a sa petite idée. Ça, c'est vrai, et voilà la mienne.

Jo savait qu'on ne pourrait rien prouver contre lui car il n'avait rien fait de positif. Les histoires de Jacques et de Venture c'était pas ses oignons. Venture maintenait en hausse la cote de leur nom. Les gonzesses, ça les flattait de turbiner pour un mec dangereux. Mais le mec dangereux, ce n'était pas Jo, c'était Venture. Blot le savait, et Jo savait que Blot le savait.

— Toi, d'abord, assura Blot, tu n'es pas dans le coup — Jo carra ses épaules dans un fauteuil —, Venture est en train de liquider des concurrents pour les cigarettes. Jacques, c'était le gros morceau. Maintenant, il est peinard. Personnellement, j'estime « à peu près » car là-dessus, il y a un petit quelque chose que je connais et que tu ne connais pas — prends toujours ça, pensa Blot et gamberge. Ensuite, la même nuit que Jacques, il y a deux truands, de troisième zone et même moins, qui s'offrent une balade à Vaucresson. Tu as dû lire les noms dans le journal ? Et voir les frimousses ?

— Je les connaissais, convint Jo. Je veux dire, c'étaient des clients.

— Enfin, dit Blot en écrasant sa cigarette, je te reconnais…

Encore une fois, Jo eut le sentiment qu'il ne risquait rien et, sensible à l'attitude conciliante de cet homme qui savait tout, il se sentit à l'aise. Si son frère Venture craignait quelque chose, Blot le dirait tout à l'heure. Mais, pour cela, il fallait que Jo se montre compréhensif ; il savait que le commissaire payait comptant.

— On va boire un coup, offrit-il.

— Cognac pour moi, dit Blot, du Henco de préférence.

Jo assura le service et Blot se renversa dans son fauteuil, le verre entre ses mains.

— Donc, poursuivit Blot, ce Henri Letourneur et ce Louis Bartel venaient chez toi. J'ai eu les détails sur eux : des petits casseurs. Et ils sont morts, morts, tués comme des grands.

Jo avança un peu le buste, dans un réflexe inconscient ; il s'était longtemps demandé si Alban avait tué seul ou aidé de quelqu'un. Cette brusque manifestation d'intérêt n'échappa pas à Blot, qui poursuivit :

— Tu réalises, ces deux petits prétentieux, dans quelle galère ils s'étaient fourrés ? À croire qu'on les y avait envoyés. (Il lampa une gorgée d'alcool.) Il y a une petite maison à dix mètres de l'endroit où nous avons trouvé l'Aronde. J'ai vu les gens. Ils n'ont pas entendu la moindre détonation. J'y suis retourné la nuit suivante, et j'ai vidé un chargeur de Colt sur un sac de sable, dans une voiture fermée. Les gens de la baraque avaient sauté du lit. Alors je me suis dit que tes clients, on les avait arrosés pendant que la voiture roulait à pleine vitesse. J'ai regardé la voiture. Il y a une ligne droite un peu avant, tout ce qu'il y a de bien.

Parce que c'est trop risqué de venir de Paris avec des cadavres. Ils ont tiré juste avant d'abandonner la trottinette.

Le Jo en avait plein la vue.

— Cette affaire, c'est un cas de divorce, reprit Blot. J'ai passé une nuit blanche, étouffé sous une montagne d'archives. En rentrant chez moi, il y avait un mot sur l'oreiller de ma femme ; elle était partie chez sa mère.

— Les frangines, c'est capricieux, dit Jo, et ça comprend pas les soucis des hommes.

— Tu ne devineras jamais ce que j'ai trouvé dans les archives ! s'exclama Blot. Une bien bonne. Du quinze ans plus bas. La mort de Francis le Bancal. C'était quelqu'un, Francis. (Jo approuva d'un signe de tête.) Il n'a pas fait un pli. Une route droite, et pan, pan, pan… On n'a jamais pu arrêter personne, mais le copain qui a bouclé l'enquête avait sa petite idée et il était un peu plus fort que moi dans le métier. Son idée, il l'a écrite et je l'ai lue. Tu saisis ?

Jo avala sa salive.

— C'est dur à se rappeler, fit-il.

— Surtout que ce n'est pas la peine, dit Blot. Nous, on a de l'ordre, on est maniaque ; on écrit tout et on entasse dans les greniers. C'est Gu qui a tué Francis le Bancal. Je la trouve inouïe. Pas toi ?

Et il tapa en riant sur le large bras du fauteuil de cuir.

Jo vida son verre d'un trait.

— C'est marrant, dit-il, et il comprit que ça n'allait plus.

— Gu est libre, dit Blot. Je ne t'apprends rien. Gu, c'est Manouche, c'est Alban. Toi, c'est Venture et c'était Jacques par ricochet. Et Jacques, c'était Manouche et Alban. Donc, dans ton bar, on parlerait de Manouche que ça ne m'étonnerait pas. Et nos deux macchabées venaient de chez toi. Tu vois qu'on y arrive.

— J'avais pas pensé à tout ça, dit Jo, histoire de repousser le silence.

— Je te le répète, c'est inutile. Je pense pour toi ; on me paye pour ça. Je pense même quand ça ne me dit rien. Nos deux petits truands apprennent que l'homme de Manouche est mort et ils se disent qu'une petite visite à la veuve, ça mettrait du beurre dans les épinards. Et ils tombent sur le vieux Gu. Les détails, nous les connaîtrons peut-être un jour.

— Il restera pas longtemps dehors s'il débute comme ça, dit Jo.

— Ça vaudrait mieux pour toi, dit Blot en posant son verre vide sur le bureau.

Un tic nerveux pinça le coin des lèvres de Jo.

— Pour moi ?... Alors là, tu te gourres. (Il ricana.) Pour ce que j'en ai à foutre de ce Rital.

— Il ne pense peut-être pas pareil, dit Blot.

— Et pourquoi qu'il me pomperait l'air ?

— Parce que, de tes deux clients, il y en avait un qui avait la bouche en marmelade. Gu a sans doute voulu savoir d'où ils venaient, qui les avait envoyés, et si tu veux mon avis, ils se sont allongés. C'étaient des mous.

— Et alors ? dit Jo.

— Et alors, ton nom a été prononcé. Le bar, c'est bien à toi, non ?

— Sans doute, sans doute, murmura Jo.

Le commissaire n'avait pas prononcé d'accusation ferme. Il avait simplement dit : « Ils venaient dans ton bar, et le bar c'est le tien. » Il n'avait pas dit : « Tu les as envoyés chez Manouche. » Nuance.

— Gu, ça doit lui déplaire qu'on fasse des ennuis à Manouche, estima Blot. La preuve, il n'a pas l'intention de faire des cadeaux.

— Je l'e-m-m-e-r-d-e, scanda Jo, et qu'il ne s'y frotte pas. D'abord, les affaires des clients, j'en suis pas responsable.

— Il penserait le contraire que ça ne m'étonnerait pas, dit Blot. Et il sait où te trouver tandis que toi, tu l'ignores.

Jo calcula que, contre Gu, il ne trouverait pas d'aide. Pas chez son frère, en tout cas. Il ne pourrait pas lui avouer qu'il avait envoyé deux types pour faire chanter Manouche. Il se jugea assez seul dans cette histoire et le courage ne l'étouffait pas.

— Vous le trouverez bien, avec les moyens que vous avez. Vous êtes les rois, vous pouvez tout faire, dit-il.

— D'accord, on peut beaucoup, dit Blot, mais nous n'avons aucune raison de nous presser et peut-être que si ce n'est pas toi qui as envoyé ces gens chez Manouche, ils n'auront pas parlé de toi à Gu.

Jo tira un mouchoir de sa poche et le passa sur ses lèvres.

— Est-ce qu'on peut savoir ? dit-il. Ce Gu est siphonné.

Blot avait terminé. Il savait que Jo était le responsable de la visite à Manouche. « À force de ne plus vouloir se mouiller, pensa-t-il, il va mourir assez jeune. »

— Le fiston, demanda-t-il, les études marchent ?

Le regard de Jo s'anima :

— Au collège, il a fini. Il veut apprendre pour être docteur. Il a commencé. À Noël, il ira en Angleterre et l'été d'après, en Allemagne. Ça sert, de parler l'étranger.

— Félicitations, dit Blot en se levant. J'espère que tu seras encore vivant à l'époque du diplôme.

— J'ai peur de rien, fit Jo d'une voix forte.

« C'est la force des lâches de clamer qu'ils n'ont pas peur », pensa Blot, et il glissa :

— Le courage n'évite pas le danger. Tu as une famille, tu dois y penser.

Jo réfléchissait. Il serra l'avant-bras du commissaire.

— Écoute, dit-il, il faudra qu'on se revoie. Ce soir, je n'ai plus la tête.

— Tu sais comment faire, dit Blot. (Il lui serra la main.) Non, non, ne me raccompagne pas, je file par-derrière.

Il était toujours nu-tête. Il boutonna son pardessus et poussa la porte du fond. Il se dit que Jo était tellement inquiet qu'il avait oublié de se renseigner sur le danger que courait son frère Venture. C'était bon signe, surtout que Blot se sentait fatigué et l'imagination sèche. Il pensa aussi, en regagnant la rue, que Jo allait puiser quelque courage dans les alcools de son bar privé.

Sur les Champs-Élysées, il regarda les vitrines ; elles parlaient déjà de Noël. Si son fils avait vécu, il aurait huit ans. Sa femme ne pouvait plus avoir d'enfant. Il pensa à cette vieille canaille de Jo Ricci et à sa fierté paternelle ; le fils médecin. À certains moments, il regrettait de s'être marié, il regrettait même d'avoir un frère et deux sœurs et encore un vieux père. Il n'aurait pas voulu semer de la tristesse, car il lui semblait qu'il ne ferait pas de vieux os ici-bas.

*

Après le départ de Manouche, la chair de Gu n'était que somnolence. Il se sentait la tête vide. Il se rendormit. Alban était déjà venu une fois en fin de matinée ; Gu ronflait toujours.

Il revint dans le milieu de l'après-midi et poussa avec précaution la porte de la chambre. Gu, assis sur son séant, se passait les deux mains, doigts écartés, dans sa tignasse ébouriffée. Il bâillait à s'en décrocher la mâchoire.

— Salut, dit Alban.

Il lui assena une claque sur l'épaule, et le buste de Gu s'inclina vers les jambes allongées sous les couvertures. Il posa un regard embué sur Alban.

— Ah ! c'est toi, fit-il.

— Je crois que oui, dit Alban en s'asseyant sur le bord du lit.

Il tenait son feutre à la main.

— J'ai dormi, ajouta Gu.

— On le dirait. Si j'étais d'eux, je t'alpaguerais au saut du lit. Tu es comme un bambino.

Sur la chaise, à côté de l'immuable artillerie, Alban remarqua les gants de Manouche.

— Je les prends, dit-il. Après, elle va les chercher, et ça l'énerve.

Les souvenirs de Gu se déclenchèrent et il sourit. Il était heureux.

— Je suis bien, dit-il en étirant les bras.

Alban avait entendu Manouche chantonner un bon moment. À propos de rien, elle lui lançait des « mon vieux Al » et le gratifiait au passage de petites tapes sur la joue. Sa beauté brillait d'un éclat particulier.

« Bon Dieu, quelle femme », pensait Gu en regardant les gants que tenait son ami. « Ils sont comme des novis [1] de vingt ans », pensait Alban en voyant les simagrées de son vieux pote.

— Qu'est-ce qu'elle dit ? questionna Gu.

— Elle chante et elle fait ses malles, répondit Alban.

— Déjà ?

— Oui, elle dit qu'elle peut plus supporter ça, qu'il pleut toujours dans ce pays à la noix et il paraît que t'as besoin de soleil. Il paraît que t'as beaucoup souffert.

— Tu te fous de moi, ou quoi ?

— Je te dis ce qu'elle dit, fit Alban.

1. Dans le Midi, jeunes mariés.

— Elle avait dit qu'on en reparlerait.

— Elle a dit ça comme ça. Mais, quand elle veut, c'est de suite. Elle va faire une balade pour qu'on la file pas, et elle va te chercher une planque à Marseille. Y a un cousin de Paul qui navigue ; Justin Cassini, tu connais ?

— Il me semble, dit Gu.

— On t'embarque n'importe où pour commencer. Pour les fafs, c'est Cassini qui te dira ce qui est mieux. Ça dépend où tu vas.

Gu était complètement éveillé. Il s'appuya sur son coude.

— Ça m'ennuie de vider les lieux sans rien régler, dit-il.

Alban ferma à demi les yeux, comme un chat qui patiente.

— Tout est réglé, des machins d'avant, dit-il.

Au début de son incarcération, Gu avait appris quelques décès. Alban mettait de l'ordre et, pour être sûr de ne pas se tromper, il avait fait les choses en grand. Il ne pouvait rien de mieux pour Gu à l'époque.

— J'ai toujours pensé que c'était toi, dit Gu ; tu en as fait assez pour toute ta vie. Mais ce Ricci, ça m'ennuie de le laisser grossir.

Alban trouva que Gu n'avait guère changé ; il avait la digestion aussi difficile que jadis.

— Je sais où il crèche, insinua-t-il.

Gu ne répondit pas ; il jouait avec un bouton de sa veste de pyjama. Alban considéra son chapeau d'un air malheureux. Vers dix heures du matin, le commissaire Blot l'avait convoqué par téléphone, pour lui poser deux ou trois questions insignifiantes. Genre clôture d'enquête. Il décida de ne pas en parler à Gu afin de ne pas l'inquiéter inutilement.

— Je n'ai pas un traître centime, dit Gu. Je ne veux pas m'amener à l'étranger les mains vides, et je ne veux pas non plus que Manouche se dépouille pour moi. Ça n'était pas dans mes projets. En Italie, je connais un endroit, mais il me faut un minimum. Tant qu'à faire, je voudrais toucher le paquet et que tu puisses t'arrêter aussi.

— Si c'est pour moi, ne te casse pas la tête, dit Alban. Mais tu m'écartes de tout ça et ça me fout le noir.

— Tu comprendrais mieux si tu revenais de là-bas. J'ai rencontré un jeune, gonflé à bloc, sinon j'y serais encore. Là-bas, tu n'as pas de flingue sous le bras. Tu n'as rien. C'est eux qui ont tout ; les arquebuses et des murailles à décourager un chimpanzé. Pour Ricci, je comprends que tu en claquerais de ne pas m'accompagner, alors j'y renonce.

— Juste pour conduire, dit Alban.

Gu arracha un pan de couverture et enfila ses pantoufles. La possession de Manouche lui rendait beaucoup de ses moyens. Il se sentait reposé, bien nourri et son tempérament rancunier montrait à nouveau le bout de l'oreille.

— On verra ça, dit-il. Il a envoyé ces deux canailles chez Manouche parce qu'elle était seule et que rien ne marchait pour elle. Ils sont morts. Il n'y a pas de raison pour que ce pourceau continue à se taper des filles et à se gorger de whisky.

— Je vais tâcher moyen d'aller jeter un petit coup d'œil, fit Alban.

— Ça n'engage pas, dit Gu. Vas-y toujours.

Il gagna la cuisine, fit couler de l'eau dans une casserole et la posa sur le réchaud à gaz. Il craqua une allumette et le gaz sauta à deux reprises avant de brûler.

— Xavier va bien ? demanda Alban.

— On se voit peu. Il est causant comme un sanglier. Mais c'est quelqu'un, dans ton genre.

— Il a de la sincérité, affirma Alban.

— C'est ça, dit Gu, et ça ne se trouve plus en masse, ni au bagne ni ailleurs.

Il posa quelques questions sur Manouche. Alban y répondit dans la mesure de ses moyens et chaque phrase qu'il prononçait inondait Gu d'une joie neuve. Alban songea avec une certaine tristesse que Gu ne s'installerait jamais boulevard Suchet, ni avenue Montaigne. Il faudrait qu'il aille très loin et s'entoure de grandes précautions pour vivre au grand jour avec Manouche. Dans sa simplicité, Alban trouvait que c'était injuste.

Ils dînèrent ensemble et il retourna avenue Montaigne. Manouche prenait un train de nuit jusqu'à Lyon et, de là, un avion. C'était compliqué, mais nécessaire. Alban devait la conduire à la gare. Il abandonna Gu à ses rêves et à ses lectures. Gu ne lisait pas de romans policiers ; sa propre vie lui suffisait amplement. Il aimait Steinbeck, Hemingway, et les personnages rudes et simples qu'ils dépeignaient. Joseph Kessel aussi et sa *Fortune carrée*, qui ne vieillirait jamais.

Quand, une fois de plus, Alban s'en alla, Gu laissa flotter son imagination. Une euphorie coulait dans ses veines ; il avait sans doute trop bien dîné. Il se dit qu'il serait enfantin de dessouder Jo Ricci.

*

Le lendemain de sa visite chez Jo Ricci, Blot donna l'ordre de brancher ses deux lignes téléphoniques sur la table d'écoute ; celle du bar et celle du domicile particulier.

Il n'était pas partisan de faire prendre le gros gibier en filature. Car, ou ces gens la déjouaient, ou bien ils s'amusaient à la rendre stérile en ne fréquentant que des personnes et des lieux anodins. Cependant il appela Poupon et Godefroy.

— Ça prend tournure, expliqua-t-il. Bientôt, nous saurons quoi faire et comment, et vous serez dans l'histoire jusqu'au bout. Avec deux ou trois autres. Alors, comme d'habitude, hein ! On ne parle de rien à personne, pas même au préfet de police. Les jolis cœurs sont priés de ne céder à aucune cajolerie, ajouta-t-il en regardant Poupon.

— Je l'ai à l'œil, dit Godefroy.

Il donnait dans le genre sérieux. Il avait un physique passe-partout, sans âge déterminé ; trente-cinq ans, peut-être davantage, peut-être moins. C'était la première grosse enquête sur laquelle le patron le branchait depuis l'accident de Nice. En essayant de ramener Pierre Loutrel, dit Pierrot le Fou nº 1, à une plus juste idée du social, Godefroy avait reçu une balle dans le poumon et deux balles dans le ventre. Une fois guéri, il aurait pu obtenir une petite planque, mais il avait la vocation.

— Voilà deux adresses et les photos, dit le patron. Là, c'est son bar avec l'entrée devant et derrière. Là, c'est l'appartement. (Ricci habitait non loin du bar, square des États-Unis.) On ne se refuse rien dans la corporation, ajouta Blot. Vous avez carte blanche. Le gars s'inquiète. Il va bouger et il se pourrait qu'il reçoive de la visite.

— De quel ordre ? demanda Godefroy.

— Du style couronne de perles et plaque de marbre. Et ça ne se verra pas à l'avance. Si vous êtes placés, faites quelque chose, mais à coup sûr, et après seulement. D'ailleurs, avant, vous n'aurez pas le temps.

— On a compris, dit Poupon. Le Jo casse la graine avec du plomb fondu, c'est le premier chapitre. Deuxième chapitre, si on peut rien faire, on attend le troisième chapitre. Et qui viendrait, d'après vous ?

— Alban et le vieux Gu, dit Blot.

Godefroy émit un léger sifflement.

— C'est dans la poche, dit Poupon.

— Écoute, petit, dit Blot. Alban, c'est le garde du corps de Manouche, tu sais, la rousse incendiaire qui t'a bouleversé l'autre jour. Ce type casse la patte d'un corbeau à je ne sais plus combien de mètres au pistolet. D'ailleurs, tu as vu que Manouche se portait comme un charme. Sur le vieux

Gu, je ne te dis rien ; j'ai tout dit l'autre soir pendant la conférence. S'ils viennent, Jo Ricci ne mangera pas de dinde à Noël. Il n'y a qu'eux pour le tuer. Sinon, il mourra de vieillesse. Les jeunes de la nouvelle école sont éblouis par son nom. Il les embrouillera autant qu'il voudra, comme il l'a fait pour les deux de Vaucresson. Contre Gu et Alban, je vous donne un ordre : si vous n'êtes pas placés pour tirer, ne bougez pas (et il regarda Godefroy) ; à Nice, tu étais mal placé, dit-il, et Alban tire mieux que Loutrel. Ne l'oubliez pas.

— Nous ferons comme vous dites, promit Godefroy.

Blot décrocha le téléphone et demanda le numéro de Manouche avenue Montaigne.

— Pourriez-vous me passer Alban ? demanda-t-il à une femme, sans doute la caissière… c'est de la part d'un ami. Bon… merci…

Il y eut un silence.

— Allô, c'est toi, Alban ? Blot à l'appareil. Dis-moi, il faudrait que tu fasses un saut au bureau immédiatement. Oui, c'est ça. Tu m'arranges, c'est pour des paperasses. À tout de suite.

Et il raccrocha.

— Je vais le garder cinq à dix minutes et vous le regarderez par les viseurs, expliqua Blot. Ensuite, vous irez directement travailler sur Ricci. Téléphonez-moi toutes les heures, car, avec la table d'écoute, je peux avoir des tuyaux. Je ne bouge pas d'ici. C'est un effort de quelques jours. C'est maintenant ou jamais. Ça m'étonnerait que le Jo reste dans les parages. Messieurs, je vous salue, termina le commissaire.

Godefroy et Poupon rejoignirent Mireille ; elle était assise devant une machine à écrire. Derrière elle, une petite porte s'ouvrit sur un cagibi. De là, des viseurs perçaient le mur du bureau du patron.

— Tu permets, dit Poupon en ouvrant la porte. Le grand chef reçoit une pin-up et il tient absolument à ce que ses dévoués serviteurs se rincent l'œil.

— Vous n'êtes bons qu'à ça, dit Mireille.

— Livrez votre petit cœur, voilà ce qu'on en fait, dit Poupon.

Il prit une feuille de papier, la roula en boule et la jeta par-dessus son épaule en pénétrant dans le cagibi. Ils fermèrent la porte. La boule de papier était tombée sur le bureau de Mireille. Elle écrivit quelques mots sur une bande de papier, la colla autour de la boule et glissa le tout dans la poche intérieure du pardessus de Poupon.

Vers midi, les gens se multiplièrent dans ce quartier des Champs-Élysées et Poupon ne savait plus quelle fille entreprendre, tellement il y en avait. Depuis son arrivée, il s'était déjà fait éconduire une fois. Godefroy était entré dans un bar presque en face de chez Jo. Poupon descendit assez loin dans la rue Washington. Une jeune femme aux yeux en amande venait vers lui. Son sac à main avait presque les dimensions d'un carton à chapeau.

— Laissez-moi vous aider à porter ça, dit Poupon en l'abordant avec son sourire le plus juvénile.

— Je l'ai porté jusqu'à présent, répondit-elle d'un ton sec.

Elle marchait d'un pas rapide.

— Ce n'était pas vraiment mon intention de vous aider, enchaîna Poupon en l'escortant. Je n'ai vu là qu'un moyen habile d'engager la conversation.

— Parlez tant que vous voudrez, je ne vous réponds plus. Je suis parisienne, vous savez…

— Écoutez, mademoiselle, dit-il, je vous parle comme on se jette à l'eau. Je suis d'une timidité extrême, mais c'est à cause de vos yeux, voyez-vous. Ça devrait être interdit par la loi de distiller un regard pareil (elle crispait les lèvres pour ne pas sourire), votre rencontre a brisé ma vie, j'aurais dû prendre une autre rue.

— Ce n'est pas si grave, vous regrettez déjà, laissa-t-elle échapper.

Elle s'amusait beaucoup et le trouvait bien.

— Abrégez mes souffrances, gémit-il, prenons un apéritif et séparons-nous à jamais…

— Vous dites ça à toutes les femmes, je suppose ?

C'était la réponse traditionnelle. Poupon avait mis au point un acte traditionnel également, pour parer la botte. Il saisit vivement le bras de la fille et dit très vite :

— Je vous en supplie, continuez à marcher comme si de rien n'était. Vous voyez ce couple qui vient vers nous ? Ce sont des amis de ma famille. Sauvez-moi, souriez ! Que nous ayons l'air de nous connaître. (Elle sourit.) Je vous trouve divine, dit Poupon.

Il avait complètement glissé son bras sous le sien et il adressa un large sourire au couple en question. Le bonhomme le considéra avec étonnement.

— Ils n'ont pas l'air de vous remettre, dit-elle.

— Il est très distrait, dit Poupon, et vous êtes si belle.

Il disait n'importe quoi, ça n'avait plus grande importance.

— Vous avez un culot monstre, minauda la fille.

— Je m'appelle Bertrand, dit-il. Bertrand Duguesclin. Et vous ?

— Je m'appelle Suzanne. Mais votre nom, c'est vrai ?

— Pensez-vous, rien n'est vrai, Suzanne, que vos yeux et votre rire. Tenez, entrons là, et il s'effaça pour la laisser pénétrer dans le bar de Jo Ricci.

Ils s'assirent à une petite table.

— Vous savez, dit Suzanne, je ne reste pas longtemps.

— Pourvu que vous promettiez de revenir demain à la même heure, au même endroit, dit Poupon.

— Je passe devant, dit-elle.

Elle lui raconta un tas de trucs sur elle qu'il écouta d'une oreille distraite, un œil sur ce brun crépu au visage vérolé. Il leva son verre :

— Je bois à vos amours et à mon désespoir.

— Oh ! votre désespoir !

— S'il vous plaît, dit Poupon en levant la main.

Le garçon s'approcha :

— Monsieur ?

— Je vous fais juge, dit Poupon. Il est douze heures vingt-cinq. Si mademoiselle n'est pas là demain à cette heure, je me suicide sur ce guéridon.

— Mademoiselle viendra certainement, dit le garçon, imperturbable.

Et il recula discrètement pour laisser cet excentrique à son aventure.

— Mon Dieu, soupira Suzanne, j'ai été faible de vous suivre. Maintenant, je dois partir.

Elle s'était levée. Poupon prit sa main.

— Alors, dit-il, vous viendrez ?

— Peut-être, dit-elle.

— Donc vous viendrez.

— Si vous en êtes si sûr, je ne viendrai pas.

— Vous me rendez fou, dit-il, une main sur les yeux.

Elle eut un petit rire frais et quitta le bar. Poupon recommença son manège avec le garçon. Il s'approcha.

— Monsieur ?

— D'homme à homme, dit Poupon en baissant la voix, quelle impression vous fait-elle ?

— C'est difficile à préciser, dit le garçon.

— Enfin, vous avez une certaine habitude…

— J'en vois pas mal, concéda l'autre, mais de nos jours on ne sait plus à qui se fier.

— C'est une belle fille, hein ? dit Poupon d'un air ravi.

— Pour ça, oui, fit le garçon. Vous ne risquez rien de revenir.

— J'arriverai même une heure avant, de peur de la manquer, dit Poupon.

Quelqu'un appelait le garçon ; il s'excusa et s'éloigna. Poupon enleva son pardessus ; avant de le plier sur le dos d'une chaise, il fourra la main dans la poche intérieure. Il en sortit la boule de papier écrasé, entourée d'une bande sur laquelle il lut, de l'écriture de Mireille : « Tu ne vaux pas grand-chose, mais je t'aime quand même. » Un grand bien-être l'envahit. Jo Ricci discutait encore au milieu d'un groupe. Poupon lui trouva la mine longue comme un jour sans femme. Il regarda le portillon de l'entrée et pensa à Gu et à Alban. Il rêva un peu sous l'œil attendri du garçon, paya et sortit.

Godefroy avait téléphoné au patron. Rien de neuf. Ils se retrouvèrent un peu plus loin pour échanger de brèves idées. Godefroy avait vu Poupon baratiner la fille. Une façon agréable de travailler. Et il ne se passa rien de plus.

Mais le lendemain, Poupon était déjà dans le bar en attendant la fille de la veille, lorsque Godefroy aperçut Alban. Il descendait la rue avec nonchalance. Il le laissa passer devant le bar de Jo Ricci et se jeta sur le téléphone.

— Le gosse est dans le bar, et Alban musarde dans la rue, jeta-t-il.

— J'ai du neuf, dit Blot. Jo prend l'avion à quatorze heures pour la Corse. S'il passe au bar, ce ne sera pas pour longtemps. Mais arrange-toi pour que Poupon sorte de là. J'arrive.

Godefroy rattrapa Alban qui faisait le tour du pâté de maisons. Il le vit hésiter un peu et entrer dans l'immeuble qui communiquait avec le bar par sa porte de derrière. Il était midi et quelques. Il attendit quelques secondes et le suivit.

Alban atteignit la porte ; elle était ouverte. Il y avait l'escalier menant à la salle du haut. Il referma la porte et rebroussa chemin. Dans la cour, il croisa un type qu'il ne connaissait pas. Il décida d'aller faire un tour square des États-Unis, histoire de repérer la bagnole à Jo.

Godefroy soupira en croisant Alban. Qu'importe où il pouvait aller, du moment qu'il sortait de là. Godefroy retourna rue Washington pour surveiller l'entrée du bar en attendant le patron. Ce dernier arriva avec Mireille suspendue à son bras. Mireille embrassa Godefroy et ils s'éloignèrent à petits pas.

— Nous sommes plusieurs à chaque extrémité de la rue, dit Blot. Et le gosse ?

— Toujours dedans, répondit Godefroy.

— Mireille va y aller, dit Blot.

— Mais… commença Godefroy.

— Elle le sait, dit Blot. Poupon travaille comme ça. C'est bien, mais, aujourd'hui, il y a trop de risques. Vas-y, dit-il à Mireille, et que ça se passe vite.

Alban était arrivé pour assister à l'entassement des valises dans la Ford de Jo… Il calcula une seconde et se précipita rue Bassano où il avait garé la 403 d'un ami qu'il utilisait en camouflant les numéros à l'heure H. Et des 403, il y en avait tellement ! Par la porte Maillot, il fonça vers la planque de Gu. Ce dernier venait de se lever.

— Jo s'atchave [1], jeta-t-il en claquant la porte derrière lui.

Gu le regarda sans répondre.

— On peut tâcher moyen de le trouver au bar en faisant vite. Le coin est calme. J'en viens. La porte de derrière, elle est comme avant.

Gu enfila un costume, un pardessus et se chaussa sans dire un mot. Après quoi il ramassa son artillerie et ils sortirent.

Lorsque Mireille poussa le portillon du bar, Poupon faillit s'étouffer. La Suzanne était en frais de toilette et Mireille ne s'y trompa guère.

— Il est avec vous, ce joli coco ? dit-elle à Suzanne.

Le ton ne demandait qu'à s'élever. L'irruption de cette poupée de vitrine pétrifia la fille :

— Mais enfin…

— … mais enfin il a deux gosses, des jumeaux, si vous voulez le savoir, et une femme aussi.

Et Mireille tapa du poing sur sa mignonne poitrine. Elle parlait les dents serrées.

Suzanne craignit quelque chose comme l'éclatement de la bombe H. Elle se leva.

1. S'en va.

— Vous êtes un salaud ! dit-elle à Poupon (et ses yeux de biche lançaient des grenades). Des types comme vous, y en a des tas comme ça…

Et elle ouvrit largement les bras, envoyant le verre de Poupon valdinguer à plusieurs mètres.

En sortant, elle heurta Jo qui entrait. Elle ne s'arrêta pas.

— Qu'est-ce que ça veut dire ? demanda-t-il au personnel.

Le garçon s'approcha et lui parla bas.

— Ah ! bon, fit-il, et il sourit largement en regardant Poupon.

— Sortons de cette boîte, faisait Mireille.

Poupon demanda l'addition.

— Laissez ça, lui dit Jo. Vous avez assez d'ennuis.

C'était sa façon de se ranger du côté de l'homme.

— Assez d'ennuis ! rugit Mireille. Il les a cherchés, non !… Allez, ouste !

Des rires s'élevèrent. Gu et Alban arrivaient à proximité de l'Arc de Triomphe. Mireille et Poupon sortirent du bar.

— Le patron est là ? demanda Poupon une fois dans la rue.

— Oui, répondit Mireille d'une voix blanche. Ils sont beaucoup. Ils ont fermé la rue.

Elle s'accrocha à son bras et Poupon posa la main sur la sienne en signe d'apaisement. Ils rejoignirent Blot et Godefroy dans le café. Blot prit son air le plus navré.

— Je suppose que tu sais à quoi t'en tenir, dit-il à Mireille.

Mais elle était émue par le danger que venait de courir Poupon.

— J'ai vu Alban, dit Godefroy. Il a inspecté la porte de derrière.

Dans la rue, le flot de passants s'écoulait. Blot trouva qu'il y avait beaucoup de monde.

— Le tir aux pigeons, ça commence quand ? demanda Poupon.

Ricci était déjà sorti deux fois pour placer des bricoles dans sa Ford, rangée à quelques mètres du bar. La bagnole noire conduite par Alban descendait les Champs-Élysées.

— Fais-moi voir la rue, dit Gu, et ne t'arrête pas.

Les artères grouillaient de voitures. Un embouteillage avait bloqué la 403 place de l'Étoile. Gu n'en revenait pas. Sa dernière virée en tire remontait à 1947 ; on ne pouvait comparer. Gu ne reconnaissait plus la ville.

— C'est la première à gauche après là, dit Alban.

Gu regarda. Un bouchon de passants qui traversaient sans cesse obstruait l'entrée de la rue. Au-dessus d'eux, on voyait la rue pleine de voitures et de gens.

— Quel peuple ! dit Gu. Pas moyen de s'enquiller par là.

— La rue après, avec l'autre entrée, elle est moinsse fréquentée, dit Alban.

Gu regardait toujours et il trouva qu'Alban avait raison.

— Tu tournes au Rond-Point et tu remontes, décida-t-il.

Il s'assura qu'il y avait bien une balle dans le canon de ses flingues et défit les crans de sûreté. Il décida d'utiliser le Colt et le glissa dans la poche intérieure de son pardessus.

La 403 obliqua sur la droite et vira autour du Rond-Point. Elle stoppa devant le feu rouge de l'avenue Franklin-Roosevelt.

Soudain, dans cette voiture qui ne bougeait plus, il sembla à Gu que ça n'allait pas très fort. Il passa les doigts sur son front ; il était moite. La voiture démarra et s'arrêta encore, pour prendre la suite de la file qui remontait les Champs-Élysées. Dans quelques secondes, Gu serait obligé de descendre pour liquider Jo. Il eut une angoisse au cœur. Une étreinte à l'image du cauchemar qu'il faisait parfois, lorsque la serre d'un aigle se refermait progressivement sur son cœur. Il s'éveillait en sursaut et s'asseyait sur le lit, suant, une main contre son cœur, l'autre sur son front mouillé.

— On arrive, annonça placidement Alban.

L'hostilité du monde s'abattit sur Gu. Il regarda la nuque d'Alban comme s'il la voyait pour la dernière fois.

— Ce serait trop bête, murmura-t-il. (Il se pencha en avant et crispa sa main sur l'épaule de son ami.) Fonce, dit-il. J'y vais pas.

Alban obéit sans réfléchir et, profitant d'une trouée dans le flot de voitures, il quitta sa droite et gagna la gauche, le long de la file de taxis en stationnement au centre de l'avenue. Deux des hommes que Blot avait chargés de refermer la rue Washington à son signal semblaient attendre un autobus. Ils virent la 403 noire prendre sa gauche.

— Après, ils se plaindront des accidents, fit l'un.

— C'est pour leurs pieds, dit l'autre.

Alban trouva des feux verts au sommet de l'avenue et s'engouffra avenue Foch. Dans le rétro, il voyait la face blême de Gu.

— Tu as vu quelque chose ? demanda-t-il.

— Non, répondit Gu. Mais j'étais mal.

Il descendit la vitre et aspira un peu d'air. Au fur et à mesure qu'ils s'éloignaient, il se sentait revivre.

— Je vieillis, dit-il encore.

— Ça m'est arrivé de remettre, dit Alban. Il faut se sentir.

Ils n'échangèrent plus une parole jusqu'à Montrouge. Gu attendit au fond de la voiture qu'Alban le masque en discutant avec la concierge et il grimpa les escaliers. Il eût volontiers pris un bon bain. Il se contenta de passer la tête sous le robinet de l'évier. Il n'était pas très fier de lui. Alban se mit à tourner comme une âme en peine dans l'appartement. Xavier ne rentrait pas déjeuner ; il mangeait à la cantine. Alban regretta son absence. Il ne trouvait rien à dire à Gu. Il le regarda poser les flingues sur la chaise.

— Je ferais mieux d'acheter un bilboquet, dit Gu.

Et il se jeta sur le lit tout habillé, le visage tourné vers le mur.

Alban n'avait pas enlevé son chapeau. Il pensait que le mieux serait que Gu reste seul et se repose.

— Manouche, elle enverra des nouvelles et on saura quoi faire, dit-il simplement et il s'en alla.

Il rejoignit l'avenue Montaigne. Il emprunta un chemin identique jusqu'à l'Étoile. Là, il prit l'avenue Marceau, la rue Galilée à gauche et descendit la rue Vernet jusqu'à l'avenue George-V. Il rangea la bagnole et glissa son parabellum dans un casier du tableau de bord.

Ça le démangeait de voir si Ricci était parti ou non. La voiture de Jo n'était plus là. La place était encore libre au bord du trottoir d'en face. Il aperçut le commissaire Blot qui venait à sa rencontre. Alban toucha son feutre du doigt.

— Salut, commissaire, fit-il.

Blot avait quitté le café pour prier ses hommes de rentrer. Ricci était parti et il avait l'intuition qu'il ne se passerait rien.

— Ce cher Alban, fit Blot. On batifole ?

Alban songea au pressentiment de Gu ; ça le regonflerait de savoir ça.

— Je me promène, dit Alban.

— Moi aussi, dit Blot. Si tu veux, on monte par là, et il indiquait les Champs-Élysées.

— Si vous voulez, dit Alban.

Et ils partirent, épaule contre épaule, comme deux potes. Il y avait beaucoup moins de monde ; les gens déjeunaient plus ou moins à cette heure.

— Tu présenteras mes hommages à ta ravissante patronne, dit Blot.

— Elle est partie.

— Diable ! Déjà…

— Elle en avait marre de tout, dit Alban d'une voix traînante.

Il se demandait si Blot était seul ou entouré de flicaillons.

— Une petite cure de combien ? s'intéressa Blot.

— Sais pas, répondit Alban. Personne sait. Elle non plus. Elle est partie pour partir, comme ça. Elle a dit qu'elle allait tout droit.

Ils passaient devant le bar de Jo.

— Tout le monde s'en va, dit Blot. Ce n'est pas gentil. J'en connais un qui vient de démarrer pour la Corse, et il désigna le bar d'un hochement de tête.

— Il a de la chance, dit Alban.

— C'est le mot juste, dit Blot. Et toi, tu restes ?

— Il faut s'occuper pour Manouche, dit Alban.

Ils débouchaient sur les Champs-Élysées. Les inspecteurs virent le patron avec ce grand zèbre que quelques-uns connaissaient. Ils ne s'approchèrent pas.

— Si tu vas avenue Montaigne, je te fais un bout de conduite, proposa Blot. (Le silence se prolongea sur plusieurs mètres.) Pas le moindre ragot sur le dénommé Gustave Minda, reprit Blot. C'est du camouflage tous terrains.

— C'est comme le solitaire, comme on dit chez nous. Le vieux sanglier. Le plus dur à trouver et, si on le trouve, il tâche toujours moyen de nous crever deux ou trois clebs.

— Ça ne m'enchante pas de chercher ce type, dit Blot.

— Ça peut se dire, fit Alban.

Et il pensa à l'artillerie du vieux Gu. Ils arrivaient au Rond-Point.

— Je vais traverser, dit Alban.

— Parfait, dit Blot, et je vais te regarder d'ici. Qu'il ne t'arrive rien. Ce serait dommage.

— Bonne chance, commissaire, laissa tomber Alban en touchant son chapeau du doigt.

Il évitait de lui serrer la main. Il était peut-être sympathique, mais il turbinait au Quai.

— Longue vie aux truands, répondit Blot.

Et il regarda Alban disparaître de l'autre côté du Rond-Point. Il serait bientôt deux heures de l'après-midi. Il conservait le sentiment que Ricci l'avait échappé belle. Alban savait qu'il était en Corse ; il s'offrirait peut-être le voyage seul car Gu n'irait pas se bloquer dans une île pour assumer une vengeance. Manouche était partie. Si Gu était planqué à Paris, il ne tarderait pas à suivre également. « Je ne peux rien faire qu'attendre », songeait Blot en revenant vers ses hommes. Attendre le petit truc non prévu et me faire engueuler par un boursouflé de la politique qui trouvera que la police roupille, que les crimes impunis sont indécents, etc.

Toutes les gares, tous les ports, tous les aérodromes, toutes les routes étaient surveillés, et Gu savait qu'ils l'étaient.

Il y avait des milliers d'indicateurs de police en action ou en puissance et Blot utilisait l'interdiction de séjour comme levier. Mais Gu ne fréquentait pas la pègre, car il n'avait plus guère d'illusions. Blot le comprenait.

Gu ne voulait pas retourner au bagne, ni mourir. Et il était sans doute armé comme un croiseur. Blot arrivait rue Washington. En quelques mots, il rompit les mailles du filet. Jo Ricci était parti trop rapidement, et une bonne chance de coincer Gu s'envolait avec lui.

Il était tard. Il avait faim. Il décida de déjeuner dans un self-service en compagnie de Mireille, Godefroy et Poupon.

CHAPITRE III

À Marseille, Venture Ricci venait de quitter Jo, son frère aîné, qui se rendait en Corse. Jo n'avait pas parlé de ses affaires, mais il devait être bourré de fric. Ça se voyait. « Il n'y a pas à se plaindre », avait-il dit et il s'offrait un petit séjour au pays, histoire de se changer les idées. « Pour les macs, songeait, Venture, ça marchait toujours plus ou moins. »

Tout récemment, il avait pensé à Jo pour remplacer Jeannot Franchi. Mais une fois en face de son frère, il avait compris que c'était impossible ; il manquait de tripes. La part de chacun s'élèverait à une centaine de millions, mais ce n'était pas cette masse d'or qui rendrait Jo courageux. Peut-être se croirait-il à la hauteur, si on le lui proposait, pour craquer ensuite sur les lieux mêmes.

En ce qui concernait Jeannot, s'il avait écouté Venture, jamais il ne serait monté à Paris pour liquider Jacques le Notaire. Cette histoire-là ne pressait pas. D'ailleurs ils avaient décidé d'abandonner le trafic des cigarettes, car des équipes d'Italiens se mettaient sur les rangs et cette guerre devenait impossible à soutenir. Donc le litige avec Jacques ne tenait plus ou presque. On pouvait le laisser seul sur la dernière affaire. Venture venait de toucher les rancards[1] pour un hold-up sensationnel. Ils en auraient assez pour toute leur vie. Mais Jeannot n'avait rien voulu entendre, à croire qu'une rancune personnelle l'opposait à Jacques.

Venture s'était désintéressé d'autant plus volontiers de la question qu'il aimait bien Manouche. Tout jeune, il vouait un culte au célèbre Paul et le jour de son enterrement, Manouche ne confondit pas la sincère douleur de Venture avec les grimaces d'une bande d'hypocrites venus rouler les épaules devant le cercueil d'un gangster renommé. Mais il lui avait été impossible de convaincre Jeannot, et d'autre part, ce n'était pas de sa faute si l'homme de Manouche truandait avec des prétentions de caïd. Alban avait eu le temps de tirer son flingue et le Jeannot était remonté dans la tire avec deux balles dans le buffet. Il était mort dans une planque aux environs de Paris, malgré les soins d'un toubib à la discrétion onéreuse.

Des types que Venture ne connaissait pas étaient venus le chercher, car Jeannot le réclamait dans son délire. À son arrivée, Jeannot en avait terminé avec les plaies et les bosses. Ils l'enterrèrent de nuit dans le jardin de la maisonnette, et Venture quitta les lieux sans saluer personne.

Depuis, il cherchait le quatrième homme qui remplacerait Jeannot pour attaquer ce convoi. Ils

1. Renseignements.

devaient être prêts dans quinze jours, entre la Noël et le jour de l'An. Il faudrait se mouiller terriblement pour réussir, mais Venture ne voulait pas mégoter. Il avait quarante et un ans ; sa femme, Alice, en avait dix de moins et lui claquait un fric fou. Après la grosse affaire, il mettrait son flingue au mont-de-piété et s'arrangerait une vie douillette jusqu'au bout. À elle, il lui prendrait un commerce pour femme ; ça lui plaisait, et pendant qu'elle y travaillerait, elle ne dépenserait rien. Voilà ce que Venture s'imaginait, dans sa touchante simplicité d'homme d'action. Il avait voulu vendre son bar l'année précédente ; il s'y trouvait exposé comme dans une vitrine et ça devenait malsain.

La Versailles attaquait la rampe du boulevard Perrier. Venture habitait tout en haut, une villa dans la pinède de la colline. On pouvait également passer par la Corniche. Il descendit ouvrir la porte du garage.

— Ne rentre pas la voiture ! cria une voix de femme.

Il leva la tête pour assister à la fermeture d'une fenêtre. La semaine précédente, elle avait embouti sa Simca contre un camion. Tous les torts à sa charge, pour ne pas changer. Elle menait un foin du diable pour savoir qui truquait l'enquête.

— J'espère qu'ils t'enlèveront le permis, lui répétait Venture plusieurs fois dans la journée.

Elle était brune avec des yeux bleus, une Arlésienne. Son frère avait connu Venture au sein d'un réseau, sous l'Occupation. Leurs parents tenaient une brasserie à Arles.

— Pour un ami, tu ferais sauter la préfecture, disait-elle. Et pour ta femme, pas ça.

Et elle claquait ses doigts comme une danseuse espagnole.

Au début de leur mariage, Venture avait séjourné à la maison « Mon repos », pour un sale truc, mais il n'était pas bavard et on lui avait délivré une ordonnance de non-lieu. Alice s'était conduite en championne. Il est vrai qu'elle ne savait rien, mais elle ne prononça pas le nom des intimes qu'elle voyait chaque jour. Elle avait une aversion naturelle du gendarme. Elle ne savait pas vraiment si elle aimait Venture à la folie, mais elle se sentait prête à l'aider dans n'importe quelle circonstance et à tuer la femme avec laquelle il s'aviserait de la tromper.

— Mon chéri, continua-t-elle de crier par les escaliers dès qu'elle le sentit dans la villa, Magy a besoin d'aller à Toulon.

— Y a un train toutes les heures ! hurla Venture.

Il détachait les syllabes en chantant sur les finales.

— Tu cries, tu cries et tu ne sais rien, fit-elle en descendant à grand bruit le petit escalier.

— Je sais qu'il me faut la voiture et que ta Magy, elle ira comme elle voudra.

— Mais j'ai promis !

— Il fallait pas, dit Venture en se laissant tomber dans un fauteuil.

Magy, c'était la cousine germaine d'Alice.

— Elle est de la famille, non !

— Et moi, soupira Venture, je n'en suis pas, de la famille ?

La jolie bouche d'Alice s'arrondit et la sonnerie du téléphone lui évita de se creuser les méninges dans l'immédiat. Venture s'avança vers une cheminée purement décorative. Un appareil blanc trônait dans un angle. Il décrocha.

— Boui, c'est moi. Quand tu veux. Bien sûr. Tout de suite, si tu veux. Non j'ai rien trouvé. Oui, elle va bien. (Il regarda sa femme.) Allez, *bye !* et il raccrocha.

— C'est Antoine, dit-il. Il s'inquiète pour ta santé.

— Ouiche ! fit-elle. Trop poli. Des trousseurs de filles, tes amis, voilà ce que c'est. Le Antoine et autres. Et ça demande de mes nouvelles !

— Une fois, tu disais qu'il était comme un frère.

— J'ai changé. Aujourd'hui, ça va mal.

Elle tempêtait plus ou moins.

— Antoine a une bagnole, glissa Venture.

Et quand il sonna à la porte, il reçut un accueil des plus chaleureux. Peu après, il tendait la carte grise et les clefs de contact à Alice. Il avait une D.S.

— C'est tout ce qu'il a, dit Venture.

— Il peut avoir confiance, dit-elle en enfilant un manteau de laine de grande fantaisie. Tes amis, ils ont du cœur, au moinsse.

— Ça le ruine, dit Venture.

— Il a toute mon amitié et il le sait bien, répliqua-t-elle, royalement.

Antoine souriait ; il avait trente-cinq ans, avec une bobine à se faire cajoler par les femmes.

— Il la portera à la Caisse d'Épargne ton amitié, dit Venture.

— Vous avez déjà mené une D.S. ? demanda simplement Antoine.

— Celle de mon oncle, dit Venture. Depuis, on est fâchés.

— Ne l'écoutez pas, dit Alice, et elle s'éjecta des lieux.

Un grand vide se creusa dans la pièce. Ils se regardèrent.

— Un cyclone, dit Antoine.

— Un genre comme ça, dit Venture.

— Sinon, ça tient toujours, ce machin ? dit Antoine.

Venture savait qu'Antoine en rêvait la nuit.

— On remplace Jeannot et on est bons, répondit Venture.

— Y a un type extra, dans le coin, suggéra Antoine.

— Tu sais, j'ai vu Jo tout à l'heure. J'en ai même pas causé. C'est vraiment pas le genre.

Et ça voulait dire : « Si j'écarte le frangin, c'est pas pour prendre un guignol. »

— C'est Orloff, dit Antoine.

— P… de Dieu ! jura Venture, il est là ? Et tu l'as vu ?

— Voilà comment c'est, dit Antoine. Moi, je le connais pas, ce gonze. J'en avais entendu parler, même dedans. (Antoine avait terminé cinq ans de centrale deux ans plus tôt pour une agression, et ça lui avait coûté si cher d'embrouiller la justice qu'il était sorti sans un centime.) J'étais chez Yvette cette nuit-là ; tu sais la vieille qui a le clandé rue Paradis ? On bavardait. C'est fou ce qu'elle connaît, comme histoires des grands d'avant. De son temps à elle. Depuis la salade avec ce hareng, tu te souviens, elle m'a à la bonne.

Antoine jouait les chevaliers sans armure. Il y avait un mac qui singeait les durs sur une blondinette vraiment un peu jeune. Antoine l'avait protégée et on avait ramassé le mac à la petite cuillère. La fille présenta Antoine à la vieille Yvette. La vieille n'aimait pas les macs ; elle était pour que les filles se défendent à leurs pieds [1] et pas pour engraisser des fanfarons.

— Alors, on se marrait, poursuivit Antoine. Y a toujours une ou deux frangines de libres un moment et la vieille les charrie à t'en faire crever de rire. On sonne, la vieille y va et je l'entends qui dit : « Toi ? C'est pas Dieu possible » ou un truc dans ce goût-là. Elle est rentrée avec un type plutôt grand ; environ un mètre quatre-vingts, blond, fringué comme un prince. Et il parlait, fallait voir. La vieille, elle a pas dit son blase, ni le mien. Juste les prénoms. Elle l'appelait Stani. Elle a débouché du champ'.

1. Conservent leurs gains.

— Il s'appelle Stanislas. On l'appelle aussi Stan.

— Et j'ai eu souvenance. Alors j'ai pensé que c'était Orloff. La vieille, elle m'en avait parlé comme d'un fils. Il a été dans les écoles et tout, jusqu'en Angleterre.

— Tu lui as parlé de quelque chose ? demanda Venture.

— De rien du tout. Paraît qu'il bosse seul ou presque. Mais cent briques, ça intéresse.

Il était seize heures.

— Tu crois qu'elle est là, Yvette ? demanda Venture.

— On peut toujours voir.

Il y avait le téléphone. Il y avait aussi les tables d'écoute. Ils se levèrent et la Versailles de Venture les déposa bientôt dans les parages. Quand Yvette vit Antoine Ripa accompagné de Venture Ricci, ça lui sembla bizarre. Le Venture, il était connu.

— Bonsoir madame Yvette, dit Venture. Nous nous sommes vus deux ou trois fois déjà.

— Je n'oublie personne, monsieur Ricci, dit la dame. (Elle avait des yeux vifs, d'une teinte indéfinissable, une peau mate et des cheveux très blancs. Elle était soignée à l'extrême.) Bonsoir Tonio, dit-elle à Ripa.

— Alors, voilà, Yvette, fit Antoine, Venture voudrait causer à Orloff.

La vieille dame battit des paupières.

— Nous nous connaissons, dit Venture et c'est très important pour lui que je le voie. Antoine m'a dit qu'il était là, hier.

— En effet, dit Yvette. Mais je ne peux pas vous dire…

Venture l'arrêta d'un geste :

— On n'a rien à demander. Dites-lui que je suis venu. Que c'est grave. Donnez-lui ça. (Et il marqua son téléphone et son adresse sur un papier.) Je rentre chez moi. J'y reste jusqu'à ce qu'il vienne, car le téléphone, vous savez, vaut mieux pas.

Et ils prirent congé. Elle n'avait pas élevé Stani pour qu'il dépouille ses semblables. Il les dépouillait quand même, poussé peut-être par des dispositions héréditaires car le moins que l'on puisse dire, c'est qu'il était doué pour ce genre de sport. Yvette savait que Venture Ricci était embrigadé dans des histoires impossibles, que ça tiraillait dans tous les coins. Mais Stani était si intelligent. Elle se croisa les mains, signe d'émoi chez elle. Il l'avait laissée plus d'un an sans nouvelles et la plaisantait quand elle lui demandait quels dangers il avait courus. Il lui apportait des cadeaux et l'apaisement de sa présence. Il parlait peu, et elle n'arrivait même pas à imaginer ses pensées. En le regardant, elle se disait qu'il ressemblait à son père. Ce qui l'inquiétait encore davantage.

— On va passer chez Pascal, dit Venture.

Pascal avait une boîte rue de la Tour, près de la place de la Bourse.

Ils entrèrent par le service ; dans la salle, un garçon procédait à la mise en place.

— M. Léonetti est là ? demanda Venture.

Le garçon fit un signe du pouce derrière lui. Il y avait un couloir et une porte capitonnée. Venture l'entrebâilla.

— On te dérange ?

Pascal discutait avec un petit bonhomme chauve. Entre eux, des papiers s'étalaient. Il y avait une serviette de cuir posée à plat sur le bureau.

— Jamais ! Jamais ! s'exclama Pascal, la main largement ouverte, les doigts en éventail. (Venture et Antoine s'avancèrent.) Tiens, Tonio ! dit Pascal. Deux beaux gaillards.

Le petit bonhomme chauve souriait ; il n'aurait su expliquer pourquoi.

— Mon comptable, présenta Pascal d'un geste large.

— On les entasse, dit Antoine, et son geste évoqua une pile de billets.

Le sourire du comptable s'accentua ; cette fois, il savait pourquoi.

— Ah, jeunesse ! mugit Pascal d'une grande voix raimuesque.

Venture lui adressa un petit signe. Le chauve à tête de fouine entrait dans la catégorie « discrétion et célérité ».

— Je me retire, monsieur Léonetti, dit-il en rassemblant ses paperasses. Les choses ne pressent pas à la journée.

— Faites, faites, dit Pascal.

— Au revoir, monsieur Léonetti. Messieurs... (Et il sortit, de biais, sa serviette sous le bras.)

— Que le percepteur, il vous garde ! jeta encore Pascal.

C'était l'homme du dernier mot.

— Dis donc, fit Antoine, j'ai soif, moi.

— Tu as soif, tu as soif… c'est drôle, il a toujours soif, ce coco-là, dit Pascal en ouvrant le meuble bas.

Il en sortit une bouteille vide. Il se pencha davantage et sortit une seconde bouteille vide :

— Ça, alorsse !…

— C'est gênant, dit Antoine. Il s'assit et croisa les jambes.

Pascal sortit du bureau à grandes enjambées et revint avec une bouteille carrée à demi pleine d'un liquide sombre. Une bouteille sans étiquette.

— On peut savoir ? dit Antoine du bout des lèvres.

— C'est pour les hommes seu-le-ment, appuya Pascal.

Quand on avait bu un peu de ça, on se croyait riche, jeune et beau, avec Brigitte qui vous chuchotait à l'oreille.

— Écoute, dit Venture, on a un rendez-vous et tu dois venir aussi.

— Pour le hum ! hum !… fit Pascal.

— Tout juste, dit Venture. On va attendre Orloff chez moi.

— Peste, on ne se refuse rien, dit Pascal.

— C'est pas du tout cuit, dit Antoine. Il a rien dit, vu qu'on n'a rien dit non plus.

— Je le connais peu, dit Pascal. Je sais qu'il a travaillé avec Théo.

Le Théo avait un bateau rapide, capable de tenir la Méditerranée. Ça lui rendait bien service.

— On verra, dit Venture. C'est dans quinze jours, et quatre c'est déjà pas beaucoup. À trois on ne peut pas. Allez, on y va ?

— J'irai directement, dit Pascal. Sinon on se fait remarquer. Encore un peu de cette merveille ? et il allongea la main vers la bouteille.

— Monte-la chez moi, dit Venture. Le Orloff est froid comme un glaçon, et il sortit avec Antoine sur ses talons.

Pascal enveloppa la bouteille dans un journal qui traitait exclusivement de la race chevaline. Il rêvait de canassons. Mais des vrais, des gagnants, comme il disait à Venture. Avec la joncaille qu'ils allaient ramasser dans une quinzaine, il en achèterait deux. Et il vendrait sa boîte qui l'obligeait à travailler et ne lui rapportait pas grand-chose. C'était le type du joueur. Il vivait sur un coup de dés. Il avait quarante-cinq ans et portait beau. Il était dans le mouvement, comme on dit, et Venture ne regrettait pas les quelques affaires bâclées ensemble. Pascal avait « payé » à deux reprises dans sa jeunesse. Une fois trois ans et une fois deux. Et il s'était farci les « bat's d'Af », en prime. Ce n'était pas un fou de la voiture, une 203 lui suffisait. Il posa la bouteille sur le siège à côté de lui, et actionna le démarreur. La mécanique émettait quelques bruits supplémentaires et la carrosserie était d'une couleur imprécise.

Pour atteindre le perchoir de Venture, il passa par la Corniche ; il trouvait la rampe moins dure que celle du boulevard Perrier.

*

Il ne trouva pas la Versailles. Venture avait dû la rentrer dans le garage de la villa. Pascal poussa la grille et sonna. Les autres venaient d'arriver. Ils s'installèrent donc tous les trois pour attendre.

— Tu crois qu'Yvette lui dira ? fit Antoine au bout d'un moment.

— Elle le couve, dit Venture. Elle voudrait qu'il s'arrête, ça se voit dans ses yeux. Mais elle l'affranchira de peur qu'il craigne quelque chose.

— Ça peut durer, dit Pascal, si on flambait ?

— Si tu veux, dit Antoine. Mais on a pitié. On joue rien.

Pascal ne releva pas ; il s'empara du jeu de cartes que Venture venait de sortir d'un tiroir et s'amusa un moment à les battre dans tous les sens, à les étaler, à les ramasser. Il aimait le contact des cartes.

— On intéresse, décida Venture. Mais une seule carte et cinq sacs de plus. Le premier fauché, il sort.

— C'est raisonnable, fit Pascal. Bien que la chance, je crois qu'elle est là.

Il le croyait toujours avant de perdre.

— Tu as les brèmes, fais la donne, dit Antoine.

Et la ronde des cartes commença.

Vingt heures venaient de sonner et Pascal avait « vu » un full aux as d'Antoine. Il n'avait plus un centime. Il se leva.

— J'ai faim, bâilla-t-il…

Les Ricci n'avaient pas de domestiques à demeure. Ils engageaient des femmes de ménage et non des gens fixes susceptibles de répéter ce qu'ils risqueraient d'entendre.

— Alice n'est pas là, dit Venture. Mais vas voir si tu dégottes un truc ou deux. Elle ne rentrera pas avant dix heures, ajouta-t-il en regardant Antoine.

Antoine songeait à sa bagnole et Venture le sentait.

Il avait envie de téléphoner chez Yvette, savoir au moins si Orloff y était venu. Il craignait aussi d'être maladroit en insistant. Pascal revenait de la cuisine avec une pile de biscottes beurrées.

— Pas une larme de pain, dit-il d'un ton méprisant.

— Alice est au régime, fit Venture.

— Oh ! la la ! déclama tragiquement Pascal, mais c'est un guet-apinsse, ton rendez-vous.

Orloff gravissait la colline à pied. Il faisait nuit ; la route en lacets sur laquelle s'ouvraient les grilles des villas était mal éclairée. Il aspira l'air vif du soir ; les pins paraissaient très grands, fantastiques. Il ne se demandait pas ce que Venture lui voulait. Il venait sur place pour voir. C'était le mieux, dans la vie. Théo lui avait dit : « Tu montes au sommet de la Corniche. C'est la première piaule quand tu bascules de l'autre côté. » Orloff y était. Devant la grille, une 203 stationnait. Il essaya de l'ouvrir ; elle n'était pas fermée à clé. « Un fantaisiste », pensa-t-il. Il s'éclaira d'une lampe de poche grosse comme un stylo et lut sur la plaque : Pascal Léonetti. Il inspecta sommairement l'intérieur de la voiture, n'y trouva rien de particulier et referma la portière en douceur. Après quoi, il tourna autour de la villa. La lumière brillait dans une seule pièce, à droite de la porte d'entrée. Il poussa la grille, sonna à la porte et s'effaça de l'axe. Il avait les mains enfoncées dans les poches de son pardessus ; dans une des poches, un objet ressemblait à un pistolet-mitrailleur. Une marque espagnole de très bonne qualité.

Venture s'encadra dans la porte.

— On m'attend, je crois, dit Orloff.

— Tu es le bienvenu, dit Venture.

Il s'effaça pour inviter Orloff à entrer. Pascal avait repoussé ses biscottes et Antoine battait les cartes pour se donner une contenance.

— Voilà Pascal Léonetti et Antoine Ripa, dit Venture.

— Bonsoir, dit Orloff en tendant la main.

Sa voix était mesurée, sans accent. Il déboutonna son manteau et s'installa dans un fauteuil. Il avait l'allure d'un homme de trente ans, mais Venture calcula qu'il en avait trente-cinq et peut-être davantage. Avec ce genre de type, on ne sait jamais au juste. Il eut envie de lui dire qu'il n'avait pas changé depuis la dernière fois, mais Orloff n'était pas venu pour ça.

— Veux-tu commencer l'année avec une centaine d'unités ? attaqua Venture.

— Il y a tellement de manières différentes de commencer l'année, dit Orloff. Et même, on peut ne pas la commencer du tout.

— Oui, mais pas en allant chercher ce fric, dit Venture. J'ai l'affaire de première main : un gros ponte décavé. C'est dans une quinzaine ; on aura l'heure, on aura tout. Escorte maximale de deux motards ; c'est le type qui s'en charge. Une tonne de jonc en lingots d'un kilo. Ça fait cinq tafs de cent briques chacun L'indic, il veut une part. Ça fait nous quatre, et lui, cinq.

Il s'arrêta. Les détails, il les gardait pour lui : Orloff était bien gentil, mais un loup solitaire, ça vous a des réactions imprévisibles.

Antoine ne battait plus les cartes et Pascal pensait que si Orloff venait, l'affaire était dans le sac.

— Cela devient donc tellement difficile de trouver un gangster pour une somme de cette importance ? demanda Orloff.

— La preuve, dit Antoine (et la fierté d'être dans les quatre l'inonda), on peut en avoir cent, mais je viens de tirer soixante marquotins de ballons (ça faisait plus riche que cinq ans) et j'ai pas envie d'y retourner à cause d'un mou.

— Votre confiance me comble, dit Orloff en les regardant à la ronde. C'est bien votre droit de choisir un équipier. Je présume (et il s'adressa à Venture) que tu as songé à chaque détail et je n'ai donc qu'à accepter ou à refuser. Si j'accepte, ce sera en entière confiance et je ne poserai aucune question.

Il lissa son nez entre le pouce et l'index. Il avait le nez droit et un beau visage sec de conquérant. « Une gueule qui voulait dire quelque chose », pensait Antoine.

— Voilà, dit Orloff. Je ne refuse pas et je n'accepte pas non plus. Il me faut une semaine pour vous donner une réponse définitive.

— Nous devons être prêts dans deux semaines, dit Venture.

— Tu me l'as déjà dit, répondit Orloff. Si je refuse, il vous restera une semaine pour trouver ce quatrième. Ou bien le faire à trois.

— J'ai tout calculé, dit Venture ; à trois, c'est pas possible.

— Trois, c'est un nombre, dit Orloff. (Et il songea à ce qu'il avait accompli seul et même à deux.) Enfin, cela dépend des circonstances. Une tonne d'or, ça s'entoure de quelques soins, ajouta-t-il. Mais vous pouvez chercher pendant que je réfléchis. C'est votre droit et ce serait correct. Ainsi, je ne vous retarde en rien.

— Ça me plaît, dit Antoine. Pascal ! fais briller ta tisane d'Indiens.

Venture sortit des verres.

— À peine, pour moi, indiqua Orloff.

Ils levèrent les godets à la réussite du dernier hold-up de leur carrière.

CHAPITRE IV

Manouche avait pris le train, l'avion et de nouveau le train, dans une direction opposée à celle de Marseille. Elle était descendue à la première petite gare, et de là, elle avait loué le seul taxi de l'endroit pour rejoindre Marseille.

Elle alla directement chez Justin Cassini, un cousin du pauvre Paul. Il logeait dans un immeuble ouvrier, quartier du Lazaret, entre la porte d'Aix et la gare d'Arenc, au n° 4 de la rue Chevalier-Paul, ce qui amusait toujours Paul lorsqu'il rendait visite à Justin.

Justin était riche, mais vivait modestement. Il naviguait depuis une trentaine d'années et trafiquait depuis un nombre égal d'années. Il avait mouillé quatre-vingts pour cent des douaniers et rentrait ce qu'il voulait sur n'importe quel bateau et idem pour la sortie. Ses deux enfants, un garçon et une fille, étaient mariés. Justin demeurait seul avec sa femme dans un quartier qu'il affectionnait particulièrement, y connaissant tout le monde.

Manouche paya son chauffeur qui déposa les valises sur le trottoir. Elle sonna deux coups à la porte d'entrée de l'immeuble. Justin habitait au deuxième et il n'y a que peu de concierges à Marseille. Les portes de la rue sont closes. Les locataires les actionnent de l'intérieur de leur appartement. Manouche sonna encore et la porte s'ouvrit enfin.

— Qu'est-ce que c'est ? chanta une voix dans la cage de l'escalier.

— M. Cassini ! cria Manouche.

— Y a personne chez eusses, ma bonne dame.

Il sembla à Manouche que d'autres portes s'ouvraient sur les paliers. Elle ne savait que faire, avec les valises sur le trottoir.

— Justin ? Il est chez Angeli, dit quelqu'un.

— Où est-ce ? demanda Manouche.

Elle levait la tête et apercevait les locataires appuyés sur la rampe, à chaque palier. Dans le désir de l'aider, ils se mirent à parler tous à la fois et elle ne comprit rien. Un gosse passa comme une flèche à côté d'elle et sortit de l'immeuble.

— Le petit, il est parti le quérir…

— Ne restez pas là…

— Montez vous chauffer…

Manouche sourit et groupa ses valises dans le couloir. Justin arriva aussitôt.

— Petite ! fit-il. Ça, par exemple… et il heurta sa face osseuse contre les chairs tendres de Manouche.

— La femme n'est pas là, dit-il en gravissant les marches.

Dans la salle à manger, un Myrrhus faisait de son mieux.

— J'ai voulu t'écrire pour la chose, et je me suis pensé que c'était pas la peine.

Il avait lu la fusillade dans les journaux. Il baragouinait en plusieurs langues et parlait toujours d'écrire à ses proches, mais ne le faisait pas. Il ne savait pas écrire.

— Maria, elle est chez les petits de son petit, dit-il.

Ils parlèrent un peu de la famille et Manouche lui dit d'un ton assez grave :

— Il faut que tu m'aides, Justin.

— Tu veux loger là ?

— Oui, d'abord. Je ne veux pas remplir une fiche d'hôtel. Et tu vas me louer quelque chose de meublé dans les environs proches. Le prix est sans importance pourvu qu'on ne déclare pas le nom. Une petite maison indépendante, tu vois ? C'est pour cacher quelqu'un.

Elle le regarda dans les yeux. Il avait des sourcils énormes, broussailleux. Il ne lui restait qu'une mince couronne de cheveux. La peau de son crâne était tannée comme le reste.

— Et il veut s'embarquer… fit-il.

— Oui, dit Manouche. Ils sont tous après lui. C'est Gustave Minda.

— Le vieux Gu ?

— Il n'est pas si vieux… dit Manouche — et elle supporta l'éclair amusé des petits yeux de Justin.

— Mettons, fit-il. Pour la maison, y a celle de Maria, qu'elle tient du père. C'est à Mazargues ; l'hiver on habite pas. (Il hésita un peu.) Ce sera pas la peine d'en parler à Maria. Elle y va jamais. C'est moi qui m'occupe pour les réparations…

— J'irai préparer, pour qu'il vienne. Tu lui sauves la vie, ajouta-t-elle.

— Je te remercie, dit-il. (Et il se leva pour recharger le Myrrhus.) Pour la question du voyage, c'est pas pareil, dit Justin, en claquant la fermeture du poêle. Il y en aurait trop à mettre dans la confidence. (Il pensait déjà à Théo.) Je connais un Grec, un gars bien, qui va partout en Méditerranée avec une coque à lui. Ce serait le mieux. Plus cher, mais moinsse risqué.

— Comme tu feras, ce sera bien, assura Manouche.

Elle avait hâte de revoir Gu et elle réfléchit au moyen le plus sûr de l'amener à Marseille. Elle ne défit pas ses valises, demanda du papier à lettres à Justin pour envoyer des instructions à Alban.

— Je te laisse, petite, dit Justin.

Il retournait chez Angeli, le bistrot, où des dingues de la manille lui reprocheraient toute sa vie l'abandon d'une partie en cours.

À Paris, Alban se rendait deux fois par jour chez une amie de Manouche qui servait de boîte aux lettres. Il n'eut pas à se déranger souvent ; un matin, moins de trois jours après le départ de Manouche, il trouva la lettre de Marseille. Il la porta chez Gu.

— Je me demande à quoi elle pense, fit ce dernier après l'avoir lue. Je ne suis pas un gosse, non ?

Tu as vu, dit-il à Alban, elle a manigancé une histoire de caisse avec HAUT et BAS indiqués dessus. Comme ça, si un mec se goure, je vais voyager la tête en bas comme un fakir.

— Elle a dit que c'est tout surveillé.

— On s'en douterait presque, ricana Gu. Et quand je suis venu de là-bas, tu crois qu'ils triaient des lentilles ! Non, je ferai comme j'ai idée. Avec juste une trousse de toilette et les routes accessoires, les gares accessoires, les bleds. Elle est au Lazaret, chez ce Justin. J'arriverai par Aix-en-Provence. Là, je prends le trolley et je descends avant la porte d'Aix. J'évite le centre, j'évite tout, et je m'amène comme une fleur.

— Tu tâches moyen de suivre ton idée, dit Alban.

Il lui avait raconté qu'il était tombé sur Blot, avec sans doute des argousins planqués dans le secteur. Depuis, Gu avait le moral en chandelle, et suivrait son instinct jusqu'à la garde.

— Et je vais démarrer sur l'heure, dit Gu.

Alban le regarda faire ses préparatifs. Il avait jailli dans sa vie, une fois encore, et déjà leurs chemins se séparaient.

— Je dois rester, dit-il. Manouche compte que je vais m'occuper du « Montaigne » et elle dit que trop, en voyage, ça fait causer.

Il passa lentement sa main sur sa calvitie. Gu fermait une mallette qui contenait un minimum.

— Si ça n'allait pas pour quelque chose, dit Alban, il faudrait m'appeler.

— Tu es l'homme au monde en qui j'ai le plus confiance, dit Gu.

— Peut-être qu'on se verra plus ?

Gu, debout, s'approcha un peu.

— C'était bien qu'on se revoie, dit-il. Quand je t'ai revu pour la première fois, tu sortais l'ivrogne avec Jacques le Notaire, ça m'a fait comme un choc…

Alban, pour les discours, il n'était pas fort. Il glissa sa main sous son aisselle et sortit le parabellum.

— Tiens, dit-il.

— Mais tu m'en as déjà donné deux, refusa Gu, ce Beretta et ce Mauser…

— Çui-là, c'est pas pareil. On s'est jamais quittés.

— Mon vieux Al, murmura Gu.

Son regard s'embua et il n'eut pas honte des larmes qui roulaient sur ses joues ; elles étaient au-dessus de lui, au-dessus des hommes.

Alban esquissa un sourire qui ressembla davantage à une grimace.

— N'oublie pas la fraîche, dit-il en indiquant la liasse de billets de banque que Gu avait déposée sur la chaise.

— C'est pas une vie, laissa tomber Gu du fond de sa tristesse.

Il sentit l'énorme main d'Alban lui broyer l'épaule. C'était son adieu. Gu vit le dos de son ami disparaître entre les portes. Il demeura un long moment immobile. Enfin il accomplit les derniers gestes, sans penser à rien ; il coucha le Mauser canon long dans la mallette avec le Colt, puis il glissa sous son aisselle le parabellum d'Alban et le Beretta dans la poche extérieure du pardessus.

Il jeta un regard dans la pièce qui avait abrité ses premières amours d'homme libre. Il pensa à Manouche et descendit l'escalier.

À la porte d'Orléans, il prit le bus jusqu'à la porte d'Italie. De là, un autocar pour Fontainebleau. Et ainsi de suite.

Alban signala le départ de Gu à Manouche. Elle fut surprise d'apprendre que Gu avait négligé ses conseils et très inquiète de le savoir seul, éparpillé dans la nature. Pour gagner du temps, Justin contacta Théo. Ce dernier accepta en principe, mais il serait peut-être obligé de prendre la mer les jours suivants. Il attendait la réponse de quelqu'un pour savoir au juste. Justin ne put rien en tirer d'autre.

Théo appartenait à une race d'aventuriers éliminée par le progrès. Il vivait sur un petit cotre et, surtout, de son petit cotre. Son bateau c'était sa monture, ils faisaient corps. Ce Grec de taille moyenne, aux yeux très doux, tirait un peu sur le type oriental et ceux qui le fréquentaient avaient l'impression que le temps n'existait pas pour lui. Il se livrait peu. Orloff était son seul ami.

C'était lui qui était passé la veille au soir chez Théo. Il lui devait quatre sous sur une affaire et désirait connaître le meilleur chemin pour aller dans le coin perdu où perchait Venture Ricci.

— Et le bateau ? avait demandé Orloff.

— Il flotte, avait répondu Théo.

— Il se pourrait qu'il vogue vers la Sicile dans un bref délai, dit Orloff. Je reviendrai.

Théo préférait refuser dix affaires et travailler avec Orloff.

— Enfin, disait Manouche pour la dixième fois à Justin, tu crois que ce Théo va marcher ou qu'il nous traînera en longueur ?

— Il n'est pas comme ça, répondit Justin. C'est un homme. Il a une prise ailleurs. Il me dira.

Manouche ne quittait pas l'appartement des Cassini. C'est là que Gu devait venir. Chaque fois que le timbre de la porte de l'immeuble retentissait, elle sortait sur le palier. Elle n'osait pas demander « qu'est-ce que c'est ? » ou « c'est pour qui ? », mais elle brûlait d'envie.

Gu arriva un matin. Maria Cassini était au marché et son mari draguait sur le port pour affaires. Manouche avait passé une nuit blanche à supposer le pire et le meilleur et ne s'était endormie qu'avec le jour.

Gu sonna deux fois — personne. Le quartier était populeux ; les gens dévisageaient cet inconnu. Il sonna trois fois un peu nerveusement. On lui ouvrit.

— C'est pour qui ? cria-t-on dans l'escalier.

— Cassini, jeta Gu.

— Deuxième, lui dit-on, et des regards le toisaient d'en haut.

Il y avait une petite plaque de cuivre très brillante sur la porte : « Justin Cassini ». Il frappa, sonna. Manouche sursauta et courut à la porte. Elle ouvrit sans rien demander. Tout grand. Il lâcha sa mallette et ils s'étreignirent sans un mot. Elle pleurait comme une idiote et Gu eut l'impression qu'il venait d'atteindre le bout du monde.

Ils s'installèrent le jour même dans la petite maison de Mazargues. Gu écouta attentivement les projets de Manouche. Il la trouva d'une impatience folle.

— Seulement il faut attendre, toujours attendre, lui dit-elle. Ce Théo n'est soi-disant pas libre ou pas disposé. Enfin, c'est pareil, pour nous.

— Pour arriver complètement raide en Italie, j'ai toujours le temps, fit Gu.

Elle s'assombrit. Il en revenait toujours là, à l'argent.

— D'abord, nous ne sommes pas raides, comme tu dis.

— Je ne parle pas de nous, je parle de moi.

— Je croyais que tu m'aimais, dit Manouche.

— Justement, fit Gu. Avec beaucoup de fric, on a une chance de se faufiler et de s'installer ailleurs. J'ai dit une chance et pas des masses. Autant que ce soit de l'argent volé. S'il m'arrive un truc et que c'est ton pognon qui fonctionne, il te restera quoi dans la vie ? Tu peux m'expliquer ça ? Tu crois que c'est pour ça que je suis venu de Paris ?

— On n'attaque pas un train d'or tous les jours, dit Manouche. Tout a changé, les hommes se mouillent moins qu'avant. Les flics sont forts.

— Y a toujours des gens qui vivent sans rien faire et y en aura toujours. Et le pognon, ils iront le chercher où il est, flics forts ou pas forts. Dis-toi bien ça... Du bagne, ils m'en ont collé un maximum, plus on pouvait pas. Si j'attaque une banque demain, ça ira avec le reste sur la même ardoise.

Manouche se souvint que Gu n'avait fait que ça toute sa vie et que sa situation d'homme traqué ne l'incitait pas à modifier ses conceptions. Aussi se contenta-t-elle de soupirer ; dernier argument de femme.

Dès le lendemain, ils reçurent la visite de Justin. Il venait demander à Gu la permission d'affranchir Théo.

— J'en réponds sur ma tête, dit-il, et ça peut le décider, de savoir que c'est toi.

— Mais je ne le connais pas, objecta Gu.

— Lui, c'est obligé qu'il te connaisse. Et ça le poussera du col qu'on lui demande de te charger.

— Vas-y, dit Gu. C'est toi qui diriges.

Justin salua, demanda à Gu si « la petite elle était contente » et s'en alla. Manouche était partie acheter des vivres. Elle ne voulait pas introduire une domestique dans la planque.

Justin trouva Théo au bassin de carénage, sur le Vieux-Port. Il regardait des spécialistes retaper une étrave. Un soleil d'hiver montrait son disque rouge.

— Ça vaut la peine, dit Théo à Justin.

— Ouais, fit Justin. C'est un qui marche fort.

Le Théo, les rafiots rapides, ça l'intéressait toujours. Ils s'éloignèrent un peu des ouvriers.

— Tu sais pour l'histoire, commença Justin, ça me tient au cœur.

— J'ai pas refusé, fit le Grec.

— Oui, mais t'as pas accepté non plus. Le type, y joue son manillon. Il est esquiché comme une sardine.

Théo ne bronchait pas.

— C'est le vieux Gu, dit Justin.

Le Grec sortit un brûle-gueule de la poche d'une sorte d'anorak qu'il mettait pour traîner sur le port. La pipe était vide. Il mordillait le tuyau, Justin le vit au mouvement de la pipe.

— C'est pas un petit poisson, dit-il, enfin. Mais je le passerai, tu peux être sûr que je le passerai.

— Merci pour lui, dit Justin.

— Reviens dans deux jours et je te dirai. Et pour des fafs, il est paré ?

— J'ai pas l'impression, dit Justin. Tu connais, toi ?

— Oui. On verra tout d'un bloc. On va chez la Mère Michel ?

C'était un café, pas loin du bassin. La Mère Michel connaissait tous les marins du globe, à jeun ou non.

— Si tu veux, fit Justin — ils boiraient sans parler. C'étaient les meilleurs moments.

CHAPITRE V

Stani Orloff, une équipe de quatre, plus l'indic, donc cinq, ça l'effrayait. Il se rendait compte que ces hommes étaient sûrs, et le fait qu'ils hésitent tellement à choisir un quatrième équipier plaidait en leur faveur. Orloff avait des principes sur la question ; il n'avait pas refusé sur le moment, à cause de l'importance de la somme.

L'attaque durerait dix secondes. Après ces dix secondes, il posséderait deux cents lingots de un kilo, de l'or. Il savait déjà où les cacher et comment les écouler. Si l'attaque avait lieu sur une route, il ne faudrait pas qu'elle dure plus de quelques secondes. Ce qui amena Orloff à songer au sort des deux motards de l'escorte : ces types dressés comme des chiens de berger, casqués, avec une arme automatique en bandoulière, plus un flingue, le tout à cheval sur une machine rapide aux reprises étonnantes. Comment les stopper, et qu'en faire, en si peu de temps, sinon les tuer ? Voilà ce qu'il se disait et à partir de ce moment, cent millions ne lui semblaient pas suffisants. Ni cent milliards. Ni tout l'or du monde. Il savait comment ce genre d'affaires se payait, et après tout, on ne pouvait jamais dire qu'on ne paierait pas. Il se passa une main sur la nuque. Un petit réveil à l'aube avec un prêtre fourni par l'administration.

Il attendait un type d'Europe centrale pour l'histoire de Sicile. Mais le type ne venait pas. Il retourna chez Théo, l'homme avec lequel il travaillait depuis le plus longtemps. Théo habitait un appartement de la rue de la République. Il n'était pas marié ; il logeait avec sa sœur. On la voyait peu ; elle avait eu des convulsions étant gosse. Elle vivait comme une ombre. Théo était tout son univers.

— Mon lascar ne vient pas vite, lui dit Orloff. Je ne voudrais pas te mobiliser inutilement.

— J'ai une affaire pour l'Italie, je crois vers le sud, répondit Théo. On pourrait grouper.

— Je n'y tiens pas trop, dit Orloff. Tu risquerais au départ ou à l'arrivée ?

— Au départ, pas beaucoup. Ça serait pendant et à l'arrivée.

— C'est quelqu'un, dit Orloff.

— Oui, dit Théo, il craint cher.

Orloff lui fit un clin d'œil.

— Tu vas bientôt pouvoir te retirer, dit-il.

— On a causé de rien, dit Théo, mais si on me demande, je lui fais juste casquer les frais.

— Fichtre, siffla Orloff.

Un Grec qui fait des cadeaux, ça coupe le souffle.

— À toi, je peux le dire. Il lui faut des fafs. C'est le vieux Gu.

Orloff ne répondait pas.

— Tu connais pas ? s'étonna Théo.

— Si, si… dit Orloff.

Il pensait à l'attaque qui avait rendu célèbre Gustave Minda. Et il pensa immédiatement à Venture Ricci.

— Pour les papiers, c'est d'accord, fit-il. Quand veut-il partir ?

— Ils m'attendent.

— Tu vas leur dire qu'il faut une semaine pour les papiers. Qu'il se laisse pousser les moustaches, si ce n'est déjà fait. Qu'il te donne deux photos ou une pellicule que je développerai. Il faudra une semaine à partir du moment où ils donneront les photos. Tu ne parleras pas de moi, bien entendu.

— Et l'argent ?

— Justement, c'est bizarre, dit Orloff. Les papiers coûtent deux cent mille francs ; mon prix de revient. Mine de rien, que ses amis lui demandent s'il veut toucher cent millions avant de quitter ce pays. L'existence est douce à Miami, pour les millionnaires.

— Cent millions,… cent millions… répétait Théo.

— Oui, mon cher. C'est le luxe des hommes perdus, de ceux qui peuvent tout risquer. Nous autres, nous sommes les bourgeois de la truanderie, les tatillons.

Théo imaginait la bobine du vieux Justin. Ce n'était pas une farce. Il regarda Orloff.

— Remets-toi, mon vieux, lui dit ce dernier. Tu sais, Gu est très large. À mon avis, ils doivent réussir, surtout avec lui. Ce sera dans une dizaine de jours.

— Je vais sortir, dit Théo, pour voir tout ça.

— Moi, je vais chez Yvette, dit Orloff, c'est le plus beau coin d'Europe.

Théo s'y rendait parfois, mais pour des raisons différentes. En allant chez Justin, il songea qu'Orloff s'arrangeait pour amener l'imprévu. Comme on pêche à la traîne avec un filet.

Justin était absent. Pas non plus en train de jouer à la manille.

— Attendez-le, conseilla le père Angeli.

Un vieux à la casquette légendaire. On se demandait s'il s'en séparait pour dormir. Un samedi soir, on l'avait retrouvé allongé dans le couloir de son immeuble ; des jeunes du secteur l'avaient caressé avec une mandoline pour lui faucher sa caisse. Sa casquette n'était pas tombée.

— Il vient, sûr ? demanda Théo.

— C'est dans ses habitudes, répondit Angeli.

— Une anisette, commanda Théo.

Il posa le verre sur le faux marbre d'une table, s'assit et bourra une pipe.

Au centre de la salle à manger, un grand poêle à feu continu ruinait le vieux Angeli. « Il en a bouffé cette vache-là », disait-il. On venait chez lui par amitié, par habitude aussi. Au bout d'un moment, Justin entra en compagnie de deux compatriotes : le quartier était peuplé de Corses. De son angle, Théo leva seulement la main, pour attirer l'attention. Justin appréhenda une mauvaise nouvelle ; ça lui secouait les sangs, cette histoire. Il s'approcha.

— On va marcher un peu dehors, fit Théo.

Il paya et ils sortirent.

Ils remontèrent lentement le boulevard de Paris, le long de la minoterie et Théo s'expliqua du mieux qu'il put. Il prenait tout à son compte ; l'affaire, les papiers et tout, puisque Orloff ne voulait pas que son nom soit prononcé.

Justin se demanda pourquoi Théo ne se baissait pas pour ramasser cette montagne d'or.

— Ça ne t'intéresse pas, toi ?

— Pour Gu, c'est pas pareil, dit Théo. Il a déjà le paquet. C'est un genre de coup pour un type comme lui. Surtout qu'après, on met les voiles.

Ça se comprenait et Justin n'était pas loin de penser que Gu avait de la chance dans son malheur.

— On ne peut jamais dire, répondit-il à Théo. Gu c'est pas moi, tu saisis ? Demain, ça ira ? Le temps de lui parler et de prendre réflexion.

Ils arrivèrent place Marceau.

— Je coupe par là, dit Théo en regardant à droite une rue qui descendait vers le port. Demain midi à la crèche.

Justin tendit sa main osseuse et velue qui ne s'ouvrait jamais complètement. Une fois seul, il marcha jusqu'à la Canebière et monta dans un tramway qui démarrait du cours Saint-Louis à destination de Mazargues. L'après-midi touchait à sa fin. Le tram s'engagea rue de Rome. On voyait beaucoup de gens avec des paquets. Certains portaient des sapins, la cime vers le ciel ou parallèlement au sol. Dans les vitrines, il y avait des lampes de couleur et des flocons de coton hydrophile. Il y avait le vert des sapins et le rouge d'un manteau légendaire avec son capuchon. Justin avait vu Noël dans tous les coins du monde. Il avait une âme d'enfant, en décembre, il s'attendrissait.

Ce soir, il ne songeait qu'à Gu ; il se sentait écrasé par le souci. Il se demandait si Manouche le rejoindrait. Cette petite installée à Paris, rien ne lui manquait et la voilà dans une affaire du diable. Ça lui faisait à Justin… Il avait des envies d'en causer à Gu. « Tout ce fric, pensa-t-il, ça changera peut-être les choses. Gu aurait moins besoin des autres, moins besoin de Manouche. »

Le tram s'arrêta. Justin regarda autour de lui : personne. Il était au terminus. Il soupira et se dirigea vers la planque du type le plus recherché de France. L'été, Justin aimait cet endroit. Il y avait un figuier et un puits d'eau glacée. Il poussa le portillon et frappa au carreau d'une fenêtre. C'était la pièce où l'on se tenait le plus souvent.

Gu souleva le rideau.

— C'est Cassini, dit-il à Manouche.

Elle alla ouvrir.

Dans la cheminée, une grille supportait un bloc incandescent ; le feu soudait les boulets rouges.

Une robe de chambre à décourager un célibataire moulait les formes de Manouche. Gu se prélassait en pyjama. Ils semblaient calmes et heureux.

— Tu bois un coup, vieux schnocque, dit Gu.

Ils le poussèrent dans un fauteuil et Gu lui coinça une bouteille entre les cuisses.

— On connaît les matafs, dit-il.

— J'ai des nouvelles, dit Justin en inclinant la bouteille sur son verre et il y avait de quoi se demander s'il ne la confondait pas avec une bouteille d'eau de Vichy.

— Raconte, tu boiras ça après, dit Manouche.

Elle se disait qu'en buvant avant, il ne pourrait plus rien raconter.

— Tu es riche ? demanda-t-il à Gu.

Ce dernier regarda Manouche.

— J'ai laissé mes économies à la pénitentiaire, dit Gu.

— Si c'est pour le voyage, intervint Manouche, ça me regarde.

— Tout la regarde. Ne fais pas attention, c'est une rengaine, dit Gu.

— C'est pour les papiers, dit Justin. Il faut deux cent mille et deux photos et que tu te laisses pousser la moustache.

— Oh ! mon chéri, fais-le ! s'exclama Manouche. Ça t'ira, formidable !

Justin n'avait pas bronché. « Tant pis, songea Gu ; il doit bien penser qu'on n'enfile pas des perles, tous les deux, dans cette baraque. »

— On la laissera pousser, dit Gu en se caressant la lèvre supérieure.

— Il faudra huit jours quand t'auras la photo.

— Que c'est long, que c'est long, se lamenta Manouche.

— T'inquiète pas, dit Gu à Justin. C'est souvent.

— Faudra pas sortir pour les photos, dit Justin. J'ai l'appareil et Théo se démerdera avec le rouleau. Maintenant, il y a le reste, reprit-il (il lampa son verre et ce n'était pas un dé à coudre), cent millions, ça te dirait ?

« Dieu du ciel, il est gelé », pensa Manouche.

— J'aime pas ça, dit Gu. J'ai dit que j'étais raide. C'est pas une raison pour en rigoler.

— T'as pas une position qui fait rigoler, dit Justin. Tu coules à pic sur des gars qu'ont besoin qu'on leur prête la main. Le sac de chacun, c'est cent millions. C'est Théo qui dit ça.

— Et lui, dit Gu, les cent briques, il en veut pas ?

— Y a trop de risques, dit Justin.

— Pour Gu, c'est pareil, dit Manouche.

Elle s'était levée ; elle avait besoin de remuer.

— Y a aucune raison que Gu aille se faire tuer dans un truc impossible, poursuivit-elle. Un tas d'or, quand ça se promène, on le surveille. Demande-lui si le train d'or folâtrait sur une voie de garage !…

— Eh bien, dit Gu, je n'en suis pas mort, il me semble !

— Et Roger, il joue aux billes, peut-être ?

Un des convoyeurs lui avait tiré une balle dans la tête.

— Il n'était pas obligé de venir, dit Gu.

— Toi non plus, tu n'es pas obligé d'aller faire ce truc.

— Si, moi j'ai pas le choix.

Ils parlaient assez fort. Justin décida de lamper encore un doigt de cognac.

— Et même, c'est inespéré. Tu peux engager ma parole, dit-il à Justin. C'est pour quand ?

— À peine dix jours.

— Ça ne se passera pas comme ça, dit Manouche. Il n'ira pas, tu m'entends ? cria-t-elle à Justin. Il n'ira pas…

Justin regarda Gu. Dans ces cas-là, on regarde toujours l'homme.

— Marche à fond, dit Gu, et reviens me dire.

— D'accord, fit l'autre, et comme Manouche était sa cousine, il ajouta pour ne pas la laisser sans rien : vous disputez pas, quoi, c'est pas la peine.

Et il sortit.

— C'est pas la peine, c'est pas la peine… fit Manouche. Tu l'as entendu, cette brute !

— C'est ton cousin, et il t'a aidée, dit Gu d'un ton calme.

— Si j'avais connu la suite, c'est pas à lui que je me serais adressée, tu peux me croire. Parlons-en, du résultat !

Gu quitta son siège et s'assit sur une carpette devant la cheminée. Le feu vivait d'une vie mystérieuse ; cela lui plaisait d'y perdre son regard.

Manouche se tut. Elle appuya son front sur la vitre de la fenêtre. Une petite route passait devant la maison ; elle était déserte. La nuit n'arrangeait rien ; le silence tombait sur le cœur de Manouche. Une impression de dénuement lui ôta le désir de lutter. Elle se retourna et vint s'asseoir près du feu, à côté de Gu. Il posa sa main sur son genou et lui caressa les jambes. Il ne la regardait pas.

— Je t'aime, dit-il. Il me vient comme une grande jeunesse, parfois, et ça me fait quelque chose que tu sois pas heureuse.

— Je suppose que tu n'y peux rien, dit Manouche, et elle le pensait.

— Il fallait que ça arrive, dit-il, de s'aimer au moment le plus compliqué. On dirait presque que c'est défendu, à voir tourner les choses.

— Si seulement tu voulais m'écouter, gémit Manouche, nous y arriverions, tu verrais que nous y arriverions…

— Je t'en supplie, ne recommence pas. Il me faut du fric. Je voudrais qu'Alban puisse s'arrêter. Il est mouillé comme pas un. Il a l'air de l'oublier. Si une vieille salade remontait en surface, il serait beau. Loin des yeux, loin du cœur ; il partirait se la couler douce en Corse, avec ses fusils. D'abord, toi partie, il n'aurait plus personne.

Elle ne répondait pas. Il prit son visage entre ses mains et le tourna vers lui.

— Tu ne veux plus partir ? fit-il.

— Si, je veux ! Je ne veux que ça. Mais autrement.

— Ça t'ennuie que j'en palpe un paquet ?

— J'ai peur. Une peur atroce.

— Deux jours avant, tu t'en iras. Sur les journaux, ça fera un foin du diable. Tu attendras un bon mois, tu te montreras bien, qu'on te voie partout, et tu reviendras ici.

Elle serait partie, même si Gu n'en avait pas eu l'idée. Elle était autoritaire et n'avait pas la force d'assister aux actions de Gu alors qu'il savait à quel point elle les désapprouvait. Elle était déçue, mais elle se connaissait : ça lui passerait.

— Je ferai ce que tu voudras, dit-elle.

Gu soupira d'aise. Elle lui plaisait chaque jour davantage. Il approcha sa bouche de la sienne. Ses mains couraient sur le corps de Manouche. Ils étaient trop près du feu.

— Viens, dit-elle en l'entraînant vers leur chambre.

Alice Ricci était rentrée dans la nuit au volant de la D.S. Elle trouva Venture en compagnie de Pascal Léonetti et d'Antoine Ripa. Ils parlaient d'Orloff qui venait de les quitter.

— Quelle bonne surprise ! dit-elle à la ronde.

— J'espère que vous avez dîné ? glissa Pascal.

— Oh, mon chéri, dit-elle à Venture, vous m'attendiez ?

Elle posait ses affaires un peu partout.

— On attendait la bagnole, répondit Venture.

Dans son tourbillon, elle passa près d'Antoine.

— Que je vous fasse la bise, mon petit Toine, fit-elle.

— Nom de Dieu ! sursauta Antoine, la tire a quelque chose ?

— Vous êtes d'une muflerie ! dit-elle en s'écartant un peu. Tenez ! (et elle lui tendit un papier d'un air méprisant :) vous enverrez la douloureuse à ce bonhomme. C'est juste un peu l'aile, et encore il faut le savoir. Et profitez-en, faites retapisser l'intérieur, il est d'un mauvais goût incroyable. Ce type, il était disposé à m'acheter une Buick. Tous les hommes bien ne sont pas morts.

— J'ai l'honneur, chère amie, fit Pascal en s'inclinant.

Antoine s'était précipité dehors. Il rentra et s'effondra dans un fauteuil.

— Et dire que ça ne se voit pas, dit-il, j'vais marcher à pinces pour une éternité.

Alice grimpa dans sa chambre en disant que c'était la dernière fois qu'elle empruntait quelque chose à un bourgeois.

Antoine acheva la mixture de Pascal et ils laissèrent Venture à son bonheur conjugal. En attendant des nouvelles d'Orloff, ils ne devaient pas s'absenter.

Venture ne chercha pas à savoir, dans les journées qui suivirent, comment ses associés supportaient l'attente. Pour lui, ça devenait infernal. Alice eut l'intelligence de ne pas asticoter son époux. Elle connaissait le coco et ses procédés.

Enfin, Orloff avisa, un matin, qu'il viendrait à seize heures et qu'il ne tenait pas à rencontrer une personne supplémentaire. Venture conseilla à sa femme d'aller visiter un musée et de ne pas se presser pour rentrer.

Pascal et Antoine arrivèrent en avance comme des étudiants en mal d'amour.

Orloff était désinvolte, mais exact.

— Bonjour, dit-il. Qui est-ce, le chauffeur de la D.S. ?

— Moi, répondit Antoine, et ne prête pas ta tire à une frangine.

— Il y a des femmes chauffeurs de taxi, dit Orloff.

— Celle de Venture pourrait pas faire ça, affirma Antoine.

— Enfin, coupa Venture en regardant Orloff, on est contents de te voir…

— Je ne donne pas suite, dit-il.

— C'est pas assez ? dit Pascal avec un sourire.

— C'est trop… dit Orloff.

Et ils comprirent qu'il ne voulait pas se mouiller à ce point. Antoine avait accepté de flinguer un des motards. Il fallait un deuxième tireur, qui tire de la voiture sur l'autre motard. Un dingue comme Jeannot Franchi. Seulement, il était mort. Les dingues, ça meurt jeune. Venture et Pascal n'en parlaient pas, mais de sulfater, ça ne leur disait pas grand-chose.

— Si vous vouliez m'accorder quelques instants, dit Orloff, je vous parlerais d'un homme disposé à se joindre à vous.

— On t'avait pas chargé de ça, objecta Antoine.

— Les hasards sont grands, continua Orloff avec courtoisie.

— C'est un étranger ? s'informa Pascal.

— Non, c'est un garçon que vous connaissez bien. Il s'appelle Gu Minda.

— Ils le draguent à tout va, dit Pascal. Nous, on se disait qu'il était loin.

— Il est venu là ? fit Venture, pétrifié d'étonnement. Dans ce sale coin ?

Et Orloff pensa que Venture appréciait le gros de la pègre à sa juste valeur.

— Il allait partir, dit Orloff. Mais sa situation l'autorise à se payer une fantaisie. Il ne sait pas avec qui il va travailler.

— Il m'a connu quand j'étais môme, dit Venture ; tu peux causer de moi et lui dire que c'est d'accord (il était visiblement ému) et aussi, qu'il demande, s'il a besoin pour n'importe quoi.

— Il le mérite, dit Orloff.

— Ça n'a pas dû le rajeunir, les années de là-bas, dit Pascal.

— T'as raison, dit Antoine. Même qu'il était cuit, ratatiné à zéro. J'ai connu des mecs qui bouffaient et pionçaient à côté de lui à Clairvaux. Il était pas jojo, le Gu. Une loque. On l'appelle le « vieux Gu », c'est pas pour des nèfles. Il peut craquer n'importe quand.

— Malgré tout, il s'est évadé, remarqua Orloff.

— La belle affaire, répliqua Antoine. On l'a tiré. J'ai connu le mec qui s'est barré avec lui. Bernard. D'abord, y a qu'à voir. Il s'est balancé d'une falaise aux Goudes quand ils l'ont cerné.

— Le meilleur, dit Orloff, c'est de ne pas être cerné. Ils se sont évadés à trois de Castres. Gu se porte comme un charme, les deux autres sont morts. Je réponds de lui comme de moi-même.

— Tu parles bien, dit Antoine. C'est pas toi qui vas travailler avec.

Orloff regarda Venture, et ce dernier comprit qu'Antoine ne verrait pas fleurir le prochain muguet s'il ne mesurait pas ses paroles. Il intervint :

— Gu sera avec Pascal et moi dans la tire, et tout marchera. Aussi bien qu'avec Jeannot, sinon mieux.

— Pour ça, j'en suis sûr, dit Pascal. Pour après, j'en suis moins sûr.

— Après et pendant, dit Antoine. Et puis, j'en ai rien à foutre ! Je fais mon boulot et je touche mon taffe. Dans la tire, si ça foire, vous vous cognerez le boulot à sa place.

— Tu as dit « pour après » ? demanda Orloff à Pascal.

— Oui, pour après : Gu n'a pas suivi l'évolution. Il a les anciennes idées. Ça peut avoir des conséquences.

— J'en suis garant aussi « pour après », dit Orloff.

Il pensait à Théo et au voyage de Gu.

— Dans ce cas, dit Pascal, je marche.

— Gu se fera un plaisir d'abattre un des convoyeurs, assura Orloff, pour montrer à cet Antoine qu'il n'avait pas grand-chose à lui apprendre.

Venture constata qu'Orloff avait fait marcher ses méninges.

— Pour les détails, dit-il, on peut voir Gu ?

— D'après moi, dit Orloff, en vous réunissant deux heures avant votre départ d'ici, vous pourriez discuter. Tu le sauras quand, toi ?

— La veille, répondit Venture. Je connais déjà l'endroit. Il manque le jour et l'heure.

— Je passerai chez Yvette deux fois par jour, dit Orloff. Tu laisses le rendez-vous et Gu viendra.

Il se leva. Venture lui plaisait, mais pas les deux autres.

— C'est comme d'habitude, lui dit-il, tu ne prononces pas mon nom. Gu ne sait pas que je suis derrière tout ça. Il aurait voulu me voir et je ne veux pas savoir où il se cache. C'est trop délicat.

— On a confiance ou pas, dit Antoine.

— Il y a des choses qu'il est préférable de ne jamais chercher à connaître, répliqua Orloff. Elles conduisent trop loin. Un jour, si Gu, à la suite d'un hasard quelconque, est assiégé chez lui, toutes les personnes qui savaient où il se cachait défileront dans son esprit. C'est lui qui perdrait confiance en tout le monde, ce jour-là. Il se poserait des questions sur tous ; je préfère ne pas être de ceux-là.

Il sourit à Antoine qui se demandait s'il ne se foutait pas de sa gueule.

— Messieurs, dit Orloff, vous savez ce que je vous souhaite… et il s'en alla.

— Il commence à me débecter, ce client, dit Antoine.

— Ne le laisse pas trop voir, recommanda Venture.

— Qu'est-ce qu'y ferait ? Il a des manières, c'est tout. Ça suffit pas.

— Quand tu seras millionnaire, dit Pascal, tu auras envie de vivre très vieux. Alors tu oublieras Orloff.

— Amen ! dit Antoine, et il crut que la terre lui appartenait.

Théo l'avait dit à Justin, et Justin l'avait dit à Gu : Venture Ricci dirigeait le gang. Autant Gu haïssait Jo Ricci, autant il estimait Venture. Il était heureux de ne s'être pas trompé. Jo vivait d'infects tripotages tandis que Venture vivait comme un homme. Gu était certain du succès. L'inquiétude de ne plus être à la hauteur avait disparu pour toujours. Manouche avait l'impression que Gu n'avait plus besoin de protection, qu'il était fort, très fort. Elle sentit en même temps qu'il lui échappait. Elle l'en aima davantage et se mit à croire dans sa réussite. Mais, aux meilleurs moments, elle éprouvait une crainte, une sorte de malaise.

Ils réveillonnèrent ensemble. Ils avaient trop à manger et trop à boire. Ils se regardèrent souvent, assez longtemps. Il leur manquait quelque chose, mais ils n'auraient su préciser quoi. Peut-être simplement une existence normale. Pourtant, ils n'avaient jamais mené une existence normale.

« Ça vient de quoi, alors ? » se demanda Manouche.

Elle buvait beaucoup. Par instants, elle avait de grands rires, très hauts, et Gu éprouvait un désir de cette femme. Un désir qui l'incendiait jusqu'aux yeux. Ils firent l'amour, reburent, remangèrent, et refirent l'amour. Ils avaient les meilleures choses à manger, de multiples boissons et leurs corps. Et c'était Noël.

« Et, bon Dieu ! pensa Gu en dénudant l'épaule de Manouche, il n'y a pas de raison pour qu'on ne s'amuse pas... »

Ils finirent par s'écrouler comme des masses et ne s'éveillèrent, par secousses, que dans l'après-midi. Manouche rentrait chez elle par le train de nuit.

— Tu diras à Alban que la chance est revenue et qu'il ne se casse pas la tête, dit Gu.

Elle avait entassé des conserves et des biscottes ; il valait mieux qu'il ne mette pas le nez dehors.

— Mon chéri, tu sauras te débrouiller, au moins ?

Il sourit.

— C'est encore le palace à côté de là-bas, dit-il.

Il était content qu'elle s'éloigne. Il se sentait plus libre. Davantage soi-même.

— Justin viendra souvent, dit-elle, pour dire quelque chose.

— Quand tu reviendras, ça sera formidable, dit Gu.

Il l'embrassa.

Elle allait retrouver l'avenue Montaigne et les habitudes. Derrière l'épaule de Gu, elle voyait ses valises bouclées. Son cousin devait venir avec une voiture. Et si Gu mourait, que ferait-elle de sa vie ? Elle prêta l'oreille à un bruit de moteur.

— Qu'est-ce qu'on dit de gentil, avant de partir ? murmura-t-il.

— Je t'aime, souffla-t-elle, mais tu es têtu, comme un mulet corse.

— Je t'aime, dit Gu, et je te trouve trop belle.

— Pourquoi trop ? et elle se pressa davantage contre lui.

— Avec tous les gigolos qui viennent au Montaigne, c'est à se demander si tu reviendras…

Elle appliqua la paume de sa main sur sa bouche :

— Monstre !

Et Justin frappa au carreau. Cela se fit très vite. Elle avait plutôt envie de crier que de pleurer. En prenant ses valises, elle baissa la tête et ne la releva plus.

CHAPITRE VI

Le 27 décembre au matin, Venture apprit que le fourgon, flanqué des deux motards, se baladerait sur la nationale entre Salon et Marseille, le lendemain dans l'après-midi. Il quitterait Salon à quatorze heures. Il y aurait un type à côté du chauffeur du fourgon et un autre à l'intérieur, les fesses sur la joncaille.

Il avisa Orloff, à seule fin que Gu pointe les oreilles dès le lendemain, vers dix plombes. Le plan était prêt : impossible d'échouer.

— De toute manière, on ne peut pas être marrons sur le tas, se répétait Venture pour s'entretenir le moral.

Gu passa une nuit agitée. Il ne savait rien de l'histoire. À certains moments, il faisait confiance à Venture ; à d'autres, il appréhendait l'erreur qui lui coûterait la vie ou la liberté, ce qui revenait au même.

Il se leva dès l'aube et décida de laisser le parabellum d'Alban et le Beretta. Il les planqua dans les matelas. Il avait refusé l'aide de Justin pour se rendre chez Venture ; il connaissait l'endroit.

Sa moustache était déjà réconfortante. Avant de sortir, il plaça au-dessus de l'armoire la pochette confiée par François le Belge. L'ami qu'il comptait rejoindre en Italie était un luron international ; il verrait la famille de François et lui retracerait les dernières années du mort.

Il arriva sans encombre chez Venture. Antoine et Pascal étaient là. Alice ne se montra pas. Venture leva les bras au ciel et embrassa Gu. Une certaine émotion circula entre ces hommes. Pascal hésita une seconde et ils se donnèrent l'accolade.

— Antoine Ripa… présenta Venture.

— Bonjour, petit, dit Gu.

Il avait une belle voix chaude. Antoine se raidit un peu, mais Gu sortait du bagne et, dans le milieu, on embrasse ceux qui reviennent de loin. Leurs joues se frôlèrent.

— Content que tu sois là, Gu, dit Antoine.

Il ne se l'imaginait pas comme cela.

— Tu es chargé ? demanda Venture.

— J'ai ces deux-là, dit Gu en sortant le Mauser et le Colt.

Le Mauser était fort beau.

— Tu permets ? fit Antoine. (Il aimait les armes.)

Venture poussa Gu dans un fauteuil.

— J'ai envie de parler d'avant, dit-il, mais on manque de temps. Je peux te dire que c'est une tranquillité pour nous de partir avec toi.

Gu remercia d'un signe de tête.

— On va toucher le paquet, continua Venture, mais c'est minuté à la seconde, et les deux motards qui escortent, ils sont déjà morts. Antoine flinguera celui qui roulera devant le fourgon ; il l'attendra sur le bord de la route à un endroit au poil qu'on a repéré.

— Le second…

— Je le bute de la voiture, coupa Gu, histoire de montrer qu'il n'était pas devenu idiot. Les types du fourgon, ça les terrorise, on les attache dans un coin et on rentre à la maison.

— Gu, tu es comme avant ! s'exclama Pascal.

Antoine considérait les armes.

— Tu t'en es pas encore servi, dit-il.

— Si, du Colt, fit Gu.

— Alors, ça serait mieux que tu continues avec, dit Antoine.

Il voyait déjà le vieux d'un autre œil.

— Ne t'inquiète pas, ça ira, dit Gu.

— Avant de descendre sur un village qui s'appelle La Fare-les-Oliviers, c'est sauvage, expliqua Venture. Antoine va planquer une Chevrolet commerciale dans la nature et il attendra au sommet de la côte avec une carabine. Juste là, il y a une carrière abandonnée avec un cabanon pour boucler les trois mecs du fourgon. On se barre à droite vers Saint-Chamas. À dix bornes, j'ai une planque pour tout, pas loin de l'étang de Berre. Faut pas traîner longtemps sur les routes, c'est malsain.

— On m'a déjà dit que les choses avaient changé, fit Gu.

— Plus que changé, dit Pascal.

— Les flics sont sur des Triumph, dit Venture. C'est vachement rapide. Le fourgon, c'est un Dodge, ça marche aussi. Nous, on va rappliquer avec la Mercedes. Un kilomètre avant l'endroit où Antoine va se planquer, y a un chemin qui traverse qui fait un coude. On attendra avec la tire que le convoi passe. Faut pas les suivre sur une longueur, ils se la donneraient. On leur tombe sur la soie dès qu'Antoine tire. Après, on continue et on serre le Dodge sur le côté. La tonne de jonc, ça fait vingt cassettes de cinquante kilos.

— Je connais, dit Gu. C'est très maniable, avec des poignées en corde. Tiens, à peu près ça, et il indiqua une dimension avec ses mains.

Antoine avait beau se croire très mariole, des caisses de lingots, il n'en avait pas encore vu la queue d'une.

Venture distribua un masque à chacun ; une sorte de loup noir qui prenait aussi la bouche, modifiant le son de la voix.

— Je crois que c'est tout, dit-il.

Pascal tourna son masque de carnaval entre ses mains. Il le mit et se regarda dans une glace ; ses cheveux grisonnaient. Il pensa à une farce de gosse, à des pantins qui tombaient en se disloquant. « Que ça marche ou non, se dit-il, c'est la dernière fois. » Depuis qu'il était question de l'attaque, il se répétait ça.

— Au dernier moment, dit Gu, les condés pourraient renforcer l'escorte.

— Non, dit Venture. C'est le pognon d'une grosse boîte, qui liquide à la colonie. Ils ont même des intérêts avec l'armée. C'est pour ça que le jonc arrive par Salon, dans un zinc militaire. L'huile qui m'a donné l'affaire dirige le transfert. C'est lui qui passe les ordres. Le Dodge, c'est une bagnole de sa boîte ; les trois types aussi. Il a demandé deux motards et pas quatre. Tu peux être sûr qu'il n'y aura qu'eux. Il est même obligé d'expliquer combien ils transportent.

Gu semblait réfléchir.

— Tu sais, fit Venture, pour les motards, si on avait pu éviter de les flinguer... mais comment veux-tu ? Il faudrait deux bagnoles pour les obliger à s'arrêter. Et encore, tu coinces pas une moto si facilement, avec des types qui font de l'école d'acrobatie. Si un échappe, c'est cuit. Faut penser aussi à ceux du fourgon. Ils sont enfouraillés ; il y a le trac qui les clouera.

— Tout ça, c'est d'accord, dit Gu. Tu as deux bâches ?

— Des bâches ? fit Venture.

— Oui, des bâches, enfin quelque chose pour mettre sur les flics. À mon avis, ils vont s'accrocher et resteront sous la moto. On met une toile sur chacun, et on n'a pas besoin de les transbahuter ailleurs.

— C'est pas une mauvaise idée, dit Antoine.

— Oui, on sait jamais, dit Venture. On verra ça au garage. (Il jeta un coup d'œil sur sa montre.) Quelle heure as-tu ? demanda-t-il à Antoine.

— Midi cinq.

— C'est bon. Je crois que tu peux y aller. Ne fonce pas, tu mettras les tocs[1] après la Viste.

Antoine se leva. Il ne devait plus revoir ses amis avant de faire feu sur le convoi. Si Antoine manquait le flic, ils n'osaient pas imaginer la suite. Personne ne lui avait dit « ne le loupe pas », mais ils y pensaient tous. Antoine était dévoué à Venture, et Venture l'aimait bien, sans doute un peu pour ça.

— Dans moins de trois heures, on jonglera avec les lingots, dit Pascal.

Antoine se força à sourire.

— T'as raison, dit-il, et ça voulait dire n'importe quoi.

Avant de sortir, il croisa le regard de Gu. Un calme étrange le pénétra. Le vieux avait dirigé des hommes, sa vie durant.

Venture quitta la villa sans embrasser Alice. Il avait peur que ça lui porte la poisse. Il voulait partir comme pour acheter des cigarettes ou déguster des coquillages sur le Vieux-Port. Dans un coin du garage, il y avait une grande bâche.

— Tu n'y as jamais touché avec des mains grasses ? demanda Gu.

— Non, dit Venture ; ses mains étaient toujours blanches, et une ampoule, sa peau ne savait pas ce que c'était.

Ils coupèrent la bâche en deux, et la Versailles descendit silencieusement la colline. La Mercedes était toujours planquée à L'Estaque-Plage, dans un garage à bateaux. Venture possédait un gros

1. Feux.

canot automobile dans un immense hangar privé. Une porte s'ouvrait sur la mer, et une autre sur une petite route. En cette saison, il n'y avait pas un rat dans le secteur.

La Versailles prit la place de la Mercedes ; à deux cents kilomètres-heure, on se baladait. Elle était gris acier, avec des numéros qui ne signifiaient pas grand-chose.

Gu s'assit à côté de Venture. Pascal monta derrière. Gu répondit à des questions sur le bagne, mais il leur sembla qu'il ne parlait pas volontiers.

Le silence s'établit et dura jusqu'à l'endroit.

La Mercedes s'engagea en marche arrière sur l'espèce d'amorce d'un chemin assez large. Ça faisait un coude, comme Venture l'avait annoncé. De la nationale, on ne pouvait distinguer la voiture.

Ils descendirent. On n'entendait rien en dehors du passage de quelques voitures. Entre midi et deux heures, les activités cessent plus ou moins.

— Même après deux heures, dit Venture, y a pas grand monde qui passe.

Il y était déjà venu. La nature aride et sauvage évoquait le western. Des mamelons, des pinèdes, de la broussaille et la blancheur des pierres.

Ils n'avaient pas vu la Chevrolet, mais en passant devant la carrière, sur le plateau, ils aperçurent Antoine en train d'examiner la porte de la baraque en planches.

À l'heure voulue, Pascal s'installa pour guetter le convoi. Gu et Venture montèrent dans la Mercedes.

À quatorze heures quinze, Venture mit le moteur en marche. Un bruit doux s'éleva à peine. On ne l'entendait certainement pas à dix mètres.

— Ça doit plus tarder, dit Venture.

Gu vérifia son Colt, une fois encore. Il avait passé dix fois son bras par la portière pour juger de l'angle de tir. À Lyon, quand il avait tiré pour sortir de la banque, il ne pouvait pas faire autrement. Au départ, il n'avait pas eu l'intention de tirer. Aujourd'hui, c'était différent. Il s'imagina qu'il n'avait pas le choix, mais il avait refusé l'aide de Manouche. Il pensa à tous les condés de France et de Navarre qui l'assassineraient à vue dès qu'ils en auraient l'occasion. Les motards qui roulaient vers eux en ce moment s'incorporaient dans ce lot.

La route était sèche, mais il faisait froid. Avant d'amorcer la côte, le flic qui roulait devant pensa que rien ne valait des moufles. Les meilleurs gants fourrés se tassent et le froid les perce. Seulement on ne pouvait pas actionner une gâchette avec des moufles. Son collègue et lui portaient une Thompson en bandoulière et un Colt 11.45, comme celui de Gu, au côté. L'étui ouvert. Pour les convoyeurs, la chose était recommandée.

Il regarda si le Dodge suivait : il n'entendait rien, sauf son moteur. Pascal était à sa place, dans la Mercedes. La voiture prit la suite du convoi. Il y avait trois virages avant le plateau, avant Antoine. Venture accéléra. Le flic qui fermait le convoi vit la Mercedes dans son rétro et la jugea rudement bath.

Encore un virage et un petit bout de ligne droite. À l'intérieur du fourgon, le chauffeur et son voisin voyaient le motard de devant. Celui qui se trouvait à l'arrière avec la tonne d'or voyait l'autre motard et aussi la Mercedes. Il pensait que « ça, c'était de la bagnole ». La présence de la force publique leur épargnait l'inquiétude.

Gu et Pascal étaient déjà masqués. Gu tournait son visage de trois quarts. Venture avait un feutre rabattu sur les yeux.

Antoine vit le motard trois secondes avant. Il était casqué, bardé de cuir ; avec ses énormes lunettes, on aurait dit un scaphandrier.

Antoine lui envoya quatre balles : c'était une carabine étrangère, d'un modèle peu courant. Les détonations étaient sèches, sans grand écho. Le flic crut à des éclatements de pneus, mais une succession de petits chocs l'atteignit. Un sang noir l'étouffa et tout cessa pour lui sur la terre. Sa machine quitta la nationale et pénétra en pleine nature, à gauche, jusqu'à s'écraser contre une grosse butte hérissée d'arbres nains.

Au bruit des détonations, le deuxième motard qui roulait au centre de la route jeta un coup d'œil instinctif sur l'arrière de sa moto. Quand il releva la tête, la Mercedes était sur lui. Gu le toucha presque à bout portant, sur le côté gauche du visage et à la gorge. La Mercedes fit un bond en avant ; Venture se méfiait des fantaisies de la moto conduite désormais par un mort.

Le chauffeur du fourgon avait à peine réalisé l'embardée du flic de devant, qu'une énorme masse grise le serrait sur sa droite et qu'un type braquait une arme sur lui.

Les deux voitures stoppèrent environ à cent mètres d'Antoine qui arrivait en courant. Pascal avait sauté de la Mercedes, il était sur le marchepied du Dodge, à droite. Venture dégagea la Mercedes et fit demi-tour vers la carrière.

Sur l'ordre de Pascal, les vitres s'abaissèrent.

— Suis l'autre bagnole, dit-il au chauffeur.

Le type, il avait son compte. Il aurait chassé l'ours polaire avec un cure-dents, si Pascal l'en avait prié.

Le Dodge se rangea à quelques mètres de la baraque en planches.

L'attaque n'avait pas duré deux minutes. Gu était parti à la recherche du flic qu'il avait descendu. Il tenait la bâche coupée en deux. Il enleva son masque pour déboucher sur la nationale. À ce moment, il aperçut une 4 CV stoppée à quelques dizaines de mètres. Un homme et une femme se penchaient sur quelque chose.

— Oh ! appela Gu en jouant les sauveteurs, et il se mit à courir.

Le couple était relativement jeune. Gu se dissimula en levant la bâche.

— Montez là ! dit-il en indiquant la voiture avec son Colt (la femme poussa un petit cri). Tu montes ou tu meurs, dit Gu.

Le bonhomme fourra son épouse dans la voiture et s'installa au volant. Gu avait jeté la bâche sur le flic gisant sous sa moto. Il s'installa à l'arrière de la 4 CV.

— On s'en va, fit-il en allongeant le bras pour tordre le rétroviseur sur son axe.

Pendant que Pascal et Venture attachaient et bâillonnaient le chauffeur du fourgon et son pote immédiat, Antoine s'adressa à celui qui était enfermé à l'intérieur. À l'avant du Dodge, il y avait une bouche d'air avec des ailettes.

— Si tu joues les héros, on te brûle, dit-il. (L'homme répondait, mais Antoine ne comprenait pas.) Jette ton arme à l'arrière, contre la porte, qu'on l'entende tomber, ordonna-t-il.

Antoine entendit tomber un objet.

— Viens contre l'avant, dit-il encore, et tape contre la tôle.

Le type tapa. Antoine se précipita à l'arrière du Dodge et se présenta devant la porte grillagée.

— Mets les mains sur la tête, fit-il. Bon... t'as plus qu'à attendre ta nourrice.

Venture ouvrit la porte avec la clé que possédait le chauffeur. Et le troisième homme sortit du Dodge au moment où la 4 CV pénétrait dans la carrière. Venture leva son flingue. Gu cria par la portière : « C'est moi. »

Le couple rejoignit les autres dans la cabane. Il y eut un saucissonnage de première classe.

— Je suis tombé pile dessus, dit Gu, le nez sur le flic.

Les cinq personnes étaient attachées de façon que si l'un gigotait trop, elle étranglait les autres. Pascal eut la bienveillance de le leur expliquer, d'une voix sourde.

Le Dodge marchait ; ils décidèrent d'aller plus loin pour charger la Chevrolet.

Pascal monta avec Antoine dans le fourgon. Gu et Venture suivaient dans la Mercedes. Ils abandonnèrent la 4 CV après avoir arraché quelques fils à l'intérieur du moteur.

Dans un coin isolé, très en dehors de la nationale et en laissant Marseille sur leur gauche, ils se passèrent de main à main les vingt caisses d'or, dans un silence religieux rompu seulement par Antoine qui dit deux ou trois fois :

— Ah ! merde, alors...

Ensuite le reste du plan s'exécuta.

Le fourgon Dodge prit son premier bain de mer tandis que Venture et ses amis gagnaient la planque voisine de Saint-Chamas. Ils suivirent une route départementale sur cinq kilomètres. Venture emprunta à droite, à l'intérieur des terres, un chemin de traverse qui aboutissait à une maison longue et basse, propriété de ses beaux-parents.

Une sorte de grange abrita les deux voitures et ils déchargèrent la Chevrolet sans attendre. Ils rangèrent les caisses dans l'angle le plus obscur et les recouvrirent de matériaux, de sacs de ciment, de paille.

Pascal transpirait d'abondance. Venture regarda sa montre.

— Y a trois quarts d'heure qu'on a ouvert le bal, dit-il.

Gu calcula qu'il n'était pas possible que le dispositif de sécurité soit déjà en place. Il y avait plutôt de bonnes chances pour que rien ne soit découvert.

— D'après moi, l'alerte viendra de la firme ; ils téléphoneront à l'aérodrome et les recherches se feront sur le parcours du convoi.

— C'est maintenant que le convoi devrait être à Marseille, dit Venture.

— Je me casse, dit Gu. Déposez-moi à Miramas.

— T'es pas un peu malade… fit Antoine.

— J'ai mes idées, dit Gu. Ça fait deux fois que je traverse la France depuis l'évasion. Déposez-moi à Miramas.

— Comme tu voudras, dit Venture. Dans trois ou quatre jours, Pascal viendra chercher le jonc avec le bateau. Tu veux venir avec lui ?

— C'est pas la peine, dit Gu. J'ai confiance en toi. Tu me fais toucher comme tu le sais, et je viendrai chercher mon taffe chez toi.

Ils pensèrent qu'il ne tenait pas à balancer l'adresse de sa planque et les paroles d'Orloff leur revinrent en mémoire.

— Qui m'accompagne ? demanda Gu.

— Moi, dit Pascal.

La Chevrolet, n'ayant été repérée par personne, ne craignait absolument rien. Pascal avait des moyens d'existence établis ; il devait rentrer à Marseille avec la voiture en suivant le littoral par Astres et Martigues. Venture et Antoine attendraient là le retour de Pascal avec le bateau. Ils chargeraient la nuit avec la Mercedes et ils en profiteraient pour l'immerger.

— Brûlez vos gants, les masques et toutes les fringues que vous aviez sur vous, dit Venture. Tu pourras faire ça dans ta planque ? demanda-t-il à Gu. (Ce dernier acquiesça.) Tu devrais rester avec nous, insista Venture.

— Non, fit Gu. (Il se tourna vers Antoine :) Peut-être que tu ne seras pas chez Venture quand j'irai chercher ma part ?

— Peut-être, fit Antoine. Il tirait sur la cigarette et le tabac avait un drôle de goût.

— J'ai été content de travailler avec toi, dit Gu. Quand j'avais ton âge, j'ai touché une grosse affaire, dans ce genre-là. Ne confie jamais de l'or à un homme ; file-le sous la terre. L'or, ça change un homme. Quand tu reviens pour le chercher, c'est comme s'il te donnait quelque chose à lui. Il veut plus s'en séparer. Et c'est pas fameux, comme circonstance. Ça se termine mal.

— Avant que tu viennes, dit Antoine, j'étais pas d'accord. Tu peux leur demander… (Le reste, il ne savait pas comment le dire. Les deux flics, c'étaient eux qui les avaient descendus et personne d'autre. Et Gu avait récupéré ces caves de la 4 CV, le nez sur un macchab'.) Voilà… dit encore Antoine en écrasant sa cigarette sur le phare de la Mercedes.

Gu l'embrassa et monta dans la Chevrolet sans rien ajouter.

Pascal démarra. En comparaison de ce qu'il venait de faire, il lui semblait que de trimbaler l'ennemi public n° 1 n'était qu'une promenade de santé.

Il était en plein boum, le Pascal. Il raconta des histoires corses. Gu était bon public : il n'en connaissait aucune.

— Elles sont bonnes, dit-il.

— C'est un Corse qui a monté un numéro rien qu'avec ça, dit Pascal. Il a un accent suprême. Il s'appelle Christian Mery ; si tu as l'occasion, vas-y.

Gu se demanda si Pascal ne devenait pas cinglé.

— On est bourrés, mon vieux, s'exclamait Pascal, cousus d'or, tartinés aux lingots ! (Il tapait à deux mains sur le volant.) Quel pétard que ça va faire !

— Tu sais, dit Gu, on est mouillés à mort. Pour moi, c'est pareil, mais pour vous, ça change. Vous pourriez profiter sans vous tracasser.

— Et qu'est-ce que tu crois qu'on a l'intention de faire ? D'aller à confesse ?

— Je pense au gros ponte qui a indiqué l'histoire, dit Gu. Les condés vont le surveiller ; c'était le seul à connaître les heures et tout.

— C'est pas un gosse, protesta Pascal. Il est décoré et toute la musique. Il connaît un tas de gens.

— Ça ne fait rien, dit Gu. Les deux flics sont morts. Dans ce cas-là, ils soupçonneraient même le pape.

— Et alors ?

— Alors ce type n'est pas comme nous. Il peut se gourer à un moment.

— On ne peut quand même pas… fit Pascal.

— Si, dit Gu. À votre place, je le ferais.

— Mais… il ne connaît que Venture. Et Venture, il est muet comme la tombe de Jules César.

— Alors qu'il le fasse, lui, dit Gu.

Pascal pensa que le vieux n'y allait pas avec le dos d'un peigne, mais qu'il avait peut-être raison. De toute manière, ça concernait Venture.

— Parce que, dit Gu, de ne pas parler, ça ne lui éviterait pas le bagne. Même sur le doute, ils l'y enverront. « Comme y a doute, dira le proc', je ne réclame pas la tête. Le bagne perpétuel me suffit. » Voilà ce qu'il dira, et Venture ira. Une fois en centrale, ses amis ne se dérangeront pas pour aller le chercher. Je t'en parle par expérience. Les amis te laissent tomber.

Pascal était mal placé pour répondre.

— Dans le milieu, on aide les gens quand on les voit, ajouta Gu. Remarque, ailleurs, c'est du kif. J'ai vu des politiques de tous les bords ; les familles font les colis et envoient les mandats. Quant aux amis, ils envoient le bonjour, et encore. Ou bien se cassent en Amérique. Et toi, tu crèves. Mais si tu remontes en surface, on te saute au cou comme une vieille médaille.

Il refusa la cigarette que lui tendait Pascal. Au début de sa détention, il fallait se démener comme un diable dans une sacristie pour trouver du tabac. Il s'était battu avec un prisonnier du service général qui achetait des rations de pain contre une gauloise, et il avait juré de ne plus dépendre de cette racaille. Il ne fumait plus depuis ce jour.

Il se sentait soulagé d'avoir communiqué à Pascal son opinion sur les truands.

— Tout ça, c'est la vie, dit Pascal. Tu aimes les courses ?

— J'y allais, dit Gu.

— Le cheval qui gagne, dit Pascal, tout le monde le regarde.

Ils pénétraient dans le centre de Miramas.

— Tu peux me laisser là, à l'angle, dit Gu. (La Chevrolet se rangea le long du trottoir.) Ne traîne pas et bonne chance, ajouta-t-il.

— Si tu as besoin tu sais où me trouver, dit Pascal.

— C'est ça, dit Gu.

Il lui serra la main et descendit.

Il gagna la gare sans se presser. Il était riche, très riche. Il pensa à Manouche, à Alban. « Je vais pouvoir vivre », se dit-il.

Il y avait un train dans vingt minutes pour Aix-en-Provence. De là, il prendrait le trolleybus pour Marseille. Comme pour venir de Paris. Il acheta un journal et s'assit dans la salle d'attente. Elle était déserte.

Est-ce que les gangsters voyageaient en troisième classe, dans des omnibus ? Est-ce qu'ils patientaient comme des besogneux dans les salles d'attente ? Non, n'est-ce pas ? Ça roule en voiture blindée à travers les barrages de police.

Gu sourit derrière son journal et allongea les jambes. Ce soir, il se taperait une boîte d'ananas. Il aimait beaucoup les ananas.

CHAPITRE VII

Tous les journalistes se ruèrent sur ce tronçon de la route nationale comme des canards sur un hanneton.

Le grand public oublia les nouvelles politiques. Il y avait les photos de tout le monde ; la vie de chacun, des vivants, des morts.

On avait procédé à une reconstitution ; une belle panique avec des témoins harcelés de questions et qui se dandinaient devant les photographes. La petite femme du type à la 4 CV se prenait pour Grace Kelly ; les enquêteurs en étaient au stade du ménagement s'ils voulaient en tirer quelque chose.

Le commissaire Blot prit l'avion. Le flic qui s'occupait des affaires criminelles à Marseille s'appelait Fardiano. Il dirigeait une brigade qu'on appelait également la brigade « Fardiano ». Il n'aimait pas Blot, et ce dernier méprisait ses méthodes.

— Je n'ai pas le temps de m'occuper de vous, dit-il en guise d'accueil.

— Ils vous ont fait un royal cadeau de fin d'année, mon cher, répondit Blot.

— On flingue les motards, maintenant, rugit l'autre. On flingue et on s'en va ! Mes aïeux, quelle ardoise !

— Je me demande même si vous trouverez quelqu'un pour la payer, glissa Blot.

— Je suis dans le coin depuis dix ans, et je les connais tous, vous entendez, t-o-u-s. (Il frappa du poing sur la table.) Et avec moi, on joue pas au plus malin. Je vais en « convoquer » quelques-uns et on va rigoler…

— Tenez, coupa Blot en lui tendant une lettre ; je suppose que vous vous ferez une joie de m'être agréable.

C'était l'ordre de remettre au commissaire Blot tous les projectiles extraits des corps des victimes.

— Parce que nous, dit Fardiano, on saurait pas quoi en faire, hein ! Le technicien, c'est vous… On s'en passera, de vos fétiches. Faites-en un collier si ça vous chante.

Il allongea une main épaisse et courte vers le téléphone.

— Envoie-moi quelqu'un, dit-il. Oui, n'importe qui.

Le « n'importe qui » arriva. Il avait la gueule de l'emploi.

— Conduis-le chez Louis, dit-il, et qu'on lui donne le plomb de chasse des truands.

— Je dirai en haut lieu quelle fut votre noble attitude, dit Blot en sortant.

— Sainte Vierge ! grogna Fardiano, les deux mains sur son visage dur. Disparaissez…

Blot était déjà sorti, pensant à juste titre que son collègue ne s'adressait pas à la Sainte Vierge.

Dans l'avion qui le ramenait à Paris, il joua avec les balles de Colt et celles, plus longues, de ce qu'il croyait appartenir à une carabine. Il y avait quatre balles de Colt et trois autres balles. Le médecin légiste prétendait qu'une cinquième balle avait traversé la gorge de la victime tuée avec le Colt.

« Chacun leur homme, pensait Blot, et ça n'a pas pas traîné. »

Les balles de carabine avaient été tirées de plusieurs mètres ; de face pour l'une d'elles, de trois quarts pour les quatre. Un tireur arrêté, posté en avant, et son angle de tir se modifiait avec la progression du motard.

Il pensa aux cinq personnes qui avaient attendu plus de trois heures qu'on vienne les délivrer, dans cette cabane isolée. Après un délai pareil, il devenait superflu de barrer les routes et de patrouiller dans toutes les directions.

Et ces braves témoins qui donnaient des signalements tellement contradictoires qu'on avait envie de jeter les déclarations au panier. La voiture des assassins était bleu foncé, vert clair et même noire disait l'un, complètement secoué par les coups de flingue. Quant à la marque, eh bien, ce n'était pas une bagnole française. Les gens de la 4 CV n'avaient vu que des hommes masqués, armés jusqu'aux dents. De grosse voiture, pas de trace. Dans un moment pareil, on ne peut pas tout voir.

La mort des deux flics avait liquéfié les témoins ; de la pâte à crêpes. « Donc, c'est comme s'ils avaient tué tout le monde », pensa Blot. Une tonne d'or, il fit un bref calcul : cinq cents millions. Ils ne vont pas se remouiller de sitôt, se dit-il.

Poupon était venu l'attendre à la descente d'avion. Pour tuer le temps, il aborda une hôtesse de l'air qui ressemblait à une photographie publicitaire.

— J'ai peur d'être très malade, là-haut, fit-il en indiquant le ciel.

— Quel avion prenez-vous ? demanda-t-elle d'une petite voix fraîche.

— Le vôtre, dit Poupon.

— Mais j'arrive, dit-elle en riant.

— Je ne suis qu'un ignoble menteur, s'accusa-t-il, j'arrive aussi.

La fille, on lui faisait du baratin toute la journée.

— Écoutez, monsieur, je suis pressée de rentrer chez moi, dit-elle.

Une fossette se creusait sur sa joue gauche.

— Au nom du ciel, dit Poupon, ne souriez pas comme ça en me parlant de vous en aller, ou je me jette sous un avion.

— Enfin, monsieur, se lamenta la fille, il faut que vous me laissiez !

— On boit un verre et on se quitte pour la vie, proposa Poupon. (Il posa une main sur son cœur.) Vous l'emportez avec vous, soupira-t-il.

Elle s'amusait beaucoup. Il était sympa ce garçon.

À peine étaient-ils installés qu'un haut-parleur annonça l'arrivée de l'avion de Marseille, etc.

— C'est pour moi, dit Poupon. J'attends papa.

— On ne vole pas encore de ses propres ailes ? remarqua la mignonne.

— Si, dit-il, mais la nuit seulement. (Il paya et lui prit le bras.) Allez, dit-il, je vais vous présenter, et on vous ramène à Paris.

— J'habite à côté, dit-elle et puis vous ne savez même pas mon nom.

— J'espère bien que vous allez me le donner, dit Poupon. Papa est très strict.

— Je m'appelle Olga Neuville, et je veux partir. Vous m'aviez promis.

— Voilà l'avion, coupa Poupon. Venez vite, et il l'entraîna.

Beaucoup de gens allaient et venaient.

— Vous m'appellerez Claude, dit Poupon, ça fera plus intime.

Blot repéra Poupon qui gesticulait. Il y avait une hôtesse de l'air à ses côtés, mais Blot ne se méfiait nullement.

— Bonjour papa, s'empressa Poupon en l'embrassant, tu as fait bon voyage ? Que je te présente une camarade de vacances, retrouvée par hasard… Mon père… mademoiselle Olga Neuville…

— Mes respects, mademoiselle, murmura Blot.

— Il fait jeune, hein ! continuait Poupon.

Blot commençait à récupérer.

— C'est que vous voyez, dit-il à Olga, ce n'est pas vraiment mon fils. J'ai acheté un cirque ambulant et il se trouvait dans le lot, en prime.

— En effet, dit la fille qui se demandait ce qu'elle faisait là.

— Et maintenant, s'inclina Blot, nous prendrons congé. La petite a son numéro à répéter. Allons, dis au revoir à mademoiselle.

— À bientôt, dit Poupon.

— C'est ça, fit-elle.

Et ils gagnèrent leur voiture.

— Naturellement, Mireille le saura, promit Blot.

— Elle vous croira pas, dit Poupon.

— Si, dit Blot. Nous allons quitter Paris, et avant un départ, une femme vous croit toujours…

— On s'en va où ? demanda Poupon.

— Tu le verras, dit Blot. Il y a un des motards qui était truffé de balles de Colt.

Poupon avait des comptes à rendre, et Blot lui posa quelques questions. Ils arrivèrent au Quai. Poupon se précipita chez le spécialiste avec les balles de Colt. « Ensuite tu fonces au bureau », lui avait dit Blot.

Pendant ce temps, il réunit quelques hommes.

— Tu les trouves au plus vite, dit-il à Mireille, et en récompense, tu recevras un état détaillé sur la conduite de Poupon.

Les meilleurs inspecteurs du commissaire vinrent s'asseoir les uns après les autres. Et Poupon arriva enfin. Tous les yeux se braquèrent sur lui.

— Alors ? dit Blot.

— Alors, ce sont les mêmes, dit-il.

— Messieurs, dit Blot, le tueur de Vaucresson est le même que celui d'en bas. Je voudrais que vous me suiviez bien. (Il toussa un peu pour s'éclaircir la voix.) C'est Jo Ricci qui a envoyé deux types chez Manouche, sans doute pour la faire chanter. Là ils ont été cueillis en douceur et butés à Vaucresson. Cueillis par qui ? Pas par Jacques le Notaire, puisqu'il était mort un peu avant. Alban n'a pas pu faire ça tout seul et il y a longtemps que je le surveille ; ils sont assez isolés, ils se comprennent de moins en moins avec les autres. Mais ce soir-là, ils ont touché de l'aide, et à mon avis, c'est le vieux Gu en personne. La même méthode que pour liquider Francis le Bancal, il y a une quinzaine d'années.

Gu s'est servi d'un Colt et ensuite il ne l'a pas jeté ; ce n'est pas un tueur normal. C'est un homme perdu, et il s'en fout.

À Marseille, ils l'ont mis dans le coup et il a flingué le motard qui suivait le fourgon. Toujours avec le Colt auquel il est déjà un peu habitué. Il n'a pas voulu risquer une autre arme pour un objectif de cette importance. Et, dans sa planque actuelle, il n'est pas question de transformer une pièce en stand de tir.

Manouche est rentrée quelques jours avant l'agression. Alban n'a pas quitté Paris. Gu a utilisé d'autres relations. Maintenant, il est plein aux as ; il va liquider un peu d'or, cacher le reste et prendre le large.

Il a une grande confiance en lui ; on l'aurait à moins. La dernière fois, il avait acheté des diamants avec la vente de l'or. C'est plus facilement transportable. Il y a des chances pour qu'il recommence. Donc, il ne partira pas avant un mois et demi à deux mois. C'est tout ce que nous savons. Pas de questions ?

— Manouche et Alban chercheront peut-être à le revoir, dit Godefroy.

— Bien entendu, dit Blot, mais ce n'est pas la peine de filer ces gens-là. Ils ont trop de moyens Vous savez bien qu'on peut semer n'importe qui. Je préfère lâcher la bride.

— Fardiano trouvera peut-être quelque chose, dit Poupon.

— Rien du tout, dit Blot. Il va convoquer quelques douteux, comme il dit, et les torturer. Les gens qui ont tué ces deux flics, c'est autre chose. D'abord, ils connaissaient Gu ; c'est un signe. Ils ne sont plus très jeunes. Nous allons descendre là-bas pour jeter un coup d'œil, mais un policier, c'est un homme normal et non un fakir. Si un petit quelque chose ne survient pas pour nous aider, Gu s'en ira, et ce sera terminé pour toujours.

— Il restera les autres, dit un flic. Eux, ils ne se planquent pas.

— À plus forte raison, dit Blot. On trouve plus facilement quelqu'un qui se cache. Il mène une vie anormale. On peut tabler là-dessus.

— Y a les photos dans tous les canards, qui pourraient passer tous les jours, dit Poupon.

— Pas les photos, dit Blot. Si Gu voyait ça, il ne sortirait plus. Et il faut qu'il sorte.

— Alors il n'y a plus que la chance, dit Godefroy.

— Ou le hasard, dit un autre.

— Appelez ça comme vous voudrez, dit Blot, il nous faut le petit rien, et nous en tirerons le maximum. En bas, ils ont trouvé Bernard Verneuil, celui qui s'était évadé avec Gu. Ils l'ont cerné jusqu'à ce qu'il se jette d'une falaise. Maintenant, ils ont les mains vides. Ce Bernard, on aurait pu l'utiliser, l'arrêter sur un meilleur piège et s'en servir pour Gu. Une évasion, ça lie les hommes, pas toujours, mais parfois. Gu aurait peut-être essayé de l'aider. On pouvait en courir la chance. Seulement voilà… (et Blot fit un geste vague du bras qui résumait sa pensée).

Alban était content de la réussite de Gu. Un peu fier aussi. L'homme qu'il avait toujours admiré défrayait plus que jamais les chroniques. Il n'était pas cuit. Il était riche, en instance d'aller se la faire belle et crapuleuse sur les rivages de l'Adriatique.

Manouche s'effrayait du tam-tam entretenu par les journaux. Cela semblait beaucoup contre un seul. Le nom de Gu n'était pas prononcé, mais elle savait qu'il s'agissait de lui, qu'il vivait seul à la merci de n'importe quoi.

Elle voulait descendre à Marseille, mais elle craignait de se déplacer. La sécurité de Gu lui paraissait plus complète encore dans la solitude, enfermé dans une maisonnette qui donnerait davantage l'impression d'être inhabitée si l'on cessait d'y entrer et d'en sortir.

Elle pensait à lui constamment. C'était réciproque.

Justin était venu le lendemain de l'agression à la première heure. Quelques minutes, s'assurer que Gu était là, en bonne santé. Il lui laissa les premières éditions aux énormes titres.

Gu se rendit compte qu'ils avaient eu quatre heures d'avance. Trois, avant que l'on trouve les gens dans la carrière, et une avant que la flicaille se remette de ses émotions. Ils auraient pu rentrer avec l'or directement. Gu avait demandé à Justin de l'accompagner pour toucher sa part dès que Venture alerterait.

Les suggestions des journalistes différaient. Dans sa solitude, et à force de relire les mêmes articles, le désir de connaître la suite le visita. Un article de *France-Soir* se terminait par un rapprochement avec l'attaque du train d'or.

Le soir, Gu sortit de sa retraite pour acheter une dernière édition. Il marcha jusqu'à l'Obélisque de Mazargues, en suivant une rue assez fréquentée. Il s'arrêta au premier libraire, acheta du papier à lettres, des magazines et quelques journaux.

Sur le chemin du retour, il considéra le boulevard Michelet qui s'allongeait vers Castellane. Les alentours lui semblaient familiers, amicaux.

Il rentra chez lui, du pas d'un petit retraité. Il aspirait des bouffées d'un air hivernal et vivifiant.

Le journaliste de *France-Soir* soutenait sa comparaison. L'attaque du train d'or de jadis était tellement transformée que Gu la reconnaissait à peine.

« Quel con ! » pensa-t-il.

Le nom de Gu n'était pas cité. On rappelait l'ingéniosité d'un certain Edmond Constantin, mort depuis.

— Cette bonne blague, murmura Gu en lisant, il n'allait pas mourir de vieillesse, non !... une canaille pareille. (C'était Alban qui l'avait flingué. Avec d'autres dont on ne parlait pas.)

Gu se demandait où ce journaliste de dixième ordre pêchait sa copie.

Le lendemain, il ressortit et poussa plus loin de façon à ne pas se servir deux fois au même endroit. Au retour, il s'aventura sur le boulevard Michelet. Une vingtaine de mètres, histoire de se dérouiller les jambes. Les habitations qui bordent le boulevard respiraient le calme. Il caressa l'écorce d'un platane, enfonça les mains dans son pardessus et rentra chez lui.

Il sortait armé du Mauser canon long et du Beretta. Il avait planqué le Colt avec le parabellum d'Alban. Ce Colt lui brûlait les doigts. Il jugeait qu'une destruction s'imposait. Néanmoins, sa situation incertaine l'incitait peu à se séparer d'une de ses armes.

Les passants qui le croisaient ne le regardaient pas spécialement. Il était comme eux. La situation des gens n'est pas inscrite sur leur visage. Voilà ce que pensait Gu.

Venture l'avisa dès son retour et il se précipita pour récupérer sa part. Ils rentrèrent la Simca 8 d'un très ancien modèle dans le garage de la villa. Les quatre caisses de cinquante kilos prirent place à l'arrière sur le sol de la voiture, recouverts d'une vieille toile. Cassini fut discret. C'est à peine si Venture l'aperçut.

Il attendit Gu dans le garage. C'était le dernier jour de l'année. Venture songea que Gu était seul, mais il n'osa pas l'inviter. Une espèce de barrière se dressait entre Gu et eux. Elle était définitive ; un évadé ne peut oublier qu'il est évadé et ceux qui le savent non plus. On lui parle comme à un convalescent, on pense toujours aux précautions qu'il doit prendre pour éviter une rechute. Ils allaient se quitter.

— Sois prudent, dit Venture.

— Ne t'inquiète pas, dit Gu. Tu permets au « vieux » de t'expliquer deux trucs ?

— Tu te souviens quand j'étais môme, dit Venture, et que tu payais le pastis ?

Gu s'en souvenait. Il avait repéré ce garçon plus fort que les autres, plus dur, et il en disait souvent : « Il me plaît, ce gosse. » Alors il l'invitait quand il voyait Venture rôder derrière les vitres du bar. Le gosse sortait de là tout illuminé.

— Écoute, dit Gu, la main sur l'épaule de son ami, tu causeras avec Pascal au sujet de l'indic. Je lui ai dit ce qu'il faut. Mais aussi, pour ton frère Jo…

Gu s'arrêta. Venture secouait la tête.

— Ne me dis rien, dit-il. Je le connais. C'est mon frère quand même.

— Qu'il ne sache jamais rien, dit Gu.

— Tu pousses un peu, dit Venture. C'est pas un condé.

— Il vit d'une drôle de façon, dit Gu (et il comprit qu'il devait frapper l'esprit de Venture pour que ça lui profite). Avant de quitter Paris, j'ai essayé de le liquider. Il l'a pas su, mais il s'est cassé, tellement il avait la conscience tranquille.

Venture n'osa pas questionner Gu ; il craignait d'en savoir trop.

— Tu ne veux pas savoir pourquoi ? fit Gu.

— Non.

— Il a un bon frangin Je vais te faire un cadeau ; je vais l'oublier, et il vivra très vieux. (Venture ne disait rien.) C'est un malheur de dire ça, soupira Gu, mais aujourd'hui on en est là. Je crois que je ne serais pas resté ici, évadé ou pas.

— Tu as brûlé les fringues et tout ?

— Oui, sourit Gu, et le bonhomme va s'évanouir dans la nature.

— Allez, fit Venture.

Ils s'embrassèrent et Gu redescendit au garage sans se retourner.

Justin regagna Mazargues par la Corniche et le Prado. Ils enfouirent les caisses d'or, sous le charbon, dans la cave. Au retour de Manouche, on aviserait. Gu pensait réaliser une dizaine de millions, en donner autant à Alban et planquer le reste. Beaucoup plus tard, Manouche s'en occuperait. Dans l'immédiat, personne ne connaîtrait la cachette. Il en déposerait à deux endroits différents.

Il était heureux dans cette maisonnette, avec ses millions dans la cave. Il déclina l'offre de Justin qui ne voulait pas le laisser seul pour ce réveillon de fin d'année.

— Que je sois le premier à te la souhaiter bonne et heureuse, dit Gu en embrassant Justin avant son départ. Avec un peu d'avance, mais on s'en fout, hein ! vieux crabe.

La broussaille des sourcils sembla obstruer complètement les petits yeux clairs du mataf'. Il ne parla pas tout de suite.

— Que tu trouves la paix, dit-il enfin. La petite, elle va revenir.

— Oui, dit Gu. On va attendre que ça se tasse un peu. Dans un mois. D'ici là, tu demandes à Théo s'il a une cheville pour liquider quelques lingots. (Il passa le pouce sur sa moustache.) Ça fleurit. Tu pourras venir avec l'appareil.

— Je vais voir Théo, et je te dirai le tout, répondit-il, et il s'en alla.

Gu sortit dans la soirée pour acheter du pain ; il en avait marre de manger des biscottes. Il acheta un moka sur lequel on lisait « Bonne Année » en lettres de sucre.

Dans les journaux, on racontait que la police perdait les pédales, et Fardiano avait déjà une histoire sur le dos. Sa brigade avait esquinté un « suspect » au point d'émouvoir les services de l'hôpital où ils furent contraints de le transporter.

— Cette ordure de flic doit bastonner à tout va, pensa Gu. En centrale, c'était pareil ; plus ils étaient ignares, plus ils frappaient.

Il n'avait pas sommeil. Il ouvrit des boîtes de fruits au sirop, les versa dans un compotier et s'attabla avec un bouquin. De temps en temps, il absorbait quelques cuillerées.

La nuit s'avançait. Il tenait à célébrer sa liberté en dehors des murs et décida de sortir, de se balader sous les étoiles.

Des rideaux mal joints, et de beaucoup de persiennes, la lumière filtrait. Les gens attendaient ce cap de l'année nouvelle. Gu descendit le boulevard Michelet, comme si un aimant l'attirait vers le cœur de la ville.

Au parc Borély, il s'arrêta. Il n'avait pas froid et la nuit n'était pas très sombre. Il fit lentement le tour de la place formée par la jonction du Prado. Il demeura un moment immobile à considérer la partie du Prado qui conduisait vers la Corniche — la mer. Il était vingt-trois heures.

Il se mit en marche vers la mer. Il était né dans un petit port. Quand il était gosse, l'eau lui avait raconté une foule d'aventures.

Ce soir, il la regardait. Elle rejoignait le ciel, au loin. Elle était d'un vert presque noir. Minuit approchait ; il ne quittait plus sa montre des yeux. Et ce fut minuit et une seconde. Une exaltation courut sur sa peau, jusqu'à la racine de ses cheveux. Il aspira le plus d'air possible, tourna le dos au ressac et rentra chez lui.

CHAPITRE VIII

Après l'enterrement des deux flics, les journaux la mirent un peu en veilleuse. Mais pour l'enterrement, ça valait la peine : le ministre, les discours et la mine de circonstance de tous les poulets disponibles. La société reconnaissante, etc.

— C'est leur métier, pensa Gu et il utilisa les journaux pour allumer le feu.

Au sujet de la liquidation de l'or, Théo avait demandé à Orloff et il attendait la réponse, Justin avait pris Gu en photo. Manouche avait écrit pour confirmer son impatience. « Elle viendrait dès qu'on l'appellerait. »

Justin pensait comme Gu que ce n'était pas encore le moment.

— On n'a plus vingt ans, disait Gu, on peut bien attendre un peu.

Il sortait chaque jour et un après-midi, il regarda longtemps des joueurs de pétanque sur un terrain couvert, au flanc d'un petit café, face au parc Borély.

Être méridional et n'avoir jamais travaillé de sa vie, ce sont des circonstances qui font d'un homme un excellent joueur de pétanque. C'était le cas de Gu.

Il fit d'abord quelques commentaires sur le jeu. Ces gens étaient des retraités qui jouaient chaque après-midi. Il leur manqua un ami, un jour, et Gu prit sa place. Il déposa son pardessus sur une vieille caisse un peu éloignée, à cause du Beretta qui s'y trouvait. Quant au Mauser, il le portait sous l'aisselle. Sa veste étant croisée, on ne pouvait le voir. Les autres jouaient en pull-over.

Gu manquait de pratique. Cependant il jouait si bien jadis, qu'il serait dans quelques jours le meilleur du petit groupe. Il était heureux comme un gosse.

Le lendemain, en descendant le boulevard Michelet, il décida de ne plus revenir jouer aux boules. Le coin était paisible, mais il s'y rendait pour la cinquième fois.

Il contourna la place, laissa le café sur sa droite et s'engagea sur le Prado en direction de la mer.

Un jeune soldat écrasait une fille entre un arbre et son corps. Ils s'embrassèrent à s'en étouffer. Gu pensa à Manouche. Il ne vivrait plus longtemps sans femme. Il doubla le couple et une seconde plus tard, le canon d'un flingue pointait sous sa mâchoire, lui relevant la tête.

— Ne sors pas tes mains ou ta gueule saute, dit une voix.

Le cœur de Gu se dilata. On le poussait vers la chaussée. Une grosse bagnole s'arrêta en silence ; il se trouva aspiré de l'intérieur et désarmé en un clin d'œil.

Il était sur la banquette arrière entre deux types et deux autres en face, dont le militaire qui bécotait la fille. Devant, le chauffeur et encore un type.

À la Corniche, la voiture tourna à gauche, vers la Madrague.

— Tu n'es pas bavard, fit celui de droite.

Gu, dans des cas de ce genre, jouait les muets. Alors il est certain de ne pas se couper dans ses déclarations. « On verra bien ce qu'ils pourront prouver », pensa-t-il.

Mais la voiture quittait la ville et roulait à fond vers les Goudes. À l'opposé de tout, et des centres de police et du lieu de l'attaque du convoi.

Il pensa à son or, et aux nouvelles méthodes de certains truands ; attendre que les autres se mouillent et les dévaliser ensuite.

Il se disait qu'en ne cédant pas, même sous la torture, il avait une chance de vivre. Ils ne le tueraient pas, aussi longtemps qu'ils espéreraient le dépouiller. Il se demandait également par quel miracle il était tombé entre les mains de ces mecs.

— Ça doit t'en boucher une surface de faire cette balade ? reprit le même homme.

Gu ne répondit pas. « Il faudra bien qu'ils y viennent », pensait-il.

La voiture s'arrêta après les Goudes, en quittant la route sur la droite, vers l'eau. Les hommes de devant descendirent, ainsi que les vis-à-vis de Gu.

— Tu peux y aller, fit le même.

Gu descendit, mais ceux qui l'attendaient l'obligèrent à demeurer debout contre la voiture, portière ouverte. Celui qui commandait s'approcha de Gu ; il était descendu de l'autre côté de la voiture. À l'intérieur, il restait quelqu'un. « Peut-être celui qui va me flinguer dans le dos », calcula Gu. Cette impression d'une présence menaçante derrière soi lui enlevait un peu de ses moyens.

— Le garçon qui s'est arraché avec toi, les condés l'ont cerné ici, et il s'est balancé de là-haut…

Le chef indiqua le haut d'une pente formant un plateau ; on devinait ensuite une coupure, un à-pic de quelques centaines de mètres.

C'est ainsi que Gu apprit la mort de Bernard. Ça lui fit quelque chose.

— On a pensé que t'aimerais mieux crever là. T'es un sentimental, toi.

Gu fermait sa gueule. Il regarda le type dans les yeux : c'étaient pas les yeux d'un imbécile.

— T'es pas bavard, dit l'homme, mais on t'a pas amené là pour que tu racontes ta vie, ni pour causer de ta joncaille. On s'en fout de tes lingots. T'entends ; on s'en fout…

Il avait posé un pied presque dans la voiture ; Gu était maintenant debout contre la portière ouverte, perpendiculaire à la voiture.

— T'as baissé, Gu, beaucoup même ; tu t'es mis à travailler avec n'importe qui. On regrette, mais l'Ange veut pas passer la main.

— L'Ange ? l'Ange Nevada ? laissa échapper Gu.

— C'est ça, dit le chef. L'affaire était à nous et vous l'avez doublé. On va vous flinguer les uns après les autres. On n'est pas des novices tu vois, on t'a trouvé…

— Je connais l'Ange, dit Gu. J'ai été aux durs et j'ai fermé ma gueule. Je suis aussi propre que n'importe lequel.

— Pour le jonc, t'as filé un coup de canif dans ta mentalité.

— Il est pas devenu un peu cinglé, Nevada ? dit Gu. Il sait d'où j'arrive, non ! Qu'est-ce qu'il croit ? Que je fais la pluie et le beau temps ? On m'a mis dans la course, j'ai tenu ma place, j'ai touché et c'est marre. S'il y a des salades, j'étais pas dans la confidence.

— L'Ange croit le contraire, dit l'homme.

— Alors dans ce milieu pourri, s'emporta Gu, la parole d'un type comme moi, c'est zéro ? Toi qui parles et qui parles et qui dégoises connerie sur connerie, tu la connais ma vie ? Tu connais rien. T'es là avec plein de types et des flingues et tu parles, et tu parles… L'Ange, il a rêvé la nuit que le vieux Gu l'avait doublé ? Il pique des crises ou quoi ?

L'homme éluda la question.

— Tu crois que Ricci est correct ? fit-il.

— Lequel ? demanda Gu.

— Les deux, dit-il.

— Les deux ?

L'étonnement de Gu était plus que sincère.

— Oui les deux. Jo et Venture.

— Pour Venture, il fallait le savoir, dit Gu, mais ça m'étonne cher.

— Alors tu le savais pas, dit-il.

— Ma parole d'homme que non, dit Gu, et même Nevada peut se gourer.

— Il peut pas, dit l'autre, c'est pas possible. Tu comprends, il a pas touché un flèche et il lui revient deux cent cinquante millions.

— C'est pas possible, murmura Gu. Venture n'a pas fait ça. Mais après, il savait bien qu'il faudrait qu'il s'explique ?

— On n'est pas dans son cerveau pour le savoir. Nevada lui donne l'affaire, le jour, l'heure, et tout, contre la moitié. Venture, avec l'autre moitié il devait se démerder. C'est tout. Au lieu de ça, vous vous arrangez et vous fadez en quatre.

— En cinq, dit Gu.

— Comment en cinq ?

— Oui, une part pour l'indic'.

Les hommes se mirent à rire.

— C'est la meilleure, s'esclaffa leur chef : « une part pour l'indic' ! » Alors le Venture s'est étouffé deux cents briques à son pied !

Gu pensa au discours qu'il avait tenu à Pascal au sujet de l'indic'. Pascal était peut-être dans le secret. Ils avaient dû le prendre pour une bille. Celui qui menait l'interrogatoire s'éloigna et se pencha à l'oreille d'un de ses hommes.

— Écoute, dit-il ensuite, j'ai changé un peu d'avis. Venture, lui c'est réglé. C'est pas avec lui qu'on va discutailler. Mais les autres sont peut-être comme toi. On va aller les voir, t'as qu'à nous conduire.

— Non, fit Gu.

— Comment non ?

— C'est pas mon genre.

— On n'est pas des condés, dit l'homme.

— Ça ne fait rien, dit Gu, j'ai des principes.

— Terminé, dit l'homme à celui qui attendait dans la voiture.

Gu s'attendait au pire, mais le chef lui posa une main sur l'épaule.

— Je suis navré, dit-il. Je m'appelle Blot, commissaire Blot, de la section criminelle. Nous avons enregistré la conversation.

— C'est pas légal ! rugit Gu.

— Tout est légal, dit Blot en le poussant dans la voiture.

— Pour les déclarations à signer, on verra, dit Gu.

— Tu t'arrangeras avec Fardiano, dit Blot. Venture Ricci également. Pour nous, c'est fini.

Il pensait que personne n'arracherait un mot de plus à Gu. Il avait joué l'unique chance. Il avait jeté le nom de Ricci au hasard. Gu avait marché. Seulement pour amener les autres noms, il manquait de matériel. Gu n'avait pas accepté la proposition de contacter la bande. Blot s'en doutait. Mais dans ce métier, on doit tout essayer…

Gu s'oubliait pour ne penser qu'à Venture. Il regardait avidement les gens sur les trottoirs. S'il avait aperçu Pascal, Antoine ou Venture, il se serait jeté sur le chauffeur pour provoquer quelque chose. Les accidents attirent les gens ; on vient voir.

Personne. À la rue de l'Évêché, on attendait la Vedette. Blot pénétra le premier chez le chef de la criminelle de Marseille.

— Voilà Gustave Minda, dit-il. Il a participé à l'affaire avec Venture Ricci. Je vais vous laisser la bande du magnétophone. À vous de jouer.

— C'est tout ce qu'il a dit ? grogna Fardiano en dévisageant Gu.

— N'importe qui peut imiter une voix, dit Gu. Moi, je n'ai pas ouvert la bouche.

— Ici, tu l'ouvriras, dit Fardiano. Ils l'ouvrent tous ici.

Ça l'arrangeait bien d'avoir enfin une piste. On criait vengeance pour les deux motards et la société le payait dans ce but.

Blot soupira. Il s'était trouvé par miracle dans le bureau de Fardiano quand l'indication sur Gu était arrivée. Le truc idiot ; un surveillant de la centrale de Clairvaux en congé chez son beau-père qui tenait un café à l'angle du boulevard Michelet et du Prado. Il avait reconnu l'ancien bagnard malgré sa moustache. Il jouait aux boules. Il était venu depuis quatre fois. Il reviendrait sans doute le lendemain.

Blot voulait en profiter pour le filer ; sa planque devait être dans les parages. Essayer de coincer d'autres gens, de récupérer un peu d'or, etc.

Mais Fardiano ne savait pas qu'il y avait des chances que Gu soit un des auteurs de l'agression. Il parlait que de flinguer Gu dès le lendemain.

— Il est condamné à perpétuité, disait-il, on ne va pas risquer qu'il nous arrose de plomb.

Blot avait téléphoné à Paris pour recevoir l'ordre de s'occuper de Gu. Il le reçut, à la seule condition de procéder à l'arrestation sans délai, si le gangster revenait le lendemain.

Il n'eut qu'une demi-journée pour monter son scénario. Désormais, son rôle était terminé. Poupon portait encore l'uniforme de soldat.

— Tu es mieux qu'en civil, lui dit Blot.

— Et puis ça plaît aux femmes, dit Poupon.

Elle était mignonne, la petite qu'il avait raccrochée le matin même. Elle aurait de quoi raconter une belle histoire à ses copines. Et on la prendrait pour une sacrée menteuse.

— Collez-le à côté, dit Fardiano en désignant Gu à ses hommes. Attachez-le au radiateur et gardez-le à quatre.

Blot sortit avec ses inspecteurs. Ils attendirent un peu dans une grande pièce voisine et leur patron se dirigea vers l'endroit où se trouvait Gu.

Il était rivé à un tuyau de chauffage à l'aide d'une paire de menottes.

— Je veux le voir seul, dit Blot.

Les flics s'éclipsèrent de mauvaise grâce.

Gu se rongeait les sangs ; il ne pensait qu'à l'arrestation de Venture. Pour la première fois de sa vie, il avait prononcé le nom d'un homme que la société recherchait.

— On vient plastronner ? fit-il à Blot.

— Un garde-chiourme t'a reconnu. Tu jouais aux boules. Il a sauvé sa corporation. Il leur sera plus difficile de ressusciter les deux motocyclistes.

Gu ne douta pas un instant des paroles de Blot. « Il a dû les quimper tous avec ce baratin, pensa-t-il. En expliquant certaines choses importantes pour eux. »

— Au point où j'en suis, ricana-t-il, ça me fait une belle jambe de savoir comment vous m'avez trouvé…

— Tu devrais être encore libre, dit Blot. Une sorte de liberté surveillée, tu vois ce que je veux dire. Nous aurions récupéré un peu d'or et ton Colt.

— De l'or ? fit Gu. Vous charriez à froid… Pour ce qui est des flingues, vous avez les miens.

— Enfin, soupira Blot, c'est presque raté. Il n'y a que ta réputation qui en a pris une secousse. Venture ne sera pas très content. D'habitude, tu tombais seul.

— J'ai connu une époque, dit Gu, où celui qui était vu en train de parler avec un gradé de la coloniale, on le foutait en quarantaine. Rien qu'en souvenir des bat' d'Af'. Les commissaires ne fréquentaient pas les truands. Aujourd'hui, vous vous tapez sur le bide et vous échangez des rancards. C'est pas trop fatigant comme boulot. Moi, ça me donne envie de dégueuler.

— Ne tombe pas malade ici, recommanda Blot, Fardiano n'est pas une nourrice. Je rentre à Paris. Pas de commission pour Manouche et Alban ?

— Des amis à vous ? fit Gu.

— Non, à toi. Des vieux amis.

— Commissaire, dit Gu. Vous me faites marrer !

Et il se tourna vers le mur. Des flics comme ça, il en avait jamais rencontré. La pensée de Venture l'assaillait à nouveau, creusant un trou dans sa poitrine.

— Tant qu'on a sa tête sur les épaules… murmura Blot.

Et il sortit en silence.

Les quatre flics le remplacèrent et Fardiano ne tarda pas.

— Salut, la terreur, fit-il. On va aller chercher ton pote et puis on va bien s'arranger tous ensemble.

— J'ai rien à dire, lâcha Gu.

— T'as déjà balancé Ricci, on n'a pas à se plaindre. Tu raconteras bien encore une bricole ou deux…

Le regard de Gu s'appuya sur la peau épaisse du flic.

— J'aime pas ça, dit Fardiano. On va modifier ton petit caractère. À ne plus te reconnaître.

Il quitta la pièce en claquant la porte.

Gu reposa un peu ses jambes en s'accoudant sur le radiateur. On lui avait vidé toutes ses poches, pris sa montre. Il n'aurait pu dire combien de temps s'était écoulé avant que lui parvienne un brouhaha, un piétinement, et Venture qui gueulait :

— On va ameuter tous les avocats de la ville ! Ça va coûter un peu cher, faites-moi confiance.

Fardiano s'assit. Venture était debout, de l'autre côté du bureau, les mains attachées derrière le dos.

— Tu comprends pas ? fit le commissaire. Un de tes amis nous dit qu'il a attaqué le convoi d'or, tu sais, la petite histoire dont on n'a presque pas parlé ? Et ton ami dit que tu en étais aussi. Alors on va te chercher. Et toi tu gueules, que tu vas finir par nous énerver.

— Gardez votre baratin pour les paysans, dit Venture.

Fardiano se baissa. La mallette du magnéto était à ses pieds. Il la posa sur le bureau, l'ouvrit, chercha un repère sur le ruban et fit signe d'ouvrir la porte.

— Écoute ça, dit-il à Venture en appuyant sur une touche.

Venture écouta le dialogue entre Gu et une voix qu'il ne connaissait pas. Le passage où Gu parlait des cinq parts, de la présence de Venture, et d'une histoire de comptes avec un type qu'ils auraient doublé.

Fardiano coupa.

— Alors ? fit-il. On te bluffe ?

— C'est pas vrai ! hurla Gu de la pièce mitoyenne, c'est pas vrai, c'est p…

Venture entendit comme un bruit de lutte ; il pensa que les flics assommaient Gu.

— Il regrette un peu, c'est normal, sourit Fardiano.

Venture se souvint de Pascal qui disait que Gu n'était plus dans le coup. Il avait mordu au premier baratin. Il l'avait dénoncé. « Il a donné mon blase et je suis marron », se disait-il. Il n'y avait pas à sortir de là.

— C'est un asile ou quoi ? demanda Venture, en indiquant la pièce voisine d'un hochement de tête.

— Ça peut devenir tout, sourit Fardiano. Ça dépend des types.

— Enfin moi, je suis innocent. Connais personne. Entendu personne. Je veux voir un juge et les avocats.

— Avancez un fauteuil à monsieur, dit Fardiano.

Les flics tirèrent d'un coin un lourd fauteuil de bois avec des bras assez larges. Ils enlevèrent les menottes qui maintenaient les poignets de Venture et l'attachèrent au siège à l'aide de courroies de cuir, les avant-bras sur les bras du fauteuil, les jambes tirées en arrière.

— Tu seras mieux pour causer, assura Fardiano. (Il fit le tour de son bureau et s'avança près du fauteuil.) Le 27 décembre dans l'après-midi où étais-tu ?

— Le 27 ? fit Venture.

— C'est ça, dit le flic, le 27.

— Chez moi. J'ai attrapé une sale grippe, le soir de Noël.

— On va noter ceux qui t'ont vu, dit Fardiano.

— Ma femme, elle a fait plein d'arrangements à la maison, ces derniers temps.

— Et puis ?

— Ça suffit pas ?

— Pour moi, si. J'attendais rien de mieux. Tu étais à Salon en train d'assassiner des convoyeurs d'or. C'est normal que des gens ne t'aient pas vu à Marseille.

— Quand vous êtes grippé, dit Venture, les gens du quartier défilent chez vous ?

— T'es pas un type à rester seul avec ta femme.

— On s'aime, c'est défendu ?

— Donnez-lui un coup à boire, dit Fardiano, il doit avoir soif.

En le tirant par les cheveux, ils l'obligèrent à renverser la tête en arrière. Il bloqua sa mâchoire, mais ils lui firent très mal à la carotide. Il ouvrit la bouche pour prendre de l'air et ils enfoncèrent le tube d'un entonnoir. Des fortes mains se collaient à son visage, sur son crâne. Il ne pouvait remuer la tête d'un millimètre. L'eau commença à couler. Il étouffait. Il fit entendre une plainte rauque et ses yeux se révulsèrent.

— Ça va, dit Fardiano.

Pour aider Venture à émerger plus rapidement de l'asphyxie, il le gifla à tour de bras.

— À mon avis, dit-il ensuite, t'as pas tiré sur les motards. Si ça se trouve, c'est toi qui conduisais, hein ?

— Fumier ! dit Venture, t'as appris à travailler dans la Carlingue [1].

— Tu ne pourras pas dire qu'on t'a frappé, dit Fardiano. Même pas un bleu à montrer à un toubib. (Il mit sa main sur l'épaule de Venture.) Tu n'es pas raisonnable, tu nous obliges à nous énerver. Tu crois qu'on ne serait pas mieux à s'ex-

1. Gestapo.

pliquer gentiment ? Surtout si tu conduisais la voiture…

— Je vous ai tout dit. Y a ni voiture ni rien. J'ai rien à me reprocher. Je veux voir les avocats.

— Le voilà qui recommence. C'est malheureux quand même, soupira Fardiano.

Il fit signe avec son pouce vers le sol et Venture se retrouva avec l'entonnoir dans la bouche.

— Allez chercher l'autre, dit le flic.

Gu, attaché derrière le dos, fut poussé dans la pièce. Il avait la face tuméfiée.

— Il n'est pas à la noce, lui dit Fardiano en désignant Venture.

Gu vit l'homme dont il avait prononcé le nom, un entonnoir au fond de la gorge.

— Qu'est-ce que ça veut dire ? fit-il.

— Ça veut dire que vous n'êtes pas raisonnables, dit Fardiano. Allons-y.

Et l'eau glouglouta dans l'entonnoir. Gu eut un sursaut, mais ils le tenaient fermement.

— On a jamais vu ça ! rugit-il.

Venture luttait contre la mort par étouffement. Des points noirs et rouges éclataient dans son cerveau, sans bruit, comme un feu d'artifice vu à très longue distance. Gu entendit un râle profond qui remontait du ventre.

— Arrêtez, bon Dieu ! cria-t-il, vous voyez pas qu'il va passer ?

Fardiano leva la main ; l'homme qui inclinait la petite bonbonne au-dessus de l'entonnoir la posa sur le sol.

— Tu le connais ou pas ? dit Fardiano.

— Non, dit Gu. J'ai jamais vu ce type. Mais quoi, c'est un homme ! y a des limites…

— Les motards aussi, c'étaient des hommes.

— Quand on a des preuves contre les gens on ne les torture pas, dit Gu.

— Tu vas y passer aussi, dit Fardiano. Tu feras moins de discours.

— Tuez-moi si vous voulez, je vous emmerde, dit Gu.

— On verra ça… dit Fardiano.

Il souriait. Quand il pensait à la souffrance physique, il souriait. La souffrance des autres, bien entendu.

Pour Venture, ça recommença. Dans ses courts instants de lucidité, il vouait à Gu une haine démesurée. Il avait une tête de noyé.

Dix fois déjà, Gu voulut avouer, au moins sa pleine participation, pour stopper la torture de son ami. Mais il calcula que la seule chance d'annuler la conversation avec le commissaire Blot était de nier en bloc.

Venture s'évanouissait trop souvent. Ils stoppèrent et une rage folle s'empara de Fardiano. Venture fut enfermé dans une cellule et ils se ruèrent sur Gu.

— Qu'on en finisse… murmura Gu à deux ou trois reprises.

Ils n'en tirèrent pas un mot de plus.

La nuit, dans sa cellule, il s'éveilla. Il jugea ne pas avoir dormi longtemps, car il suffoquait. Il n'y avait que des cellules d'attente, pour quelques jours au maximum, avant le transfert dans une prison.

Dans l'obscurité, il ne voyait pas la crasse. Seule, la tinette se manifestait par l'odeur. Il retrouvait inconsciemment le rythme des dix dernières années vécues en prison.

Il eût volontiers donné sa vie pour libérer Venture. Il craignait de l'appeler en essayant de s'accrocher par les barreaux de la fenêtre. Ils étaient censés ne pas se connaître, ils ne pouvaient se parler.

L'idée que Venture le prenait pour un mouchard le rendait fou. Le lendemain, quand ils vinrent le chercher, il se leva et demeura courbé. Il était vieux. Il était brisé.

Ils l'amenèrent devant Fardiano.

— Tiens, lui dit ce dernier, jette un coup d'œil.

Il s'agissait de l'édition du matin. Gu y tenait la vedette. Il plissa un peu les paupières, sans broncher ; on racontait que, pour se sauver du pire, il avait donné les membres de la bande. Que l'un d'eux, déjà, Venture Ricci, était sous les verrous. Et patati et patata.

Gu n'était pas attaché. Il se pencha davantage sur le journal et frappa Fardiano sur la bouche de toutes ses forces. Puis il bondit à la fenêtre et plongea ses deux mains à travers les vitres. Il se retourna vers les types, les mains rouges de sang. À sa droite, se trouvait un classeur en fer gris ; il bascula la tête avec violence sur le côté, heurtant l'angle du meuble, au-dessus de la tempe.

Ils le ramassèrent et tout ce sang les effraya.

— À l'hosto, vite, dit Fardiano.

Il n'en revenait pas qu'en deux secondes tout change de la sorte. Il avait la lèvre ouverte et Gu était peut-être mort. « Ça le rend fou qu'on dise que c'est un donneur », pensa-t-il et il se promit d'en répandre la certitude le plus possible.

En dehors de Manouche et d'Alban, tout le monde s'imagina que les années avaient changé Gu. D'ailleurs, c'était le délayage des journalistes ; on rappelait la jeunesse de Gu, son passé d'homme de fer, pour mieux expliquer son revirement. On disait que tendre une embuscade c'était une chose et que résister aux interrogatoires en était une autre.

— Il sortait chaque jour, répétait Manouche à Alban. Et il jouait aux boules, non mais tu te rends compte ? Aux boules ?…

Alban ne savait que répondre.

— Heureusement qu'ils ne l'ont pas filé. Un truc à faire arrêter Justin et sa femme pour recel de malfaiteur, dit-elle.

— Il a pas parlé, ça j'en suis sûr, dit Alban. Ils disent ça pour le perdre, pour qu'on le laisse. Y a que cette raison.

— Personne ne nous croira, dit Manouche. Venture est dedans. Gu était arrêté avant ; le nom de Venture ne s'invente pas.

— Qu'est-ce que tu crois, toi ? fit-il.

Manouche le regarda en face ; ils étaient boulevard Suchet en instance de rejoindre le Montaigne.

— Je m'en moque. Un homme n'est qu'un homme. Pour moi seule, ça m'est égal. Ils l'ont peut-être torturé. Ce Fardiano, c'est un boucher. Mais Gu ne doit pas vivre de penser que les gens le croient capable de ça. Voilà pourquoi je m'en fais. Seulement pour lui.

— Alors, on descend l'aider, s'empressa-t-il.

— Attendons deux ou trois jours. Tant que la police le garde, on ne pourra ni le voir ni rien.

— Je vais tâcher moyen de le sortir dès qu'il ira au Palais ou ailleurs, dit-il. Je veux pas qu'il retourne aux durs.

Manouche comprit qu'Alban était disposé à faire un massacre. Elle savait que Gu ne voulait pas qu'il se mouille.

— On réfléchira, dit-elle. Je connais Alice, la femme de Venture. Jo Ricci va certainement rappliquer pour jouer les frères corses. N'oublions pas que les flics n'ont pas les lingots. Tout le monde voudra venger Venture ; ils vont faire du zèle. Un millionnaire, ça se couve. (Elle enfila son manteau.) Allons travailler, et n'oublions pas que Blot doit nous guigner d'un œil.

Les journaux du soir relatèrent l'hospitalisation de Gu : à la suite d'une crise de folie, le gangster s'était blessé à la tête et aux mains, etc.

— Mon Dieu ! balbutia Manouche.

CHAPITRE IX

Lorsque Gu ouvrit les yeux, il les referma aussitôt. La lumière lui donnait l'impression que quelqu'un lui martelait la nuque. Il était surpris de vivre encore. Il souleva de nouveau les paupières, plus longtemps cette fois. Il était couché dans un lit d'hôpital avec d'autres lits à la droite, à la gauche et en face du sien. Il y avait des barreaux aux fenêtres.

Il porta une main à sa tête ; elle était entourée d'une bande velpeau. Il avait des pansements autour des doigts. Il eut le sentiment que tout le monde le regardait. Son voisin direct pencha son visage au-dessus du sien.

— Ça va ? demanda-t-il.

C'était un Arménien.

— Qu'est-ce que j'ai ? murmura Gu.

— Des coupures aux doigts, à presque tous, et comme une fracture à la tête, mais pas tout à fait. Tu crains rien.

— Ah… fit Gu.

D'autres types s'approchaient. Ils portaient des pyjamas à rayures bleues et blanches. Les autres vêtements étaient interdits. Des agents de police gardaient la salle ; ils avaient un poste à l'entrée de la pièce. Tous les malades étaient des prisonniers. La salle, située au dernier étage de l'aile d'un bâtiment, comportait une trentaine de lits.

— C'est quel hosto ? demanda Gu.

— La Conception, répondit quelqu'un. Qu'est-ce qu'ils t'ont laissé aller, cette bande d'enfoirés !

Un sourire flotta sur les lèvres de Gu. Il était fier de ses blessures, de sa souffrance. Les délateurs, on les chouchoute ; lui, c'était un homme.

Les flics eurent beau dissiper les attroupements autour de son lit, ils ne parvinrent jamais à l'isoler, tellement la curiosité qu'il suscitait était vive.

Les toubibs se passaient le mot et on défilait devant la vedette du crime. En échange de quoi, il était fort bien soigné. Il reprenait des forces, en se gardant bien de le laisser paraître. À la suite d'une apparition de Farciano, le brigadier qui dirigeait le poste de garde attacha Gu à son lit à l'aide de menottes.

Il se plaignit au premier docteur qui passa et le brigadier fut contraint de le détacher. Cette petite histoire le posa aux yeux des détenus. Il n'y avait pas de gros gibiers parmi eux. Des jeunes cambrioleurs, quelques types âgés, visiblement tombés pour mœurs. Des macs aussi, qui s'arrangent toujours pour tirer leur petite peine dans un lit d'hôpital.

Le voisin de Gu paraissait être le plus actif. Il confia à Gu qu'il avait rejoint son associé à l'hôpital pour accorder leurs violons avant de comparaître devant le juge d'instruction. Il n'y avait qu'une quinzaine qu'ils étaient dedans ; son associé se remettait de deux blessures par balle. Une dans l'épaule, une dans la fesse. Gu avait déjà remarqué combien ce type se plaisait allongé sur le ventre, quelques lits plus loin.

Le voisin immédiat s'appelait Fernand. Il boitait.

— Un phlegmon à la jambe droite. Je continue à battre [1], mais ça va, expliqua-t-il.

Quant à Gu, les coupures de ses mains étaient cicatrisées. Son affaiblissement de la boîte crânienne, dû au choc contre l'angle du meuble, lui causait des troubles visuels. Ses paupières se mettaient à battre très vite, sans qu'il puisse les ouvrir ni les fermer complètement. Les spécialistes le gardaient en observation.

Il écoutait les confidences du petit cambrioleur arménien, sans répondre ou presque. Ça obligea l'autre à se déboutonner à bloc. Et le « vieux » n'en crut pas ses oreilles.

— Seulement, voilà, dit-il à la fin, mon pote et moi, on est fleurs [2].

— J'en ai, moi, assura Gu.

— C'est ça qu'on a pensé. Nous deux, c'est comme si on était dehors. On t'aidera, alors tu comprends, ça freine un peu. Et toi, tu nous défauches.

1. Simuler.
2. Sans argent.

Gu réfléchissait. Il n'avait plus un centime de liquide. Simplement les lingots qui dormaient sous le charbon, dans la cave de la maisonnette de Mazargues. Et il ne voulait pas amener les deux types jusque-là. Leur donner quelques lingots, c'était d'accord, même si plus tard ils racontaient à toute la police que Gu possédait les lingots du convoi d'or.

De « plus tard » il s'en foutait. Mais conduire deux inconnus devant son or et son unique refuge, il voulait l'éviter.

Ses conversations avec ce Fernand se passaient en imperceptibles chuchotements. L'Arménien s'asseyait sur le bord du lit de Gu, avec un jeu de dames.

— De toutes les manières, mes amis viendront m'arracher, dit Gu. Si vous avez confiance en moi, faut l'avoir à bloc. Ton ami va y arriver à voler la tire aussitôt ?…

— Tu parles… C'est un spécialiste, il en a fauché des tas.

— On s'éloigne un peu, dit Gu. Je vous laisse dans un coin peinard, je vais chercher la fraîche et je reviens.

Fernand ne répondait pas.

— Et si tu as un pépin ou quelque chose ?

— Non, fit Gu. Tu penses autrement. Tu penses que je vais vous doubler.

— C'est un peu ça, mais c'est pas moi. Mon ami est plus âgé, il en a déjà vu pas mal…

— Qu'il continue à penser ça et on parle plus de rien, dit Gu. C'est vous qui m'avez proposé. J'ai pas attendu après vous pour arranger mes affaires.

Son cœur battait plus fort. Ces deux types concrétisaient sa meilleure chance de vivre. Il regretta un instant d'avoir soulevé le lièvre. Il pouvait leur fausser compagnie une fois dehors. Et qu'est-ce qu'ils auraient fait ? Mais il n'avait jamais vécu de la sorte.

Finalement, les deux truands acceptèrent. Si Gu n'était pas correct, rien ne l'obligeait à se montrer si pointilleux. Il aurait pu leur promettre la lune avec l'idée de les laisser froidement tomber.

— Demain soir, c'est une bonne brigade, dit l'Arménien. Ils vont se farcir les gonzesses dans une petite salle à côté du poste.

Parmi ces jeunes flics, il y avait des beaux garçons. Gu ne douta pas de l'accueil que des prisonnières privées d'hommes depuis des mois ou des années leur réservaient. Ils devaient sortir de là avec l'œil en code et les jambes en pâte d'amande.

L'évasion ne comportait qu'une descente de trois étages, le long d'une façade, à l'aide de couvertures liées bout à bout. Gu n'aurait pu s'en offrir davantage dans son état.

Il ferma les yeux pour imaginer longuement sa visite chez Pascal. Dans les plus tristes moments, il lisait le doute sur les visages de Manouche et d'Alban.

— C'est pas possible, murmurait-il parfois. (Il pensait à Francis le Bancal, à tous les donneurs qui étaient morts, cette catégorie infecte qu'il avait toujours vomie.) C'est pas possible qu'ils croient que j'en suis là, faisait-il, c'est pas possible…

Néanmoins, tout le monde le croyait. Jo Ricci avait quitté la Corse en apprenant l'arrestation de son frère Venture.

Il alla directement chez Alice qui courait dans toute la ville, depuis le début, en clamant l'innocence de Venture. Mais l'inculpation s'avérait d'une telle importance que personne ne prenait position, en dehors des avocats largement rémunérés.

Jo enfourcha l'occasion de perdre Gu à la fois dans l'esprit des hommes du milieu et dans celui des flics. Le prestige de Venture était grand, surtout depuis que la presse tapait sur Gu.

Les grosses affaires alimentaient les conversations des truands, comme la politique celles de l'homme de la rue.

Dans les bars du quartier de l'Opéra, Venture figurait le héros et Gu jouait les traîtres. Jo trouva un terrain tout préparé. Alice ne sympathisait pas énormément avec lui, mais elle était la seule. En prêchant un peu le faux, il sut le vrai et prit contact avec Pascal et Antoine. Il savait qu'ils travaillaient avec Venture, mais il ne fut pas question pour eux d'avouer à Jo qu'ils avaient attaqué le convoi.

Au début, Antoine avait gagné le large ; il était revenu, car il comprenait que Gu ne dirait plus rien et que Venture ne dirait jamais rien. Pascal n'avait pas bougé. Il était connu et un départ à un tel moment équivalait à un aveu.

Jo n'était pas dupe. Mais, pour la forme, Pascal et Antoine ne parlaient pas de leur propre cas. Ils expliquèrent que Venture avait voulu dépanner Gu et qu'eux s'y étaient opposés.

Surtout pour « après », répéta Pascal. Gu est hors de la course depuis longtemps.

— On lui a tout dit, grognait Antoine, mais il en avait plein la bouche de son Gu.

— Moi, je le connaissais, insinua Jo. Même aux durs, il s'est mal conduit. Dommage que Venture m'en ait pas touché deux mots. Enfin, il l'a balancé, c'est le plus clair. Il faut faire quelque chose…

— Venture est aux Baumettes[1], dit Pascal. On peut attendre qu'il passe au juge. Les preuves sont maigres ; y a juste la déclaration de Gu.

— Espérons qu'il n'en fera pas d'autres, dit Jo.

— Dire qu'on peut même pas le buter, ragea Antoine. Et il me filait un tas de conseils ! Avec le Orloff, ils peuvent se serrer la pogne…

— Orloff ? demanda Jo.

— Ouais, dit Antoine, un poseur connu comme le loup blanc. Et encore un peu, Venture qui m'engueule parce que les manières de ce coco me débectaient… Au bout du compte, on a vu, hein ?…

— Orloff a trempé là-dedans ? s'étonna Jo.

— On pensait justement à le voir, dit Pascal. C'est lui qui a branché Gu et Venture.

1. Grande maison d'arrêt située à quelques kilomètres du centre de Marseille.

— Il est toujours à Marseille, dit Antoine. J'ai entendu sa voix chez Yvette. Il se la coule douce.

Jo habitait avec Alice et voyait les avocats pour le compte de son frère. Il connaissait tous les truands du quartier de l'Opéra et allait des uns aux autres boire un coup et assurer une publicité définitive à Gu. De sorte que sa présence rue de la Tour, chez Pascal, n'éveillait pas l'attention. On pénétrait aisément dans le bureau de Pascal.

— Et si on le voyait pour lui demander ce qu'il pense de Gu ? dit Jo.

— On pourrait, dit Antoine.

— Tu lui dis que je suis là, fit Jo qui se prenait pour Charlemagne.

— Ne crois pas qu'il va se jeter dans tes bras, dit Pascal.

— Des manières, j'en ai plus que marre, dit Antoine. Venture est coincé comme un rat et ça pourrait m'énerver que le Orloff veuille pas l'aider. On s'en jette un ? fit-il en regardant Pascal.

— T'as encore soif ?

— Encore ? Encore… T'es millionnaire, non…

Des petites phrases comme ça, il y en avait d'autres. Jo ne bronchait pas ; il écoutait, en songeant aux caisses de lingots, à la difficulté de les écouler. Un jour, il pourrait s'en charger et se sucrer un peu au passage.

Orloff estima trop dangereux d'aller chez Pascal.

— Il est deux heures de l'après-midi ; mettons à sept heures au 10 de la rue Breteuil, cinquième étage à gauche ? dit-il à Antoine.

— Pour moi, ça va, fit Antoine.

Son air un peu tendu n'avait trouvé aucun écho chez Orloff.

— Tu trouveras facilement le frère de Venture, dit-il. On le voit partout.

— Je connais Venture depuis longtemps. Je l'estime beaucoup et ses ennuis ne me laissent pas indifférent. Je verrai son frère avec grand plaisir.

— Rue Breteuil, là où tu me dis, qu'est-ce que c'est ? questionna Antoine.

— Si tu arrives le premier, tu trouveras la clé sous le paillasson, sourit Orloff. J'espère que le mobilier te conviendra.

— Alors, y a personne ?

— C'est cela, répondit Orloff. Absolument personne. Très joli quartier ; à proximité du Palais de Justice…

— Si je dois rigoler, affranchis-moi, lâcha Antoine, et il quitta la pièce sans lui serrer la main.

Resté seul, Orloff songea que ces gens étaient bien nerveux. Ces jours derniers, il avait évalué les chances que Venture avait de s'en sortir. Il pensait que la justice le garderait en détention préventive durant des années ; cette méthode appliquée à tous les gens dangereux, les « innocents-coupables », qui rigolaient à l'avance en supputant leur acquittement.

Bien que les journaux n'en aient pas parlé, il avait su que le commissaire Blot s'était occupé de Gu. Le vieux était certainement tombé dans un piège de finesse dont ce flic était coutumier. Il pensa que la réputation de Gu était insauvable.

Il n’avait plus rien à faire dans la ville, mais il s’était porté garant de Gu. Garant pour « pendant » et « après ». Théo attendait toujours avec le bateau ; un genre de « miracle », voilà ce qu’il attendait. La situation était confuse ; Gu possédait toujours les lingots. On ne pouvait pas oublier ça.

Justin, dans son inquiétude, ne pouvait se confier qu’à Théo. Ils avaient imaginé ensemble le possible et l’impossible. Ils demeuraient le plus souvent longtemps sans échanger une parole, comme ceux qui pensent les mêmes choses.

Dès que Manouche arriva chez Justin, il la conduisit chez Théo. Il était au port. Elle recouvrit sa chevelure d’un fichu noué sous le menton, comme les femmes corses, et ils se rendirent près du port Saint-Jean. Quand elle vit le petit cotre de Théo et tout ce bonheur qu’il devait leur procurer en conduisant Gu à l’abri, ses yeux s’embuèrent.

La police traînait en longueur, espérant récupérer Gu à sa sortie d’hôpital. Il n’avait donc pas encore signé l’acte d’écrou. On ne pouvait s’adresser nulle part pour les permis de visites. D’ailleurs, Manouche n’étant pas un membre direct ni indirect de la famille, n’avait aucune chance d’obtenir un permis en dehors d’une tentative de corruption auprès d’un greffier du Palais. Encore fallait-il que Gu dépende d’un juge d’instruction.

— C’est la sœur de Gu, présenta Justin.

Théo la trouva très belle. Il la pria de s’asseoir sur le bord de la couchette. La cabine du cotre était petite mais très agréable. On sentait que l’homme qui l'avait aménagée ne pourrait vivre loin de la mer. Manouche regardait autour d'elle.

— Il y viendra un jour, murmura Théo.

— Vous avez déjà tellement fait, dit-elle.

Et la profondeur de son regard intimida Théo.

— On le sortira de là, assura-t-il, en s'adressant à Justin.

Il était plus à l'aise avec Justin.

— Pour sûr, dit Justin.

— Si nous pouvions communiquer avec lui par un employé de l'hôpital, dit Manouche. Ils ne doivent pas manquer.

Théo savait qu'Orloff cherchait à contacter Gu pour obtenir des détails sur cette histoire de délation.

— Je vais essayer, dit-il. Une femme de navigateur peut-être…

— Les gens, ça cause beaucoup, dit Justin. Avec l'avocat, ça sera mieux.

— L'évasion d'un hôpital, c'est toujours plus facile, dit Manouche. Il faudrait en profiter.

— M'est avis qu'il n'est pas en état,… dit Justin.

— Je vais essayer d'y aller, décida Manouche. Je peux tomber sur un garde plus humain. Il n'y a pas que des brutes chez ces gens-là. Que je sache au moins s'il souffre. Il y a des infirmières, des docteurs, ça me paraît impossible qu'on isole un homme à ce point. Il faut faire quelque chose absolument (elle répéta absolument…).

Orloff entendit les dernières phrases. Il cherchait Théo pour lui conseiller de se cacher dans l'appartement de la rue Breteuil. Il venait de prendre rendez-vous avec Antoine et le reste, et il se méfiait.

La voix de bronze de Manouche ne le laissait pas indifférent. Il frappa légèrement et entra dans la cabine. Il demeura debout contre la petite porte. Ses cheveux blonds touchaient presque le plafond.

— Présente-moi, dit-il à Théo.

« Il en a de bonnes », pensa ce dernier qui ne savait trop à l'avance ce qui plaisait à Orloff ou non.

— Un ami, fit-il. Ça, c'est la sœur d'un ami et, lui, c'est l'ami de cet ami, et il désigna Manouche et Justin.

— Je vois que nous sommes entre amis, sourit Orloff. Tu n'aurais pas quelques idées plus claires, mon cher Théo ?

— Si c'est toi qui veux, dit-il. Voilà Justin Cassini et la sœur de Gustave Minda.

— Je m'appelle Stani, dit Orloff. Je suis un ami de Gu. Je vous présente mes hommages, madame.

Manouche tendit une main sur laquelle Orloff s'inclina légèrement.

Le masque volontaire de cet homme ne lui était pas inconnu. Elle était sensible à son élégance et se demandait dans quelles circonstances lui et Gu s'étaient rencontrés. Orloff serra la main de Justin.

— J'ai obtenu quelques détails sur Gu, dit-il.

— Vous l'avez vu ? Comment est-il ? questionna précipitamment Manouche. Dans sa main fermée, elle serrait un gant roulé en boule.

— Je ne l'ai pas vu, répondit Orloff. Mais il est pratiquement guéri. Je suppose qu'ils ne le garderont plus longtemps à l'hôpital. C'est tout ce que je sais.

— J'ai envie d'y aller.

— Vous avez raison ; une femme obtient parfois davantage.

Dans un geste inconscient, elle enleva son fichu et sa chevelure rousse ondoya. Orloff reconnut la tenancière du Montaigne.

— Je crois, en effet, que vous obtiendrez beaucoup, dit-il ; elle sourit gentiment.

— De mon côté, je vais essayer et nous pourrions peut-être nous revoir ?

— Très volontiers, dit Manouche.

— Quand irez-vous à l'hôpital ?

— Demain matin. Les médecins viennent le matin. J'essaierai d'avoir une audience avec le chef du service.

— Voulez-vous demain après-midi, ici, vers trois heures ?

— Je viendrai, dit-elle.

Orloff regarda Théo, et Manouche eut l'impression qu'ils avaient besoin d'être seuls.

— Nous devons partir, dit-elle en se levant.

Orloff s'effaça pour la laisser sortir. L'exiguïté de la cabine les rapprocha. Il avait les yeux bleus, expressifs. Manouche y rencontra une sorte de gravité.

Après le départ de cette femme, il sembla à Orloff que la cabine était complètement vide.

— Ça, c'est une femme, dit Théo.

— Elle en a l'air, dit Orloff. Dis-moi un peu : une heure allongé sous un lit, ça te découragerait ?

— Sous un lit ?

— J'ai rendez-vous avec des gens qui en veulent à Gu. Il semblerait même que l'on m'associe à Gu pour l'avoir recommandé. Ils viennent à la rue Breteuil dans deux heures.

— Ça marche, dit Théo.

Il souleva un coffre et en tira une mitraillette très courte.

— Très acceptable, dit Orloff. Nous arriverons un peu en avance, toi d'abord, moi après.

— Comment tu crois que ça va se terminer pour Gu ? demanda Théo.

— Tu as vu la femme qui s'occupe de lui ? répondit Orloff. Bon, eh bien, quand une femme de cette classe se met en mouvement pour quelqu'un, le quelqu'un voit ses ennuis tomber les uns après les autres.

— Enfin, on verra, dit Théo. Dis donc, chez Yvette, y a une douceur pour moi ?

— Justement, oui. Une brune tout en jambes, comme tu aimes.

— J'irai un de ces jours.

— Je t'annoncerai, dit Orloff. On te présentera comme un armateur grec qui se lave les dents au champagne et qui roule dans des voitures en or massif. Et elle te trouvera beau, intelligent et tout ce que tu peux imaginer.

— Ça me plairait d'avoir une fille, toujours la même, dit Théo. Gentille et qui pose pas de questions.

— Beaucoup d'hommes cherchent une fille gentille qui ne pose pas de questions, murmura

Orloff. Oui, beaucoup… Allez, viens qu'on en finisse avec ces gens.

La mitraillette était munie d'une courroie en cuir formant boucle. Théo y passa son bras et la courroie reposa sur son épaule. Ensuite, il enfila un imperméable. Orloff franchit le premier l'étroite passerelle. Théo attendit une bonne minute et quitta à son tour le bateau.

Orloff sortit une clé nue de sa poche. L'appartement était vide. Avant de refermer la porte sur lui, il souleva le paillasson et récupéra la deuxième clé.

Dans l'unique chambre, le dessus-de-lit tombait jusqu'au sol.

— Attendons que le premier arrive, dit Orloff. Le temps que j'aille ouvrir, tu t'installeras en dessous. Je laisserai la porte de la chambre ouverte, les autres également. Tu entendras tout. Si tu comprends que les menaces augmentent, tu te prépares.

Théo récupéra le coussin d'un fauteuil et le glissa sous le lit. La mitraillette prit le même chemin.

Bientôt, on sonna à la porte. Orloff ouvrit ; c'était Antoine.

— Salut, dit-il, les autres suivent.

Ses yeux furetaient partout. Orloff le fit entrer dans une pièce à l'extrémité d'un couloir, meublée d'une table carrée assez basse, qui donnait l'impression d'être lourde. Autour, des fauteuils disparates.

Pascal et Jo se présentèrent quelques minutes plus tard.

— Asseyez-vous, je vous prie, dit Orloff.

Avec Jo, ils se connaissaient de vue. Jo portait sa profession sur son visage et Orloff n'aimait pas les types de cette espèce.

Il y avait des cendriers sur la table.

— Vous m'excuserez, mais je n'ai rien à boire. J'utilise rarement ce lieu.

— On va pas s'éterniser, dit Antoine.

— C'est au sujet de Venture, dit Jo. C'est grave. (Il parlait lentement, avec une sorte de recherche ; il posait au gangster médiateur, au gratin.)

Orloff fit oui de la tête.

— Il avait toujours travaillé avec des types bien et…

— Eux aussi, coupa Orloff en désignant Pascal et Antoine.

— C'est Venture qui est dedans, pas eux, dit Jo.

— Qu'est-ce que tu sais au juste de cette affaire ? demanda Orloff, car il lui semblait que Pascal n'était pas à l'aise…

— Tu as mis Venture et cette canaille de Gu en cheville et Venture a voulu le dépanner.

— C'est une charade, ton histoire. On se fait des petites cachotteries entre si bons amis, vous me surprenez.

— Ça va, dit Antoine, on est là pour causer de Gu et de toi.

— D'accord, dit Orloff. Vous pensez que Gu a dénoncé Venture ? Pourquoi ne vous a-t-il pas dénoncé également ? Un donneur ne fait pas trente-six mesures. Il parle jusqu'à ce qu'il n'ait plus rien à dire. J'en connais même qui en inventent.

— Et si le truc le reprend, il se grattera pas pour nous balancer aussi, dit Antoine.

Jo était content d'apprendre d'une façon plus nette que Pascal et Antoine avaient touché cent millions chacun.

— À mon avis, il est tombé dans un piège, dit Orloff. On a vu le commissaire Blot en ville. Vous connaissez ?

— Y a pas de piège quand on la ferme, dit Antoine. Surtout quand on roule les épaules et qu'on fait ci et ça.

— Il a drôlement baissé, dit Pascal. Il sortait de sa planque pour jouer aux boules. Tu te souviens que j'avais dit : « pour après » ? Tu as donné ta garantie, sinon j'étais pas d'accord.

— Venture n'en serait pas là si tu n'avais pas dit ça, dit Jo.

— Je suis prêt à aider Venture, dit Orloff.

— Venture a son frère et ses associés, dit Jo avec emphase. On préfère que tu t'occupes de Gu.

— Je vois, dit Orloff.

— Depuis qu'il s'est arraché de Castres, il a reçu de l'aide en pagaille. Ça va sans doute continuer. Dès qu'il s'arrache encore, tu le flingues et on parle plus de rien.

— C'est correct, dit Antoine.

— Et on sera bien tranquille après, dit Pascal qui aurait bien voulu profiter de sa fortune sans faire des cauchemars.

— Vous vous y prenez à l'avance, sourit Orloff.

— Il vaut mieux savoir à quoi s'en tenir, grimaça Jo.

Venture avait tué un certain nombre de personnes depuis sa naissance. Orloff imagina que son frère ne devait pas être un tendre. Ils étaient corses et le prestige d'un nom, ça se soutient.

Ces circonstances ne l'influençaient nullement, mais ce que Jo lui demandait de faire était assez logique.

— Si j'ai vraiment la preuve qu'il a dénoncé Venture, je le tuerai, dit Orloff.

— La preuve ! s'exclama Jo. T'as pas lu les journaux ?

— Ils ne racontent rien sur Blot, dit Orloff. Il n'y a que Gu et Fardiano qui connaissent la vérité.

— Et Venture, il l'connaît pas ? On n'a pas de permis, mais il a causé aux avocats.

Jo s'interrompit.

— Et alors ? demanda Orloff.

— Gu l'a dénoncé comme je te parle. Face à face devant Fardiano, avec Venture qui disait qu'il n'avait jamais vu ce type et cette canaille de Gu qui maintenait à tout va. Ils ont passé mon frère au glouglou, mais lui, c'est un homme.

— Il était très ami avec Gu, dit Orloff. C'est le seul qui a marché quand j'ai proposé Gu.

— C'est pas une raison, dit Jo, il faut qu'il crève. Des preuves, t'en as assez ou non ?

— Écoutez, dit Orloff, Fardiano c'est un tortionnaire, mais il ne brille pas par l'intelligence. J'ai un moyen d'obtenir quelques renseignements. S'ils confirment les vôtres, je tuerai Gu.

— Sinon ? fit Antoine.

— Je m'en désintéresse, dit Orloff.

— Mais nous, dit Antoine, on est pas obligés de faire pareil.

— Vous faites ce que vous voulez, dit Orloff.

— Et si on peut pas récupérer Gu, on pourrait s'arranger avec toi, siffla Antoine.

Les bras d'Orloff reposaient sur ceux du fauteuil dans lequel il était assis. Il ramena lentement les mains sur son ventre.

— Quand cela ? dit-il.

— N'importe quand, dit Antoine.

Théo parut dans l'encadrement de la porte.

— Faut pas s'énerver, dit-il.

Antoine se retourna et vit la petite bouche ronde de la mitraillette.

— Qu'est-ce que ça veut dire, dit Jo en changeant de couleur.

— Théo ! fit Pascal.

— Les entretiens de ce genre échauffent les esprits, dit Orloff, et ce cher Antoine m'avait semblé bien nerveux au début de l'après-midi.

— On a un larbin ! jeta Antoine.

— Tu parles trop, dit Orloff. Vous défendez Venture, je veux bien. Mais je ne suis pas à votre service. Si Gu a dénoncé Venture, il mourra. Je n'ai rien à ajouter. (Il fit un signe à Théo qui disparut.) Je te comprends, dit-il à Jo ; un frère, c'est un frère. Ce que tu demandes est normal. Il faudrait simplement raisonner ton ami. Je ne le dirai plus.

Il s'était levé, les mains à hauteur du ventre. Il portait une veste droite, d'une couple ample.

— Allez viens, dit Pascal en entraînant Antoine.

Orloff serra la main de Jo.

— Tu as ma parole, lui dit-il.

— Ça me suffit, répondit Jo.

Orloff demeura seul avec Théo.

— C'était juste ce qu'il fallait, dit Orloff.

— Y en a que trois ? demanda Théo.

Orloff regarda la fenêtre. Il faisait déjà nuit. Il appuya le dos de sa main contre la vitre ; elle était froide.

— Que non ! fit-il. Ils sont très nombreux. Les Ricci sont connus. Jo ameute l'opinion ; dans la pègre il trouvera dix tueurs, dix jeunes imbéciles, la tête chavirée par le prestige de Venture. Sans parler de l'or qui transforme les gens en pantins. Et cet Antoine, un exalté… C'est sans doute le plus pur des trois, mais il est bête et Jo s'en servira à fond.

Théo avait endossé son imperméable. Il lui donna une claque sur l'épaule.

— Tu vas te faire une beauté et on file chez Yvette. On dîne là-bas et on ne pense à rien.

Mais pour Orloff il s'avérait difficile d'oublier la femme qu'il prenait pour la sœur de Gu.

Après la rencontre d'Orloff, Manouche quitta Justin. Elle voulait voir Alice pour connaître les idées de Venture sur Gu. Elle comprenait qu'avec toute la pègre contre lui, sa situation deviendrait intenable. Même en Italie, la chose se saurait. Gu serait tellement traqué à la suite d'une deuxième évasion que personne ne l'hébergerait, même cinq minutes, si le doute sur sa mentalité ne se levait pas. On prenait des risques pour lui autant qu'on le croyait capable de se taire.

Elle prit un taxi qui la déposa à l'angle de la rue Paradis et du boulevard Perrier. Elle s'engagea lentement sur le boulevard. Au bout d'une cinquantaine de mètres, elle s'arrêta. Il lui semblait impossible que la police n'exerce pas une surveillance autour de la villa. Elle redescendit le boulevard en direction du Prado. Elle ne savait trop que faire.

Elle rejoignit le centre de la ville, pénétra dans quelques magasins. L'après-midi s'avançait. Elle décida de ne pas dîner au restaurant et de rentrer à Mazargues. Elle couchait seule dans la maisonnette. Elle avait retrouvé les traces de l'existence de Gu ; un désordre de célibataire momentané. Elle ne pensait même pas au trésor enfoui sous le charbon. Elle se disait que Gu aurait donné tous les lingots pour retrouver sa liberté. Il était bien avancé.

Alban lui manquait ; il était de toutes les joies et de toutes les peines depuis si longtemps. À certains moments, elle se préparait à lui télégraphier. Mais une sorte d'instinct animal la retenait. Elle n'arrivait pas à faire le point.

Elle ferma les issues de la maison et se coucha avec un livre d'Hemingway, *Le Vieil Homme et la mer*. Gu lui en avait parlé. Une histoire dépouillée, avec un bateau, un poisson et un homme.

Elle se mit à songer au petit cotre de Théo et à ce grand garçon blond. Elle le verrait demain. Il avait l'air de savoir par quel bout commencer. Elle l'avait vu ailleurs, sans doute à Paris. Elle connaissait tellement de gens. Elle éteignit la lumière ; elle ne pouvait lire. Elle ne pouvait que penser dans le noir à son existence désunie et à sa solitude.

CHAPITRE X

Les flics avaient éteint les lampes et branché les veilleuses. La nuit, ils venaient s'asseoir à tour de rôle et un par un sur une chaise à l'entrée de la salle.

Au fond de la salle, une porte à double battant s'ouvrait sur un couloir d'environ quatre mètres. La porte des w.-c. était carrément au bout du couloir. Ces waters formaient l'extrémité de l'aile. Deux autres pièces donnaient dans ce couloir ; l'une servait à préparer les pansements, à faire bouillir les seringues, l'autre à emmagasiner les couvertures, les draps, les vêtements des hommes de peine, pantalons, tabliers, des balais, des serpillières et objets divers. Les portes de ces pièces étaient fermées à clé.

Les deux jeunes casseurs avaient crocheté la serrure de la pièce utilisée comme magasin. Et chaque jour, à midi, heure de la relève, Fernand l'Arménien s'enfermait dans le magasin et sciait le barreau d'une ouverture en forme de demi-lune. Ce n'était pas un barreau plein, mais un tube creux. Depuis deux jours, le tube était scié. Gu ne lui avait pas demandé où il s'était procuré la scie, la chose ne le regardait pas.

Cette nuit, la brigade des Étalons prenait la garde.

— Tu verras, avait dit l'Arménien, vers onze heures, y aura personne sur la chaise…

Gu songea que l'infirmière de garde chargée de surveiller les femmes la nuit devait se faire baiser aussi. Il s'allongea sur le dos, les paupières mi-closes. Entre ses cils, il voyait la masse sombre de l'agent en uniforme.

Quand un malade demeurait trop longtemps au water, le flic se levait et allait voir. Bientôt on le remplaça. Le nouveau donna des signes d'impatience. Il remuait sur sa chaise, tournait la tête en direction du poste. Un collègue vint lui parler à l'oreille. Gu entendit une sorte de rire étouffé. Finalement, le flic se leva et disparut vers le poste.

La chaise resta seule, amicale. Fernand se glissa hors de son lit, pressa le bras de Gu et se dirigea vers les waters.

Gu compta jusqu'à cinquante. La chaise était toujours seule. Il sortit du lit, fourra son traversin sous ses couvertures en longueur et rejoignit Fernand. Il poussa la porte du magasin et l'Arménien la referma à clé de l'intérieur. Un morceau de bougie les éclairait vaguement. On lui tendit un pantalon bleu, des espadrilles et une chemise de l'armée américaine qu'il enfila sur la chemise blanche de l'hôpital.

La tête engagée dans l'orifice, l'ami de Fernand scrutait la nuit. Il se retourna et ses pieds disparurent les premiers. La couverture de départ était nouée autour du deuxième tube.

— Vas-y, dit Fernand à Gu.

Il grimpa sur une petite table branlante, s'agrippa au tube d'en haut, tira sur ses bras et glissa ses pieds dehors. Ensuite il se retourna et enroula ses jambes autour des couvertures. Sa tête bourdonnait. Il respirait court. Il glissa lentement, n'osant pas ouvrir trop les jambes, de crainte de ne pouvoir se retenir avec les bras. Il sentit qu'on lui prenait les pieds. Il touchait le sol. Ils tournèrent l'angle du bâtiment et le longèrent. Gu marchait entre les deux hommes. À un moment, le premier stoppa, en indiquant un mur d'environ deux mètres de haut qui s'étendait parallèlement à eux. Une allée assez large les en séparait. Ils franchirent l'allée les uns après les autres et s'aplatirent contre le mur. Il fallait l'escalader et sauter dans le jardin d'un couvent. Ils firent la courte échelle à Gu qui bascula tant bien que mal de l'autre côté. Ensuite, les événements tournèrent à la plaisanterie. Ils se faufilèrent entre les bâtiments jusqu'au mur de clôture qui donnait dans la rue.

Ils ne sentaient pas le froid de cette fin janvier, mais il existait et les promeneurs brillaient par leur absence. Dans une rue perpendiculaire, quelques voitures couchaient dehors. Ils laissèrent l'ami de Fernand partir en reconnaissance. Il revint bientôt.

— C'est pas riche, dit-il, j'ai pas ce qui faudrait, mais il y a une 2 CV à ma pogne.

Et il repartit. Gu et Fernand marchèrent en discutant pour ne pas éveiller l'attention. Ils entendirent un bruit de moteur.

— Ça y est, dit Fernand. Il est fort, ce mec.

La voiture les rattrapa. Ils s'y jetèrent et Gu lui fit prendre la direction de la place Castellane. En chemin, il se fit expliquer le maniement des vitesses car il n'avait jamais conduit de 2 CV. Ils s'arrêtèrent à l'embranchement de la route pour Toulon.

— Marchez doucement en la remontant, dit Gu. Dans un quart d'heure, je suis là.

Ils descendirent sans discuter, bien qu'un peu inquiets, ce qui était du plus normal. Gu monta au volant et fonça vers Mazargues. Il calculait sur une heure d'avance. Le temps que les flics réalisent, qu'ils discutent, trouvent la voie de l'évasion et fouillent les environs immédiats avant de téléphoner à la permanence. On tente toujours de rejoindre des évadés pour éviter une bonne engueulade et même des suites disciplinaires.

« Au moins une heure, peut-être plus », se répéta Gu. Il passa en face du café où il regardait jouer aux boules et remercia mentalement le sort pour la chance qui lui souriait sans cesse.

Il laissa la voiture, tous feux éteints, à cinquante mètres de la maison de Justin et pénétra dans le jardinet. Du silence et pas de lumière. Derrière la maison une lucarne donnait dans un cagibi ; elle était dure mais simplement coincée. En accentuant la pression, elle s'ouvrit. Il engagea la tête en avant et une fois à l'intérieur, s'accrocha à une étagère et tâtonna pour trouver la porte. Il se trouva dans un couloir, et les mains à plat contre le mur, chercha un bouton électrique. Il y en avait un presque en face du cagibi. Il avait dû le manquer. Il retourna en arrière, les mains plus basses et tourna l'interrupteur. Tout était calme. Il gagna la chambre pour récupérer ses armes ; il ne pensait qu'à ça depuis qu'il était dans la rue.

Il alluma le petit lustre et le visage endormi de Manouche apparut sur l'oreiller. Il s'avança en tremblant un peu sur ses jambes, s'agenouilla sur le sol et lui caressa les cheveux.

— Manouche, souffla-t-il.

Elle remua légèrement, sentit une main sur elle et se dressa en ouvrant les yeux. Gu avait un pansement au-dessus de la tempe et une figure de l'autre monde. Elle cria. Il posa une main sur sa bouche.

— Là, là… fit-il.

Il l'embrassa fiévreusement et se redressa en pensant aux deux évadés, sur la route de Toulon.

— Vite, dit-il, aide-moi.

Elle se leva.

— Comment as-tu fait ? C'est formidable, comment as-tu fait ? demanda-t-elle en enfilant sa robe de chambre.

— C'est de la chance, dit Gu, en dénudant le matelas. Tiens, là, prends les flingues, je reviens.

Il descendit à la cave, alluma et fit glisser en hâte le charbon à d'aide d'une courte pelle. La caisse du devant émergea. Il l'avait ouverte avec Justin qui voulait voir à quoi ressemblait un lingot d'or.

Il prit huit lingots, les empila de la main droite sur son avant-bras gauche et remonta dans la chambre. Il jeta l'or sur le lit, arracha ses vêtements et s'habilla correctement. Puis il vérifia les armes.

— Mets les lingots dans quelque chose, dit-il en passant le parabellum dans sa ceinture et en fourrant le Colt dans la poche extérieure de sa gabardine.

— Tu t'en vas ? s'affolait Manouche. Tu perds la tête…

Elle lui prit le bras.

— Mais lâche-moi, voyons, dit-il en se dégageant. Dans une demi-heure, je suis là. Je vais défaucher les types qui m'ont emmené.

— Je t'en supplie, ne sors pas ! Dis-moi où c'est, j'irai…

Les lingots étaient toujours sur le lit. Il s'empara d'une serviette-éponge, puis déposa les lingots et noua la serviette.

— Si tu veux, attends-moi au terminus du tram, dit-il. Ça fera plus naturel.

Il gagna la sortie. La 2 CV retourna à Castellane. Il était armé ; la première fois, ça ne lui avait pas servi à grand-chose, mais pour les flics ça ne serait pas tous les jours fête et le lendemain dimanche. Il rencontra les deux évadés qui revenaient sur Castellane. Gu stoppa le long du trottoir et descendit.

— Quatre lingots chacun, dit-il. Ça fait cinq cents sacs le lingot. (On aurait dit deux pucelles devant saint Joseph.) Ça vous la coupe, hein ? Je vous laisse la tire, vous avez encore une demi-heure de bon temps.

— C'est un mirage, ou quoi ? murmura l'Arménien, qui une seconde auparavant disait que Gu ne reviendrait pas.

— Allez, barrez-vous... dit Gu en souriant et il s'achemina en direction du Prado pour prendre un tram. La voiture était vide ; il monta sur la plate-forme, mais, au moment de payer, se rendit compte qu'il n'avait pas un centime. Il fouilla dans toutes ses poches.

— Quelle distraction, dit-il au receveur. J'ai ma femme au terminus, ça vous ennuie d'attendre jusque-là ?

— Vous tracassez pas, dit l'homme.

« Si Manouche ne vient pas, se disait-il, c'est un truc à se faire repérer au maximum. »

Elle y était, avec un peu de monnaie au fond de sa poche. Il y eut des plaisanteries d'échangées et ils s'en allèrent bras dessus bras dessous.

— Tu aurais dû prendre un taxi, dit-elle.

— Non, dit Gu, après une cavale, les condés interrogent toujours les chauffeurs de taxi sur les clients pris vers telle heure.

— Tu crois qu'on peut rester là ? demanda-t-elle.

— Non. Ils m'ont crevé [1] au parc Borély. Ils sont foutus de fouiller secteur par secteur, maison par maison.

1. Arrêté.

Elle referma soigneusement la porte derrière eux.

— C'est terrible, dit-elle. Où irons-nous pendant quelques jours ?

— N'importe où. Toi tu peux aller chez Justin ou à l'hôtel. Après tout tu n'es pas recherchée.

Il lui donna l'impression d'être dur, tendu.

— Demain, j'ai rendez-vous avec le type du bateau, dit-elle. Tu peux partir tout de suite.

Il se déshabillait pour se laver.

— On verra demain, dit-il. Tu as lu les canards, tu as vu ce qu'ils dégoisent sur moi ?

— Ça ne fait rien, dit-elle. Personne ne s'occupe d'eux, on les connaît, à force.

— Moi, ça me fait.

Elle le suivait dans ses déplacements. Il lui expliqua tout, depuis l'enlèvement monté par Blot.

— Tu n'as rien à te reprocher, mon chéri, assurait-elle. Absolument rien. Tu es riche et tout ; le mieux, c'est de partir et d'oublier ça.

— Venture est dedans, s'emporta Gu. Tu ne comprends pas ce que ça veut dire ? J'ai prononcé son nom. (Et il se frappa la poitrine.) Moi, Gu Minda, j'ai parlé de lui, et là-dessus on l'a emballé, torturé. Sa femme a subi un calvaire, ils l'ont gardée deux nuits. Il faut que je le sorte de là.

Elle était debout, immobile, au centre de la chambre. Il s'assit sur le lit, la tête dans ses mains.

— Je l'ai connu tout môme, il avait confiance en moi. Il a toujours eu confiance et je l'ai vu devant moi, attaché sur un fauteuil, avec un entonnoir dans la gorge, et comment il m'a regardé ! C'est ça qu'il fallait voir… Comment il m'a regardé.

Manouche était venue s'asseoir près de Gu.

— Les avocats auront le dossier, ils lui diront que tu n'as signé aucune déclaration et ce n'est pas sur le son d'une voix au magnétophone qu'on va le condamner. Il le saura, il le sait peut-être déjà. Si tu veux, on va se débrouiller pour savoir ce qu'il pense.

Il se renversa en arrière sur le lit, les yeux rivés au lustre.

— Et tous les autres, dit-il, avec ce bourreau, ce Fardiano pourri, qui se venge en disant que je me suis mis à table tant et plus. Je peux pas tolérer ça. Y a rien à faire !

Elle se pencha sur lui sans parler. La présence de cette femme l'adoucit, il lui caressa la nuque en la regardant dans les yeux.

— Tu valais mieux que tout ça, soupira-t-il. J'aurais jamais dû venir à Paris.

Elle se pencha davantage et ils essayèrent d'oublier que la terre tournait avec d'autres gens dessus.

CHAPITRE XI

Orloff avait demandé à Théo de monter allumer un cierge à Notre-Dame-de-la-Garde ou d'aller déposer une gerbe au monument aux morts, le temps de son rendez-vous sur le bateau.

Manouche le trouva seul dans la petite cabine.

— Bonjour, dit-il. (Et son visage s'anima dans un sourire. Même son nez droit semblait sourire. Elle offrit sa main et il l'invita à s'asseoir sur la couchette.)

— Vous avez vu ? dit-elle. C'est terrible.

Il avait posé les éditions de midi sur la couchette.

— Il est libre, non ? fit-il.

— Bien sûr, dit-elle. Mais si vous saviez tout ce qu'il m'a raconté ! Il est déchaîné, il s'occupe de ce que tous les gens pensent de lui et il n'en sort plus.

— Vous deviez vous y attendre, fit-il. Il ne veut plus partir avant d'avoir réglé la question, c'est bien cela ?

— Oui, murmura-t-elle. Avant c'était pour l'argent. Maintenant, c'est pour empêcher les gens de parler. Vous vous rendez compte ? Empêcher les gens de dire n'importe quoi, surtout dans ce milieu… Il y a des moments où je deviens folle…

Orloff ne disait rien. Un silence s'établit et il ne les gênait nullement.

— Vous n'êtes pas sa sœur, n'est-ce pas ? dit-il.

Elle n'eut pas une seconde envie de lui mentir.

— Non.

— Il a beaucoup de chance.

— Vous êtes gentil.

Il jouait avec les clés de contact de sa voiture.

— Il sait que vous veniez ici ?

— Oui, je lui ai dit que je venais voir Théo. Il faudrait qu'il s'en aille, voyez-vous, dès que possible. Ce soir même, si on pouvait. Il vous écouterait, j'en suis certaine.

— Pour ce genre d'homme, la réputation passe avant tout. Il est d'une autre école. Il s'est toujours tu. Il en faisait une règle au-dessus de sa vie. Vous comprenez ? (Elle fit oui avec les yeux.) Gu a une valeur, voyez-vous. Il est dangereux pour la société, mais il a conservé une sorte de pureté, cela le soutient. Il est dans une situation inhumaine et il ne peut pas se permettre d'être en désaccord avec lui-même.

Elle n'avait jamais entendu un truand présenter les choses comme ça. Quel âge pouvait-il avoir ? Trente-cinq, trente-huit…

— Vous le connaissez de longue date ? demanda-t-elle.

— Assez, oui. Ne lui dites pas encore que vous m'avez vu. J'interviendrai au moment propice. Cela vous gêne-t-il ?

Elle hésita un peu :

— Non, bien sûr.

— Il serait préférable qu'il change de cachette, dit-il.

— Il le sait. Il m'attend pour partir, mais où ?

— Théo le prendra chez lui. Il habite rue de la République, c'est à côté.

— Vraiment, vous croyez ?

— C'est d'accord, voyons, ne vous tourmentez plus pour ces détails…

— Il y a des moments, j'ai tellement peur.

— Il ne faut pas, dit-il. (Il venait de la situer.) Que ferez-vous du Montaigne, si vous partez ?

Elle posa ses grands yeux sur Orloff.

— Ah ! il me semblait aussi que je vous connaissais, murmura-t-elle.

— Je m'appelle Stanislas Orloff, et tout le monde vous appelle Manouche, n'est-ce pas ?

Elle sourit : « C'est vrai. »

— Je souhaite que nous devenions amis, dit Orloff. Et cela me fait plaisir de connaître votre prénom.

— Je m'appelle Simone. (Elle fut surprise de se l'entendre prononcer. Elle eut l'impression de parler d'une autre femme.)

— Simone, dit Orloff, je trouve cela très supérieur à Manouche.

Ils discutèrent encore et il répéta plusieurs fois son prénom comme pour s'y habituer. Et chaque fois, elle en éprouva une petite émotion, sans doute à cause de certains souvenirs.

— Résumons-nous, dit-il. Votre cousin sait où habite Théo. Qu'il aille chercher Gu et l'y conduise. Au retour, ne passez pas devant le parc Borély ; ils doivent y être, l'ayant déjà coincé là. Ne revenez pas avec eux. Enfin, prenez des précautions élémentaires. Théo viendra vous voir chez lui ce soir. Ne parlez pas de moi et revenez demain matin vers dix heures ici. Il y aura du nouveau.

Elle était pleine de confiance.

— Dire que c'est sur ce bateau qu'il partira, dit-elle en martelant le plancher de son petit talon.

— Vous êtes heureuse ? demanda-t-il.

Elle secoua la tête sans parler.

— Je suis content, dit-il en s'inclinant sur sa main, et il la regarda s'éloigner sans bouger.

Il attendit Théo pour l'envoyer chez lui recevoir Gu et Manouche. La sœur de Théo ne voyait personne et le couple serait très gentil pour elle. Son frère lui expliquerait qu'ils étaient recherchés par un ami jaloux et qu'elle ne devait raconter à personne qu'ils vivaient là.

— Je coucherai là, dit Théo.

— Ou chez Yvette, dit Orloff ; la petite de l'autre soir ne cesse de pleurnicher après toi.

— Tu dis ça… fit Théo pas convaincu.

— Ne me crois pas si tu veux, fit-il en laissant Théo bâiller comme une carpe.

L'évasion de Gu faisait couler de l'encre. Orloff songea que Jo Ricci n'allait pas tarder à se manifester et se rendit chez Yvette. Antoine était déjà venu deux fois dans l'après-midi.

— Ça va commencer, pensa-t-il.

Yvette sentait que Stani n'avait pas envie de parler. Elle le laissa seul dans le boudoir jusqu'à l'arrivée d'Antoine.

— Quand même, il est terrible, ce vieux, railla-t-il en saluant Orloff de la main.

— Vous êtes satisfaits ? demanda Orloff.

— Tu penses ! on est ravi. On pète de joie. On s'est dit : « Notre ami Orloff va pouvoir tenir sa promesse. »

— Certainement, dit-il.

— Alors, c'est pour quand ?

— Nous sommes lundi : dans quarante-huit heures j'aurai la confirmation de Fardiano, savoir si Gu a parlé délibérément.

— Parfait, dit Antoine. Tu veux voir Jo ?

— Inutile, tu lui diras que Gu prétend être tombé dans un piège tendu par Blot. Ils lui ont fait croire que Venture avait doublé l'Ange Nevada. Alors, en cherchant à défendre Venture, Gu l'a pratiquement dénoncé. Il y avait un magnéto dans la voiture. L'opération a eu lieu aux Goudes.

— Jolie histoire, dit Antoine. J'vais lui réciter ça, y sera enchanté. Tu y crois, toi ?

— Je ne crois rien. Pour l'instant j'écoute. Dans deux jours nous verrons.

— C'est pas loin, dit Antoine en sortant.

Orloff ne s'était pas levé. Depuis le début, ils savaient que Théo s'occupait de Gu. « Ils ne penseront pas qu'il se cache, se dit-il, mais ils surveilleraient le bateau que cela ne m'étonnerait pas. » Il décida de brusquer les choses et d'aller voir Gu.

Il sortit, acheta les journaux du soir sur son chemin et les glissa dans la poche de son pardessus sans les déplier. Il se rendit à pied rue de la République. Il resta un moment en bordure du trottoir de la Canebière à regarder s'écouler le flot de voitures. Il y avait beaucoup de lumières qui se reflétaient jusque dans la mer.

Manouche et Gu venaient d'arriver. Elle avait voyagé dans la même voiture ; en passant à l'intérieur de Mazargues, ils avaient rejoint Saint-Loup, et en coupant à droite avant de pénétrer dans le centre de la ville, ils étaient passés derrière la gare Saint-Charles et ensuite par la rue de Forbin avec la rue de la République à rebours.

Ils avaient estimé préférable de laisser les caisses de lingots là-bas jusqu'à nouvel avis.

Manouche fut surprise de voir Orloff. Gu tenait des livres à la main, il les posa sans un mot.

— Tu as changé un peu, mais pas tellement, finit-il par dire, et ce n'est pas cela qu'il aurait voulu dire.

Orloff s'avança, les traits du visage altérés par l'émotion et Manouche le trouva beau.

— Bonsoir, Gu, dit-il. (Et ils s'embrassèrent. Ils se tinrent encore par les épaules, se regardant avec une sorte de soif.) Il y aura quelques années, ajouta Orloff.

— Sapristi ! fit Gu, laisse-moi m'asseoir. (Il se laissa tomber sur une chaise, une main sur le dossier.) Tu connais ? ajouta-t-il en présentant Manouche.

— Nous avons déjà bavardé.

Les yeux de Gu se portèrent sur les journaux dépassant de la poche d'Orloff.

— Tu permets ?

Orloff les lui tendit et Gu les déplia fébrilement, comme un obsédé. Manouche et Orloff se regardèrent.

— Le fumier ! dit bientôt Gu. C'est pas croyable d'être aussi fumier que ça, répéta-t-il.

Il entreprit de lire tout haut une déclaration de Fardiano. Sa voix tremblait. Le flic disait que Gu serait bientôt repris mais que, dans l'immédiat, sa présence n'était pas indispensable au déroulement de l'instruction de l'attaque du convoi d'or, étant donné qu'il avait amplement renseigné la justice avant de s'évader de nouveau. Gu fit une boule du journal et le jeta dans un coin de la pièce.

— Y a trop longtemps que ça dure, cria-t-il, il faut que ça s'arrête ! Il va les bouffer, ses ordures ! Je te garantis qu'il va les bouffer…

— Ce n'est pas le plus important, assura Orloff d'une voix calme.

— Tu veux rire, non ? criait Gu. On dirait que tu me connais d'hier, bon Dieu. J'étouffe, tu vois pas, j'étouffe !…

Il arracha sa cravate et déboutonna son col.

Manouche, le dos appuyé au mur, se sentait envahie par le désespoir. Elle regardait Orloff qui représentait l'unique chance de rétablir Gu.

— En moins de trois mois tu t'es évadé deux fois et tu as touché cent millions, dit Orloff.

— Et ça prouve quoi ? cria Gu. J'autorise personne à me salir. Tu entends, personne… Au bagne j'étais respecté. Les types comme moi on les coupe en rondelles et ils ferment leur gueule. Blot m'a possédé et il en fait pas un plat. Pas un mot sur lui dans aucun canard et tu crois que ce fumier de Fardiano va la ramener longtemps ?

— C'est un policier, qu'importe ce qu'il raconte, dit Orloff. L'opinion de tes amis seule compte.

— Les autres chantent comme lui. Venture a un frangin, une canaille infecte qui doit enfourcher le dada de ce sale flic. Et je dois supporter ça, moi ?

— Écoute, dit Orloff en le prenant par le bras, si je m'en occupe, de ta réputation, tu partiras tranquille ?

— Y a pas de raison pour que tu te mouilles là-dedans, répondit Gu.

— Je suis mieux placé que toi, insista Orloff. Je peux voir Jo Ricci, Antoine et Pascal à volonté. Et ensuite toucher Venture.

Gu s'essuya le front du dos de la main et s'assit sur le lit.

— Laissez-moi, dit-il, qu'on me laisse seul…

Orloff prit le bras de Manouche et ils quittèrent la pièce. Il ouvrit une porte et l'obligea à s'asseoir sur une chaise de la salle à manger.

— Je suis navré, ma petite Simone, dit-il, mais je reviendrai. Il se calmera. Ne lui parlez plus de rien et faites-moi confiance.

Elle se sentait la tête vide et les yeux secs.

— C'est un cauchemar, murmura-t-elle. Il a tout, il est libre et qu'est-ce qu'il va faire ?

— Rien du tout, voyons. C'est une réaction. Déjà il va réfléchir ; c'est le début. Demain ne venez pas au bateau. D'ailleurs, n'y allez plus.

— Pourquoi ? demanda-t-elle.

— Pour éviter les mouvements. Avec Théo, vous viendrez ici.

Il avait ses mains sur les épaules de Manouche et il sentait une émotion le gagner. Il lui parlait, la bouche tout près de ses cheveux. Il se redressa et prit congé rapidement.

Gu ne parla pas à Manouche de la soirée ; il était infiniment triste. « Elle ne méritait pas ça », se disait-il, mais il n'y pouvait rien. Il se sentait impuissant à modifier la marche des choses.

Ils se couchèrent et il céda à la tendresse, à cette continuité de l'être humain dans l'amour. Il prononça des paroles insensées, mais le lendemain matin, Manouche sentit son cœur bondir dans sa poitrine en constatant que Gu avait quitté l'appartement.

Il pénétra dans un café de bonne heure et demanda l'annuaire du téléphone. Il releva une adresse, avala un café crème et remonta l'église des Réformés, en empruntant des petites rues parallèles à la Canebière.

Arrivé à l'église, il tourna à gauche, puis à droite vers le Palais Longchamp. À l'angle de l'avenue

Longchamp et du boulevard Montrichet, il s'arrêta et considéra l'immeuble.

Il y avait des voitures rangées le long du trottoir. Il les examina une à une et finalement trouva celle qu'il cherchait : une 203 gris clair. Il se posta une dizaine de mètres plus haut dans une encoignure et attendit.

Environ une heure plus tard, un homme sortit de l'immeuble d'angle et remonta le boulevard vers la 203. Il tira ses clés, ouvrit la portière et s'installa au volant.

Gu se mit en mouvement. Quand il arriva à hauteur de la voiture, le moteur tournait. Ignorant si la portière était ouverte, il fit le tour derrière la voiture et ouvrit d'un coup sec la portière sur laquelle s'accoudait le conducteur. Il pointa son Colt.

— Tends le bras et ouvre la porte de derrière, ordonna-t-il.

Fardiano frémit et obéit immédiatement. Gu ouvrit la vitre de portière avant et ferma la portière.

— Mets les mains sur le volant.

D'un bras, il ouvrit la portière arrière et s'engouffra rapidement dans la voiture. Cela n'avait duré que quelques secondes. Il s'était tenu contre la carrosserie, le Colt assez bas, à cause des curieux éventuels.

— Tu vas aller jusqu'aux Trois Lucs par Saint-Barnabé, dit Gu. On causera là-bas, et si tu bronches, tu crèves.

Tout le sang de Fardiano n'était que peur. La voiture démarra. Il avait les mains moites et l'échine trempée. Les bruits de la circulation lui parvenaient assourdis, sa chair mollissait et il eut l'impression qu'il allait vomir de l'eau, beaucoup d'eau.

À la sortie de Saint-Julien, la route traversait un petit bois. L'hiver imprimait à la nature un cachet de désolation.

— C'est joli par là... dit Gu.

Il se sentait bien ; il voyait Fardiano dans le rétroviseur et sa gueule le dégoûtait de plus en plus.

La voiture arrivait aux Trois Lucs.

— Continue tout droit, fit-il.

La route sinuait entre des mamelons. Les habitations s'espaçaient de plus en plus. Le flic n'avait même plus la force de penser. À un endroit, le bas-côté de la route permettait de se ranger.

— Quitte la route et arrête sur la droite, dit Gu — la 203 stoppa. Tu peux couper le contact, ajouta-t-il en sortant un carnet et un stylo de sa poche. Il les lui tendit. Alors voilà, tu vas écrire une petite lettre adressée à la presse en général, en déclarant que tu as menti sur mon compte pour te venger d'avoir pas pu me faire parler sous la torture. Et tu raconteras comment Blot s'y est pris ; et que, d'après toi, c'est pas une preuve suffisante étant donné que Venture Ricci et moi on connaît rien du tout. Tu vois le genre ? Vas-y et qu'on comprenne bien.

Tout en écrivant, Fardiano sentait la peur l'abandonner. « Il n'osera pas me tuer, pensait-il, il veut juste ce papier. » Et il écrivait d'abondance pour que Gu soit content.

Bientôt il lui passa le carnet.

— Parfait, parfait… dit Gu après la lecture. Tu es doué, y a pas à dire. Tu vas profiter de ta grande forme pour en écrire une autre, au ministre de la Justice.

— Au ministre… balbutia le flic.

— C'est ton grand patron ou non ? Tu lui raconteras que t'as torturé les gars pour les faire avouer, innocents ou pas. Tu sais le truc, glou, glou, glou ! T'expliqueras bien tout ça. Tu diras que tu regrettes et que tu le feras jamais plus.

Fardiano aspira une bouffée d'air et recommença à écrire, dans la certitude où il se trouvait à présent que Gu le laisserait vivre.

— Pour un peu, j'en chialerais, dit Gu après la lecture de la deuxième lettre. T'as du cœur, on le sent. (Il glissa le carnet et le stylo dans sa poche.) T'as une paire de menottes sur toi ?

— Oui, répondit Fardiano.

— Dans quelle poche ? demanda Gu.

— Dans le coffre du tableau.

— Ne bouge pas, dit Gu en posant le canon du Colt sur sa nuque. (Il tendit le bras droit et tâtonna dans le coffre. Il n'y avait qu'un livre, un chiffon et les menottes. Pas de flingue.) Avance un peu contre le volant et passe le bras gauche en arrière, dit-il. (Une branche des menottes se referma sur le poignet du flic.) L'autre bras, dit Gu. (Et il acheva de l'attacher derrière le dos.)

De temps en temps, une voiture passait dans un sens ou dans l'autre. Nul espoir ne visitait Fardiano ; il préférait que personne n'intervienne, imaginant d'avance les réflexes de Gu.

— Tu vas sortir, mais pas du côté de la route, dit Gu, de l'autre. (Il descendit avant lui et ouvrit la portière.) Voilà, monte derrière. (Le flic monta et Gu ferma les portières.) J'aime mieux conduire pour rentrer, fit-il. Allonge-toi sur la banquette, non… pas dans ce sens, la tête opposée au volant… C'est ça…

Il posa le Colt sur ses jambes et démarra. La voiture vira et reprit la direction de Marseille. Aux Trois Lucs, il tourna à droite.

— On va rentrer par les Olives, dit-il, j'aime pas passer deux fois au même endroit.

— Les journalistes, murmura Fardiano au bout de quelques secondes, on se demande où ils prennent ce qu'ils écrivent.

— On est d'accord, fit Gu, surtout que toi t'avais jamais dit un mot sur moi, hein ?

— Ils ont mal compris, assura Fardiano.

Il humecta ses lèvres sèches avec sa langue. Il vivait.

— Tu sais, dit Gu d'une voix étrangement calme, quand j'ai flingué le motard, j'étais pas très fier…

— Pourquoi tu me dis ça ! cria Fardiano.

— Histoire de parler, fit Gu, et puis c'est pas ton boulot de tout savoir ? T'étais plus curieux dans ton burlingue ! On était quatre, Antoine Ripa, Pascal Léonetti, Venture et moi.

— Tais-toi, hurla Fardiano, tais-toi !

— C'est la première fois qu'un flic se met à gueuler pour que je la ferme, dit Gu. Antoine attendait en haut avec une carabine, continua-t-il d'une voix unie.

Le flic respirait plus fort.

— J'entends rien, puisque je te dis que j'entends rien !

Les veines de son front saillaient, sa gorge était brûlante.

— C'est dommage, murmura Gu. J'en connais tellement qui voudraient m'entendre.

Il accéléra sur une ligne droite et Fardiano ne vit qu'un bras qui se tendait vers sa tête. Il essaya de se redresser.

— Non ! hurla-t-il — et ce fut comme si la foudre éclatait dans la voiture et dans son cerveau.

Les détonations se répercutèrent dans la campagne silencieuse. La voiture accentua sa vitesse, laissant très vite derrière elle ce morceau de route.

Il stoppa un peu avant le carrefour des quatre chemins, dans une rue déserte. Il récupéra les papiers de Fardiano et s'éloigna de la voiture. Il monta dans un trolleybus qui le déposa au Vieux-Port et s'engagea dans la rue de la République.

Il n'était pas loin de onze heures du matin. Orloff l'attendait auprès de Manouche ; ils pressentaient le pire.

Il sonna et la sœur de Théo ouvrit.

— Bonjour, petite, dit Gu. (Il lui adressa un sourire. Il avait envie de faire quelque chose pour elle, d'être sa Providence.)

— Votre dame est si inquiète, dit-elle en joignant les mains.

— Il ne faut pas, dit-il en pénétrant dans la chambre.

Manouche le regarda avec des yeux immenses, et Orloff dit simplement :

— Tu ne devais pas sortir, mon vieux.

— Il faut bien que certaines choses se fassent, dit-il en quittant sa gabardine.

— Depuis ce matin, je tourne en rond comme une folle, murmura Manouche en se passant une main sur le front.

— Tu agis comme si tu étais seul, remarqua Orloff. Tu ne sais pas de quoi il retourne, tu te débats dans le vide.

— Tu crois ça ! coupa Gu avec une certaine violence. Vous me prenez pour un gosse ou pour un vieux con, c'est ça le pire. Mes amis croient que je suis gâteux et les autres me traînent dans la boue. Et moi, qu'est-ce que je dois faire ? Attendre ! toujours attendre ! Mais quoi ? bon Dieu !

— Je vais t'expliquer où tu en es, dit Orloff en s'asseyant. Des centaines de policiers te traquent et tu ne peux plus sortir, car depuis hier Jo Ricci, Pascal et les autres font surveiller le bateau de Théo.

Gu ouvrit la bouche pour parler. Orloff leva la main.

— Laisse-moi finir, dit-il. Après, tu n'auras plus grand-chose à dire. Jo et les autres comptent sur moi pour te tuer, étant donné que je me suis porté garant de toi avant l'affaire. Pascal et Antoine ne voulaient pas marcher. Je les ai décidés et je me demande aujourd'hui si cette masse d'or était bien utile dans ta vie (et il jeta un bref regard à Manouche qui ne le quittait pas des yeux). J'ai dit à ces gens, poursuivit Orloff, que si tu étais un mouchard je te tuerais, mais que je pensais plutôt leur apporter la preuve du contraire. Fardiano a une maîtresse qu'Yvette connaît très bien ; je vais le faire parler dans l'intimité et je m'arrangerai pour que Jo et les deux autres écoutent. En principe, je dois monter la comédie ce soir ou demain soir. Dès ce moment, tu n'auras plus cette bande sur ton dos, ta réputation ne sera plus entachée et tu pourras partir. Il faut oublier Venture, il est couvé par Alice et Jo, isolé ; il y a une question d'argent qui joue et je suppose qu'il va s'en tirer. De toutes les manières, tu ne peux pas l'y aider, ni leur demander de l'aide ; il est hors de notre portée. Nous nous arrangerons comme je te l'explique.

— Alors, en plus, ce Jo voudrait me flinguer ? Il est placé pour parler de mentalité, cette canaille-là !

— Ce sont toujours ceux-là qui en parlent davantage, dit Orloff.

— Supposons qu'avec Fardiano, ça ne marche pas, dit Gu.

— Je ne veux pas supposer une chose pareille.

— Essaie quand même, dit Gu.

— Dans ce cas, il faudrait que je m'explique avec les autres, dit Orloff. Ce n'est pas grave, tu sais.

— Ouais, dit Gu. Une bricole. Une bataille rangée à cause de moi et tu as quelques chances d'y laisser ta peau. Et moi, pendant ce temps, j'attendrai ici, hein ? Avec Manouche qui me servira une tasse de tilleul ! Ne compte pas là-dessus, ni toi ni elle.

— Puisque ces choses t'empêchent de vivre, prononça Manouche d'une voix lente, nous n'en parlerons plus. Il arrivera ce qui arrivera, mais j'ai très peur.

— Que veux-tu qu'il arrive ? jeta Gu en haussant les épaules.

— Je vais chez Yvette, dit Orloff. Elle a su que Blot et un jeune inspecteur sont arrivés de Paris dans la soirée d'hier. Il y a des gens très bien qui fréquentent sa maison, sourit-il.

— Blot est là, répéta Manouche.

— Il va avoir un boulot fou, dit Gu en pensant au corps de Fardiano criblé de balles de Colt.

— Il travaille vite, glissa Orloff avant de s'en aller. À bientôt, dit-il encore.

Une fois seule, Manouche se rendit compte que Gu n'avait pas envie de parler. Il tira un carnet de sa poche et déchiffra une écriture fine qui en couvrait les pages. Elle sortit brusquement, décrocha un manteau au passage et descendit les escaliers en courant.

Orloff était venu en voiture et la Bentley, serrée entre deux véhicules, s'avérait difficile à manœuvrer. Manouche tapa du poing contre la vitre et Orloff ouvrit aussitôt la portière. Elle se laissa tomber sur le siège voisin.

— Stani, tout ce que vous avez raconté est si terrible, dit-elle. Ça ne finira donc jamais ?

— Quelle idée, voyons, dit-il en lui prenant le bras.

Elle avait des cernes sous les yeux et son regard en était plus profond.

— Et toute la matinée, dit-elle, qu'a-t-il bien pu faire ?

— Il n'a pas dû sortir pour rien. Mais je le saurai. (Il pensait que Gu avait tué quelqu'un.) Je vous emmène, ajouta-t-il en démarrant. Il est midi, Yvette doit être prête, je vais vous présenter. C'est une femme étonnante.

Il ne semblait pas y avoir de femme dans la vie d'Orloff, en dehors de cette Yvette dont il parlait avec les plus grands élans. Manouche entreprit de parler d'Alban à Stani.

— Je le connais, dit-il. Il faudrait vraiment une situation désespérée pour qu'il vienne. Préservons-le autant que possible.

— Vous connaissez tout le monde, dit-elle.

— Je voyage. Mais je résiderai davantage à Paris après tout ceci.

Elle éprouva un sentiment de chaleur en haut du front, à la racine des cheveux.

Yvette évalua Manouche d'un coup d'œil ; c'était la première femme que Stani lui présentait depuis très longtemps.

— Elle s'appelle Simone, dit-il. Et voici Yvette.

— Je suis très heureuse, dit Manouche.

— Vous êtes déjà mon amie, affirma la vieille dame.

Elle regarda Stani et il comprit qu'il y avait du nouveau.

— Tu peux parler, dit-il.

— Eh bien ! voilà, c'est la panique chez mes messieurs. On vient de trouver Fardiano assassiné dans sa propre voiture.

Manouche s'appuya sur Stani.

— C'est donc ça, murmura-t-elle. (Et elle songea que Stani ne pourrait plus faire la paix avec la bande.)

Il installa Manouche dans un fauteuil et Yvette servit un alcool. Il imaginait déjà la réaction de Jo et des autres.

— Buvez ça, dit-il à Manouche, et ne vous inquiétez pas. (Il commençait à en vouloir à Gu de plonger ceux qui l'aidaient dans les ennuis les plus graves.)

Elle se sentait mieux.

— Je suis sotte, dit-elle.

— Nous partons, dit-il à Yvette. Si on me demande, tu prends un rendez-vous pour quinze heures, ici.

Ne connaissant pas la situation de Manouche, elle ne trouvait rien à dire pour la consoler.

— Venez quand vous voudrez, lui dit-elle.

Manouche remercia et ils rejoignirent la voiture.

— Qu'allez-vous faire ? lui dit-elle en chemin. (Elle se mit à craindre pour lui autant que pour Gu.)

— Voir ce que Gu a dans le ventre ; ensuite, je réfléchirai. Ce n'est pas une mauvaise habitude. Et vous, défense de pleurer. Nous sommes mardi ; demain, il faut que nous en finissions. Blot est en ville. Il sait que Gu a tué Fardiano. Le filet se resserre. Jo Ricci est là ; Blot le sait également. Je connais sa façon de travailler ; nous devons le prendre de vitesse. Le nerf de tout, c'est Gu. Il faut qu'il parte.

Ils le trouvèrent prostré dans un fauteuil.

— Fardiano est mort, dit Orloff.

— Je dois sangloter ? demanda Gu.

— Il n'est donc plus question de prouver qu'il avait menti sur toi, dit Orloff.

— Ça dépend… fit Gu en allongeant les jambes.

Orloff pensa que, seule, la présence de Manouche l'empêchait de se jeter sur Gu.

— Il a écrit avant de mourir, dit Gu en levant les yeux sur Orloff.

— Sous la menace, la valeur n'est pas grande. On écrit ce que l'on vous dicte.

— J'ai rien dicté, fit Gu. Je suis primaire, et il faut voir comment il a tourné ça.

— Alors ? demanda Orloff.

— J'ai gambergé, dit Gu. Tu prends rendez-vous avec Jo et la clique, pour qu'ils voient les preuves et tu reviens là qu'on en discute. J'ai des papiers, des lettres et tout pour comparer les écritures.

Il y eut un silence.

— Ça pouvait pas durer, tu comprends. Si j'avais su ton idée, j'aurais attendu. Mais on ne sait jamais tout, hein ?

— On va essayer, approuva Orloff. Tu t'es servi de quoi ?

— D'un Colt, dit Gu.

— Le même que pour le convoi ?

Il fit signe que oui et il pensa : « Le même que pour ceux de Vaucresson. » Il s'enfonçait chaque jour davantage.

Manouche le contemplait d'un œil nouveau ; il n'avait plus de pansement. Il ne subsistait qu'une plaque rouge au-dessus de la tempe, sur l'os frontal.

— Si vous déjeuniez avec nous ? dit-elle à Orloff. (Elle n'en pouvait visiblement plus, et il accepta.)

Gu était sombre. Vers la fin du repas, il parla d'Alban et de l'argent qu'il comptait lui laisser avant de partir. Orloff s'engagea à liquider une partie des lingots afin que Gu s'en aille vite et sans inquiétude matérielle.

La conversation traîna sur le passé et ils évoquèrent Paul, qui avait connu Manouche toute jeune.

— Quand j'ai appris sa mort, j'étais à Poissy, dit Gu. J'en ai eu gros.

— J'étais à l'enterrement, dit Orloff.

Et Manouche le regarda. Elle se demanda qui elle avait vraiment aimé dans sa vie.

Paul était mort d'un accident de train. Il partageait un sleeping avec un ami plus âgé et il lui avait laissé la couchette du bas. À la suite du déraillement, Paul avait eu les cuisses sectionnées au ras du bassin par les poutrelles d'acier du wagon. L'homme qui couchait en dessous sortit indemne.

— Et je ne voulais pas coucher en bas, disait-il après. Mais il m'a fait un discours comme quoi c'était plus facile dans la nuit que de descendre d'en haut, et qu'il était plus jeune, et que c'était normal. Enfin, tout. Alors, ça s'est fait comme ça.

Orloff avait entendu parler de la mort de Jacques Ribaldi, surnommé Jacques le Notaire, qui vivait avec Manouche. Aujourd'hui, c'était avec Gu, acculé dans une impasse ou presque.

Elle lui parut d'une infinie tristesse. Il avait un poids sur l'estomac. « J'ai trop mangé », pensa-t-il, mais il savait bien que non.

Après le café, il s'excusa dans sa hâte de prendre contact avec l'équipe de Jo.

Antoine Ripa l'attendait chez Yvette.

— Remarque bien que Fardiano l'a pas volé, dit Antoine. C'était une ordure de première. Mais ça complique un peu pour ton truc.

— J'ai des preuves aussi bonnes, dit Orloff. Mais vous ne comprendrez donc jamais que Gu n'a trahi personne !

— Pour moi, j'aime mieux qu'il y passe. J'suis comme Pascal. On roupille pas en ce moment.

— Il peut vivre et vous aussi. Vous pouvez tous vivre et Venture s'en tirera. Le mal vient de vous tous. Gu, c'est la même chose. Vous grossissez les moindres actes, vous déformez à plaisir. Enfin, écoute. J'ai une pile de preuves et qu'on en finisse une bonne fois. Quand peux-tu les convoquer ?

— Pas ce soir. Jo est à Arles avec la femme de Venture. La belle-famille s'inquiète, tu comprends.

— Et Venture, quelles nouvelles ? demanda Orloff.

— J'en sais rien au juste. Il est pas content après Gu. C'est Jo qui dit ça.

— Demain onze heures, rue Breteuil, tu crois pouvoir les réunir ? demanda Orloff. (Il avait les tempes serrées comme par un fer lui encerclant le crâne.)

— C'est sûr, répondit Antoine.

— J'ai hâte de quitter cette ville.

— T'es pas tout seul.

Ils se serrèrent la main avec une certaine sympathie. Il avait toujours semblé à Orloff qu'Antoine était plus sincère que les autres.

Après le départ d'Antoine, il s'allongea sur le canapé du petit salon. Il lui fallait retourner voir Gu, parler encore de tout ça. Qu'avait-il fait le jour où il avait branché Gu avec ces types ? Il essaya de chasser l'image de Manouche de son esprit. Elle revenait sans cesse. « Il faudra que je lui demande d'où lui vient ce surnom », pensa-t-il.

Yvette le trouva en train de rêver, allongé sur le dos.

— Eh bien, mon grand, sourit-elle, un peu de spleen ?

— Pas précisément, dit-il.

— Cette femme de tout à l'heure paraissait catastrophée ?

— Elle l'est...

— Elle est bien, dit-elle encore.

— Assez, oui, fit-il.

Elle soupira. Il n'était pas mûr pour la confession.

— Dire que je croyais que tu restais si longtemps à Marseille pour ta vieille Yvette... fit-elle d'un ton léger.

— Cette femme ne m'est rien, absolument rien, répéta-t-il.

— Ah !

— D'ailleurs, elle va s'en aller. Loin, très loin, et elle n'a pas fini de voyager, tu peux m'en croire. (Il songeait à l'existence traquée de Gu.)

— Et toi, tu ne voyages pas, peut-être !

Il se leva, s'étira et lui prit le menton.

— Tu es la femme la plus terrifiante que je connaisse, sourit-il. Ce soir, je viens avec Théo ; il a les nerfs malades, tu le remonteras.

Et, une fois de plus, il gagna sa voiture pour se rendre chez Gu. Il le trouva debout derrière le rideau de la fenêtre de sa chambre en train de regarder la rue.

— Déjà ! fit-il.

— Voilà, dit Orloff, je les vois demain à onze heures.

— Parfait, dit Gu en s'écartant de la fenêtre. Tu vas me rendre un grand service.

— Grand comment ?

— Grand comme ça, dit Gu en posant sa main sur la tête de Manouche. (Il lui caressa les cheveux.) Sortez tous les deux, emmène-la faire un tour, dîner quelque part. Elle tourne dans tous les sens, elle est triste et pour moi c'est pas possible de l'aider…

— Je n'ai pas envie de sortir, dit-elle.

— Tu auras envie quand tu y seras, dit Gu. Allez ! Fais-moi plaisir, ça te changera les idées (il regarda Orloff). Cette sale prison, ça te détraque un homme. On te boucle dans des cellules, tout seul le plus souvent, et tu deviens comme un sauvage. Après, dans les ennuis, tu peux plus supporter personne.

Dans les yeux de Gu, ça n'allait plus et Orloff s'en rendit compte.

— Venez, dit-il doucement à Manouche.

Elle était en robe de chambre. Elle groupa quelques vêtements et s'enferma dans un cabinet de toilette. Gu rejoignit la fenêtre. Il tournait le dos à Orloff, demeuré debout au centre de la pièce.

Manouche apparut dans une robe noire très sobre.

Elle ne portait pas un bijou, mais son visage pathétique bouleversa Orloff.

— Je suis prête, dit-elle.

Gu se retourna.

— Tu es très belle.

— Absolument, dit Orloff.

— Vous êtes gentils tous les deux, dit Manouche, mais j'ai une tête impossible…

— Bonne soirée, dit Gu, je vous regarde partir. (Et il souleva de nouveau le rideau de la fenêtre.)

— Où désirez-vous aller ? demanda Orloff, dès qu'ils furent installés dans la voiture.

— N'importe où.

— Je présume que vous en avez assez des dancings, cabarets, thés dansants et autres ?

— Oh ! oui, et plus qu'assez même.

Il regarda sa montre : il était quatre heures de l'après-midi.

— Nous avons largement le temps, dit-il en démarrant. Je connais un genre de relais campagnard dans la vallée de la Durance, environ vingt-cinq kilomètres d'ici.

— Ça sera épatant, dit-elle. (Elle sourit spontanément et Orloff eut la faiblesse d'imaginer qu'il y était peut-être pour quelque chose.)

La voiture s'engagea sur la route d'Aix-en-Provence. D'habitude, il roulait à tombeau ouvert, mais, aujourd'hui, l'aiguille du compteur ne dépassait pas le soixante-dix. Les boiseries intérieures de la Bentley donnaient une impression de sécurité, de richesse stable.

— C'est une voiture anglaise, dit-il. C'est une amie pour moi. Ma mère était anglaise, vous savez ? On m'a élevé là-bas.

Il éprouvait le besoin de parler de soi à Manouche, comme pour la faire participer davantage à sa vie.

À la sortie d'Aix, il stoppa devant un poste d'essence. Ensuite, ils prirent la direction de Manosque. Les lacets de la route sinuèrent dans une région sauvage, et Manouche regardait l'hiver par les vitres. On devinait le froid en voyant les cyclistes et les motocyclistes engoncés dans la laine et le cuir.

Un ciel bas, d'un gris bleuté, rejoignait les montagnes à l'horizon.

Avant Manosque, Orloff prit à droite une route blanche qui gravissait la pente du plateau de Valensole. Là, tout de suite, se trouvait une vieille bâtisse, très grise et très vieille. La toiture s'inclinait en pente douce ; elle supportait au centre une tour légère qui enfermait une cloche.

— Elle a sonné pour les chevaliers, dit Orloff en fermant les portières.

Manouche s'emmitoufla dans son manteau.

Une terrasse surplombait la Durance. Il y avait des arbres aux branches nues. Dans un petit hall, ils tendirent les manteaux à un homme sans âge et pénétrèrent dans une grande salle peu éclairée par les étroites fenêtres.

Une cheminée gigantesque abritait un tronc d'arbre qui se consumait en flammes irrégulières. Ils s'avancèrent sur d'énormes dalles de pierre.

Manouche regardait, autour d'elle, les sièges bas aux dossiers démesurés, les motifs en bois sculpté accrochés aux murs. Près d'une fenêtre se trouvait une sorte d'instrument musical, si ancien qu'elle se demanda si on l'utilisait encore.

Stani commanda du lait de brebis et des galettes de farine de maïs. Il lui souriait. Elle comprit qu'il avait l'habitude du lieu ; il avait dû y venir avec d'autres femmes.

Avec un lourd tisonnier, il frappa le bois qui mourait dans la cheminée. On entendit un crépitement et des milliers d'étincelles jaillirent. Il tira deux fauteuils face au feu, et ils s'assirent, le dos à la porte et au reste du monde.

— Il n'y a personne à cette époque, dit-il. Mais les propriétaires habitent ici toute l'année. C'est une vieille famille de la région.

Et il entreprit une brève histoire de la vallée. Manouche, les yeux clos, écoutait la voix de ce garçon, si différent de tous les hommes rencontrés dans son existence. Elle aurait voulu demeurer des années dans ce fauteuil.

— Nous dînerons là, avait dit Orloff à l'homme qui assurait le service. Mais pas dans la salle, ici même.

Ils furent servis sur une table basse.

— Seulement des produits du pays, commanda-t-il.

Et Manouche comprit que la plus belle soirée de sa vie commençait. Elle se sentait libre. Comme si elle le connaissait depuis des années.

— C'est ici que vous abritez vos amours ? demanda-t-elle.

— Je viens toujours seul, dit-il. D'ailleurs, je suis très seul, vous savez.

— Vous devriez vous fixer, dit-elle, et je pense que vous le ferez un jour ou l'autre.

— On ne se fixe pas comme on achète une voiture ou un meuble. Ce n'est pas une question de volonté. Il y a le hasard, la chance ou je ne sais quoi.

— Oui, bien sûr, dit-elle.

La soirée s'écoulait et ils restaient de longs moments sans parler.

— Il y a aussi les gens que l'on rencontre trop tard, dit-il, et il pensa qu'il n'aurait pas dû dire cela.

Elle le regarda sans répondre. D'ailleurs, il se perdait dans les couleurs changeantes des flammes et ne semblait pas attendre un avis. Il la questionna gentiment et elle remonta très loin dans le passé pour lui livrer l'origine de son surnom.

Il l'imagina à seize ans, aimant les couleurs vives et la danse, toutes les danses, et ce garçon qui lui disait : « Tu ressembles à une romano. Si tu veux, je t'appellerai Manouche. » Avec la vie qui embraye là-dessus, et qui fout le camp.

Dans la voiture, ils ne parlèrent pas. Ils pensaient séparément au lendemain et ils voulaient préserver leur soirée de toutes ces histoires.

Il stoppa enfin rue de la République. Il la regarda et songea qu'elle allait partir au diable avec Gu.

— Bonsoir, dit-il. Je ne monte pas. Vous lui direz à demain dix heures.

— J'ai passé une soirée inoubliable, dit-elle, la main sur la poignée de la portière.

— Vraiment ?

Elle fit oui de la tête et descendit très vite. Elle traversa le trottoir et s'engouffra dans l'immeuble. Orloff démarra pour rejoindre Théo. C'était demain qu'on en finissait.

Gu ne dormait pas : elle le trouva couché, les yeux grands ouverts.

— Bonsoir, dit-elle. Nous sommes allés jusqu'à Manosque.

— Ah ! fit-il.

— Un coin formidable et calme, reposant, tu ne peux pas savoir.

— C'est bien que tu sois sortie, dit-il.

Il avait les mains croisées derrière la tête et rien ne bougeait en dehors de ses lèvres.

— Ça me plairait, une maison comme j'ai vu, dit-elle. On se sent mieux, plus vrai.

— Orloff devrait s'arrêter de piller, dit Gu, au bout d'un moment. Alban aussi. Ils devraient tous s'arrêter…

— Alban, tu sais, dit-elle, il ne touche plus à rien.

— Je sais, dit Gu, à part de descendre un type de temps en temps, il court aucun risque.

— Quant à Orloff, il ne vole peut-être plus. (Et, du fond du cœur, elle le souhaita.)

— C'est un seigneur, dit Gu, et il ne travaille pas. Tu crois que la reine d'Angleterre lui verse une pension ?

Elle soupira et acheva de se préparer pour la nuit.

Elle se glissa dans les draps.

— Je peux éteindre ? demanda-t-elle.

— Oui, dit-il.

Il demeura dans la même position, les yeux ouverts sur la nuit, à suivre des pensées qui flottaient entre deux eaux.

CHAPITRE XII

Le lendemain, au moment où Orloff pénétrait chez Gu, Antoine gravissait les escaliers du 10 de la rue Breteuil. Il prit la clé sous le paillasson, ouvrit la porte, referma à clé derrière lui et glissa la clé dans sa poche.

Il fouilla la maison méthodiquement, vérifia la fermeture des fenêtres. Dans la pièce meublée d'une table et de sièges disparates, il sortit des cigarettes de sa poche, une bouteille plate en métal brillant et un jeu de cartes. Ensuite, il s'installa derrière la table face à la porte, et posa son revolver sur ses jambes. Il rapprocha un peu son siège afin que le rebord de la table dissimule complètement son arme. Il fit le geste de la saisir, et recommença une dizaine de fois. On lui avait dit qu'Orloff tirait très vite. Après quoi, il prit le jeu de cartes et les retourna une à une en les alignant par colonnes de trois. C'était la réussite qu'il préférait.

Orloff trouva Gu en train d'écrire.

— J'ai fini, dit-il. C'est pour Alban ; si je ne le vois pas avant d'embarquer, Manouche lui donnera. Ça lui fera plaisir, au vieux Al.

— Vous prenez un café ou quelque chose ? proposa Manouche.

— Merci, dit-il. Gu, donne-moi les lettres de Fardiano. Nous avons juste le temps.

— Attends une seconde, dit Gu. Je traîne un truc avec moi depuis la cavale de Castres, et on va en profiter pour en parler avant que j'oublie. (Il tendit à Orloff la pochette qu'il avait récupérée dans les poches de François le Belge mort au pied du mur d'enceinte de la prison.) Quand tu passeras en Belgique, vas-y. Moi, je ne pourrai jamais, et de l'Italie, mon ami ne pourra peut-être pas non plus.

Orloff glissa le paquet plat dans sa poche.

— J'irai, dit-il.

— Tiens, le carnet du flic. Y a deux lettres. Les journaux, ça leur plaira d'imprimer les deux. Ça servira d'exemple aux condés qui torturent les mecs.

Orloff lut avec attention et compara l'écriture aux lettres trouvées dans le portefeuille.

— On ne peut pas douter, fit-il.

— Alors ? fit Gu. C'est pas du tonnerre ?

— À mon avis, c'est suffisant.

— Vous croyez qu'ils s'en contenteront ? dit Manouche. (Elle avait besoin d'espérer.)

— Je le crois, répéta Orloff. (Il regarda sa montre.) Le temps d'aller là-bas et ce sera l'heure. Je vais partir, et je reviens aussitôt.

— Surtout, s'inquiéta Gu, ne leur laisse pas.

— Sois tranquille.

— Dis-nous où tu vas, en cas de n'importe quoi, qu'on sache l'endroit.

— Il n'y aura rien, dit Orloff.

— Je veux bien te laisser faire, mais toute ma vie est dans ce calepin. Je me suis mouillé à bloc pour que Fardiano écrive ça. On ne sait pas ce qui peut arriver. J'aime mieux qu'on sache où tu vas.

— C'est au 10 de la rue Breteuil, dit Orloff, cinquième à gauche. Mais ne te tracasse pas, on va juste discuter. S'ils trouvent que c'est insuffisant, je n'ai qu'à leur promettre de te tuer, et ils seront contents. Après, nous verrons.

— Parfait, dit Gu.

Manouche contemplait Orloff ; elle le revoyait dans la grande salle, devant le feu, avec les ombres qui dansaient sur son visage. Elle était près de la fenêtre.

— Et dans la rue, ça va ? lui demanda Gu.

Elle se retourna pour voir. Il passa derrière Orloff et, de toutes ses forces, lui assena un coup de la crosse du Colt, presque au sommet du crâne.

Orloff émit un son un peu rauque et tomba mollement sur le côté. Au bruit, Manouche se retourna. Elle regarda Gu avec des yeux agrandis par la terreur. Il avait le Colt à la main, les traits hagards. Une envie de hurler la saisit ; elle se mordit la main.

Il se pencha sur Orloff et récupéra le carnet. Il chercha aussi les clés. Un trousseau attaché à une chaîne souple ne comportait que de petites clés. Il fouilla encore et trouva une clé seule d'un modèle courant. Il la prit. Il enfila sa gabardine et glissa le Colt dans sa poche.

— C'était pas à lui d'aller là-bas, dit-il d'une voix blanche. Soigne-le, il vaut bien ça. (Il gagna la porte à reculons.)

Elle croyait qu'il devenait fou et elle s'en rendait compte. Il la regarda intensément, une seconde ou deux, un sourire triste aux coins des lèvres, puis il disparut sans un mot.

Orloff ne bougeait plus.

— Mon Dieu ! cria-t-elle, il l'a tué. (Elle se jeta sur le sol, s'agrippa à ses habits et le retourna. La figure était cireuse. Les cheveux blonds se teintaient de sang.) Stani, Stani, dit-elle (elle sanglotait), il l'a tué, il l'a tué. (Elle serra ses tempes avec ses poings.) Tuer, tuer, mais qu'est-ce qu'ils ont donc tous à vouloir tuer ? Il ne pensait qu'à ça ! Depuis des jours… Tuer, tuer. Mais qu'ils crèvent tous, tous !… Mais toi, tu dois vivre, il faut que tu vives, Stani ! je t'en supplie, Stani ! réponds-moi… (Et elle s'effondra sur la poitrine immobile d'Orloff.)

La petite sœur de Théo entrebâilla la porte.

— Madame… souffla-t-elle.

C'est alors que Gu traversa la Canebière. Il avait demandé son chemin à une marchande de journaux. Ce n'était pas loin, juste à gauche, quai de Rive-Neuve.

Au cinquième étage de l'immeuble, il monta sur la pointe des pieds. Il considéra la serrure et introduisit la clé trouvée sur Orloff. C'était mieux que de sonner et de braquer celui qui ouvrirait.

Avec d'infinies précautions, il fit jouer la serrure. Il poussa la porte, centimètre par centimètre, et pénétra dans un couloir. Il repoussa la porte derrière lui sans la refermer. Des bruits de voix lui parvenaient du fond.

Il tira le parabellum d'Alban, le fit passer dans sa main gauche et sortit son Colt avec la droite. Il s'avança, le cœur battant. À un mètre de la porte, il s'arrêta ; elle était juste appuyée. Elle s'ouvrait à l'intérieur de la pièce. Il entendit les voix de plusieurs hommes. L'un d'eux riait. Il lui sembla que c'était Jo.

Il fit un pas, poussa brusquement la porte de l'épaule gauche et s'encadra dans l'ouverture.

— Pas un geste ! dit-il. Les mains sur la table.

Leur stupéfaction faisait plaisir à voir. Antoine lui faisait face. Pascal et Jo étaient sur les côtés.

— Gu ! fit Antoine.

— Je crois que c'est ça, dit-il. (Les autres étaient sans voix.) Un peu émus, sans doute ? fit Gu. Je comprends ça. On va causer gentiment pendant qu'on y est… Le Grêlé, dit-il en s'adressant à Jo, c'est toi qui mènes le bal, je crois ? (Jo grimaça. Il y avait des siècles qu'on ne l'appelait plus le Grêlé.) Alors, tu réponds, ou merde ?

— Oui, dit Jo.

— Ça fait plaisir, tu es venu pour venger Venture ? T'es vachement serviable. Dans ma poche, y a la confession de Fardiano. Tu me crois sur parole ou non ?

— Je te crois, dit Jo. (La sueur perlait déjà à son front.)

— Bien, voilà… ricana Gu. Et vous deux, vous êtes là, comme deux connards. Sur parole, vous avez entendu ça ? C'était pas la peine d'en faire un tam du diable.

— Où est Orloff ? demanda Antoine.

— Ferme ta gueule, dit Gu. C'est moi qui parle ici, et toi tu la fermes ! T'entends ? Tu la fermes !

Antoine sentit le poids de son flingue sur ses genoux. Il lui manquait un dixième de seconde pour s'en saisir.

— Et toi, Pascal, tu ne dis rien ?

— Moi, je ne demande qu'à croire, assura-t-il.

— T'es chouette, toi, dit Gu. Tu venais comme ça, pour tuer le temps. Alors, si je comprends bien, on est d'accord ? Vous allez sortir de là et claironner que c'était un malentendu, hein !

— Tout le monde peut se gourer, dit Jo.

— Mets les mains sur la tête et lève-toi, dit Gu… Alors, ça vient, oui ? (Jo obéit.) Messieurs, dit Gu, je vous présente le plus beau fumier qu'on puisse trouver. Il en croque à tout va, il vit comme un chacal. Maintenant il s'occupe du jonc de son frère et de sa femme par la même occasion. Et s'il avait de quoi l'envoyer à la guillotine, son frangin, il hésiterait pas… Voilà ce que c'est, cette lope, dit Gu.

Jo était blême. La peur lui fouillait les tripes.

— Fais deux pas en arrière, dit Gu.

Jo recula et il lui logea trois balles de Colt dans la tête. Jo émit un gargouillement, pivota sur lui-même et tomba.

Dès que Gu avait ordonné à Jo de reculer, Antoine avait deviné que Gu allait tirer. Quand Gu tira, il saisit son flingue et ouvrit le feu sur lui en se laissant tomber sous la table. En un éclair, Gu ne put réaliser et il abattit Pascal qui n'avait pas bougé. Antoine tira de sous la table et Gu, touché aux jambes, tomba dans le couloir. Là, il poussa un gémissement et jeta son Colt sur le sol. Antoine bondit dans le couloir et Gu le cribla par en dessous avec le parabellum. Antoine sentit la mort le percer de bas en haut ; il eut l'impression d'être soulevé de terre et il tomba en arrière d'un bloc.

Gu essaya de se redresser en s'appuyant au mur. Ses jambes étaient brisées et il commençait à souffrir énormément. Il prit son Colt et rampa jusqu'à la porte en s'aidant des avant-bras.

Les locataires du même palier virent apparaître une figure de cauchemar et deux pistolets. Ils rentrèrent chez eux en criant. Tous les autres locataires étaient dehors. Gu pensa que la police ne tarderait plus.

Il s'allongea à plat ventre sur le palier, une épaule contre le mur, le visage à un mètre de la première marche. C'était le dernier étage de l'immeuble.

Depuis l'assassinat de Fardiano, Blot dirigeait les opérations. Sur le coup de téléphone annonçant la fusillade au 10 de la rue Breteuil, c'est lui qui rassembla les hommes. Il arriva le premier sur les lieux avec Poupon. Ils s'engagèrent dans l'escalier.

— C'est au cinquième, disaient les gens.

Poupon montait devant.

— Tu t'arrêteras au quatrième, ordonna Blot.

À chaque palier, il avait obligé les gens à rentrer chez eux. Il y avait surtout des femmes, qui menaient une vie infernale.

Au quatrième, ils retinrent leur souffle. On n'entendait pas un bruit.

Gu guettait ; l'escalier faisait un coude ; il braqua ses armes dans cette direction. Il lui restait neuf balles de Colt et un chargeur plein du parabellum, sans compter ce qu'il n'avait pas déchargé sur Antoine.

Sa souffrance était telle qu'il ne la sentait plus dans le détail. Il avait comme un bloc douloureux derrière lui.

— Reste là et ne monte pas d'un pouce, souffla Blot, je descends placer les hommes.

Au bout de deux ou trois secondes, Poupon grimpa une marche, puis une autre. Au fur et à mesure qu'il approchait du tournant, il s'aplatissait. Croyant mieux se protéger, il rasait le mur.

Gu vit d'abord son épaule et une partie de son visage. Il leva un peu le bras et Poupon aperçut l'arme à la même seconde. Gu tira et entendit le bruit d'une chute.

Blot remontait quatre à quatre. Poupon se relevait. Il n'était pas touché, il s'était simplement rejeté en arrière.

— J'ai vu juste le calibre, dit-il. Le type est allongé sur le palier. On pourrait balancer une grenade et des lacrymogènes.

— Un peu plus, il te descendait, dit Blot. J'ai envie de te faire garer des voitures… À cause du coude de l'escalier, on ne peut rien lancer. J'attends les boucliers.

Ils en apportèrent deux. En s'accroupissant derrière, la pente de l'escalier aidant, on se trouvait bien abrité.

Gu vit le bouclier, qu'un homme maintenait au-dessus de sa tête. Il attendit que le type s'engage dans la ligne droite, face à lui.

C'était Blot qui montait. Il avait reconnu Gu.

— Jette tes armes, cria-t-il.

— Qu'on en finisse, répondit Gu, et il tira des deux mains.

Poupon montait derrière et bientôt Gu fut touché aux bras et au défaut de l'épaule. Ses armes lui échappèrent. Les deux hommes se précipitèrent, suivis d'une armée de flics. Gu vivait toujours. Ils le traînèrent un peu à l'écart pour dégager l'entrée de l'appartement.

Blot s'accroupit contre le mur avec la tête de Gu dans ses mains. Gu indiqua sa poitrine. Blot fouilla cette poche et en sortit un carnet. Gu essaya de se hisser en s'agrippant aux épaules de Blot, mais ce dernier inclina la tête.

— C'était un tortio… et des caillots de sang montaient à la place des mots.

Blot fit signe qu'il avait compris et Gu le remercia d'un regard qui se voilait déjà.

— Ma… nou… fit-il encore.

Et il plongea dans un gouffre. Il ne voyait même pas les parois et il tombait comme une pierre.

Blot avait feuilleté le carnet. On lui donna l'identité des autres morts et il redescendit l'escalier d'un air absent.

Dans la rue, des cordons de police maintenaient la foule de chaque côté de l'immeuble.

Un fourgon fut commandé pour transporter les cadavres. Il y avait une bande de journalistes qui gesticulaient et Blot reconnut un jeune reporter dont il avait apprécié l'intelligence. Il s'avança.

— Bonjour, fit-il.

— Hello, commissaire, c'est grave, hein ?

— Plutôt. Gustave Minda a descendu trois hommes et il est mort lui-même. (Il laissa tomber le carnet sur le sol. Le reporter s'écarta pour prendre quelques photos. On descendait les corps.)

— Hé ! appela Blot. (L'autre revint.) Vous avez perdu quelque chose, dit-il en indiquant le carnet sur le trottoir.

Le jeune homme se baissa, ramassa le carnet.

— Vous croyez ? fit-il.

— J'en suis certain, dit Blot (et il se rapprocha de l'entrée de l'immeuble).

Une femme se débattait contre un des flics qui endiguaient la foule.

— Mais laissez-moi, je vous dis, laissez-moi passer.

Blot leva les yeux ; c'était Manouche. Il s'avança.

— Laissez-la, dit-il.

Elle s'approcha de lui, son visage marqué par l'insomnie.

— Commissaire… dit-elle en lui prenant le bras.

— Ne restez pas là, fit-il. (Et ils s'éloignèrent au milieu de la foule.)

— C'est fini, dit Blot en marchant doucement.

— C'est atroce, murmura-t-elle. Il n'a rien dit ?

Il hésita un peu.

— Absolument rien. Allez, rentrez chez vous, rentrez à Paris. (Et il la quitta. Il se demandait aussi si quelqu'un habitait l'appartement transformé en terrain de chasse. Il pensa à Manouche et à cet impossible amour et trouva que les gens se compliquaient bien la vie. Poupon s'approchait.)

— On vous cherche partout, dit-il. Dites, vous avez vu ! Ce « vieux », quand même.

Blot ne répondit pas et ils remontèrent les escaliers.

Aidée de la sœur de Théo, Manouche avait ranimé Orloff et elle s'était précipitée comme une folle rue Breteuil.

Elle avait vu Blot. Gu était mort. Mort. Plus jamais personne ne le rencontrerait sur la terre. Les trois autres étaient morts aussi. Rien que la mort autour d'elle.

— C'est trop, murmura-t-elle.

Elle marchait comme une automate. Rue de la République, elle rencontra Orloff.

— Ils sont tous morts, dit-elle, et ses forces l'abandonnèrent.

Il la soutint jusqu'à sa voiture et la conduisit chez Yvette. La vieille dame fut effrayée de leur allure. Stani avait la tête bandée.

— Je te la confie, dit-il. Je n'ai rien de plus précieux au monde.

Il repartit aviser Théo. Il fallait aussi prévenir Justin Cassini.

Parvenu au rez-de-chaussée, il hésita une seconde avant de franchir la porte de l'immeuble et il remonta l'escalier.

Il n'avait pas encore embrassé Manouche, alors qu'il en mourait d'envie depuis qu'il l'avait vue pour la première fois.

DU MÊME AUTEUR

Aux Éditions Gallimard

LE MUSHER, 1978 et Folio nº 1810.

MON AMI LE TRAÎTRE, 1977 et Folio nº 1321.

LE HAUT-FER (LES GRANDES GUEULES), 1962 et Folio nº 463.

LES AVENTURIERS, 1960 et Folio nº 584.

LE TROU, 1957 et Folio Policier nº 227.

Dans la collection Série Noire

LE TUEUR DU DIMANCHE, nº 1995, 1985.

LES RUFFIANS (LE RUFFIAN), nº 1247, 1969.

HO ! nº 842, 1964.

MEURTRE AU SOMMET, nº 866, 1964.

LE GITAN, HISTOIRE DE FOUS, nº 475, 1959.

LE DEUXIÈME SOUFFLE, nº 414, 1958 et Folio Policier nº 308.

CLASSE TOUS RISQUES, nº 428, 1958.

LA SCOUMOUNE (L'EXCOMMUNIÉ), nº 452 et 2507, 1958.

Chez d'autres éditeurs

LE PARDON DU GRAND NORD, Fayard 2004.

COMME UN VOL DE VAUTOURS, Fayard 2003 et Le Livre de Poche nº 37131.

MES GRANDES GUEULES : mémoires, Fayard 2002 et Livre de Poche nº 30077.

LES GOSSES D'ABORD, Le Rocher 2001.

IL AVAIT DANS LE CŒUR DES JARDINS INTROUVABLES, Robert Laffont 2001 et Pocket nº 10136.

LES CHEMINS FAUVES, Robert Laffont 1999.

LE PRINCE SANS ÉTOILE, Robert Laffont 1998 et Pocket nº 10937.

LA MORT DU POISSON ROUGE, Robert Laffont 1997 et Pocket nº 10449.

TU BOUFFERAS TA COCARDE, Lattès 1987.

LES LOUPS ENTRE EUX, Lattès 1982 et Le Livre de Poche nº 7500.

COLLECTION FOLIO POLICIER

Dernières parutions

370. Chuck Palahniuk	*Choke*
371. Dan Simmons	*Revanche*
372. Charles Williams	*La mare aux diams*
373. Don Winslow	*Au plus bas des Hautes Solitudes*
374. Lalie Walker	*Pour toutes les fois*
375. Didier Daeninckx	*La route du Rom*
376. Yasmina Khadra	*La part du mort*
377. Boston Teran	*Satan dans le désert*
378. Giorgio Todde	*L'état des âmes*
379. Patrick Pécherot	*Tiuraï*
380. Henri Joseph	*Le paradis des dinosaures*
381. Jean-Bernard Pouy	*La chasse au tatou dans la pampa argentine*
382. Jean-Patrick Manchette	*La Princesse du sang*
383. Dashiell Hammett	*L'introuvable*
384. Georges Simenon	*Touriste de bananes*
385. Georges Simenon	*Les noces de Poitiers*
386. Carlene Thompson	*Présumée coupable*
387. John Farris	*Terreur*
388. Manchette-Bastid	*Laissez bronzer les cadavres !*
389. Graham Hurley	*Coups sur coups*
390. Thierry Jonquet	*Comedia*
391. George P. Pelecanos	*Le chien qui vendait des chaussures*
392. Ian Rankin	*La mort dans l'âme*
393. Ken Bruen	*R&B. Le gros coup*
394. Philip McLaren	*Tueur d'aborigènes*
395. Eddie Little	*Encore un jour au paradis*
396. Jean Amila	*Jusqu'à plus soif*
397. Georges Simenon	*L'évadé*
398. Georges Simenon	*Les sept minutes*
399. Leif Davidsen	*La femme de Bratislava*
400. Batya Gour	*Meurtre sur la route de Bethléem*

401. Lamaison-Sophocle — *Œdipe roi*
402. Chantal Pelletier — *Éros et Thalasso*
403. Didier Daeninckx — *Je tue il…*
404. Thierry Jonquet — *Du passé faisons table rase*
405. Patrick Pécherot — *Les brouillards de la Butte*
406. Romain Slocombe — *Un été japonais*
407. Joe R. Lansdale — *Les marécages*
408. William Lashner — *Vice de forme*
409. Gunnar Staalesen — *La femme dans le frigo*
410. Franz-Olivier Giesbert — *L'abatteur*
411. James Crumley — *Le dernier baiser*
412. Chuck Palahniuk — *Berceuse*
413. Christine Adamo — *Requiem pour un poisson*
414. James Crumley — *Fausse piste*
415. Cesare Battisti — *Les habits d'ombre*
416. Cesare Battisti — *Buena onda*
417. Ken Bruen — *Delirium tremens*
418. Jo Nesbø — *Les cafards*
419. Batya Gour — *Meurtre au Kibboutz*
420. Jean-Claude Izzo — *La trilogie Fabio Montale*
421. Douglas Kennedy — *Cul-de-sac*
422. Franco Mimmi — *Notre agent en Judée*
423. Caryl Férey — *Plutôt crever*
424. Carlene Thompson — *Si elle devait mourir*
425. Laurent Martin — *L'ivresse des dieux*
426. Georges Simenon — *Quartier nègre*
427. Jean Vautrin — *À bulletins rouges*
428. René Fregni — *Lettre à mes tueurs*
429. Lalie Walker — *Portées disparues*
430. John Farris — *Pouvoir*
431. Graham Hurley — *Les anges brisés de Somerstown*
432. Christopher Moore — *Le lézard lubrique de Melancholy Cove*
433. Dan Simmons — *Une balle dans la tête*
434. Franz Bartelt — *Le jardin du Bossu*
435. Reiner Sowa — *L'ombre de la Napola*
436. Giorgio Todde — *La peur et la chair*
437. Boston Teran — *Discovery Bay*
438. Bernhard Schlink — *Le nœud gordien*
439. Joseph Bialot — *Route Story*
440. Martina Cole — *Sans visage*

441. Thomas Sanchez	*American Zazou*
442. Georges Simenon	*Les clients d'Avrenos*
443. Georges Simenon	*La maison des sept jeunes filles*
444. J.-P. Manchette & B.-J. Sussman	*L'homme au boulet rouge*
445. Gerald Petievich	*La sentinelle*
446. Didier Daeninckx	*Nazis dans le métro*
447. Batya Gour	*Le meurtre du samedi matin*
448. Gunnar Staalesen	*La nuit, tous les loups sont gris*
449. Matilde Asensi	*Le salon d'ambre*
450. Jo Nesbø	*Rouge-gorge*
451. Olen Steinhauer	*Cher camarade*
452. Pete Dexter	*Deadwood*
454. Keith Ablow	*Psychopathe*
455. Batya Gour	*Meurtre à l'université*
456. Adrian McKinty	*À l'automne, je serai peut-être mort*
457. Chuck Palahniuk	*Monstres invisibles*
458. Bernard Mathieu	*Otelo*
459. James Crumley	*Folie douce*
460. Henry Porter	*Empire State*
461. James Hadley Chase	*Pas d'orchidées pour Miss Blandish*
462. James Hadley Chase	*La chair de l'orchidée*
463. James Hadley Chase	*Eva*
464. Arkadi et Gueorgui Vaïner	*38, rue Petrovka*
465. Ken Bruen	*Toxic Blues*
466. Larry Beinhart	*Le bibliothécaire*
467. Caryl Férey	*La jambe gauche de Joe Strummer*
468. Jim Thompson	*Deuil dans le coton*
469. Jim Thompson	*Monsieur Zéro*
470. Jim Thompson	*Éliminatoires*
471. Jim Thompson	*Un chouette petit lot*
472. Lalie Walker	*N'oublie pas*
473. Joe R. Lansdale	*Juillet de sang*
474. Batya Gour	*Meurtre au Philharmonique*
475. Carlene Thompson	*Les secrets sont éternels*
476. Harry Crews	*Le Roi du K.O.*
477. Georges Simenon	*Malempin*
478. Georges Simenon	*Les rescapés du Télémaque*

Composition Facompo
Impression Novoprint
le 17 septembre 2007
Dépôt légal : septembre 2007

1er dépôt légal dans la collection : juin 2003

ISBN 978-2-07-030455-4 / Imprimé en Espagne.

154344